Janette Oke

Wie ein Blatt im Herbstwind

Janette Oke

Wie ein Blatt im Herbstwind

Schulte & Gerth

Die amerikanische Originalausgabe erschien
im Verlag Bethany House Publishers, Minneapolis, MN 55438,
unter dem Titel „The Winds of Autumn“.

Aus dem Amerikanischen übersetzt von Beate Peter

Best.-Nr. 15 164
ISBN 3-89437-164-1
1. Auflage 1991
Umschlaggestaltung: Bethany House / Ursula Stephan
Satz: Typostudio Rücker & Schmidt
Druck und Verarbeitung: Ebner Ulm
Printed in Germany

Personen

Josua Chadwick Jones: Joschs Eltern waren bei einem Unfall ums Leben gekommen, als er noch ein Säugling war. Sein Großvater und sein Großonkel Charlie nahmen ihn bei sich auf der Farm auf, um ihn dort großzuziehen. Tante Lou war zwar nur wenige Jahre älter als er, doch sie versorgte den verwaisten kleinen Jungen eifrig und voller Liebe. Er sah in ihr eher eine Kameradin und Mutter als die Tante, die sie eigentlich war.

Lou Jones Crawford: Josch hatte in *Nur einen Sommer lang* alles daran gesetzt, seine Tante Lou nicht aus der Familie zu verlieren. Die hübsche, lebhafte und immer hilfsbereite Lou heiratete dann aber – mit Joschs vollstem Einverständnis übrigens – Nathaniel Crawford, einen jungen Pastor.

Opa: Joschs Großvater und Lous Vater

Onkel Charlie: Opas Bruder, der nie geheiratet hatte und gemeinsam mit Opa die Farm bewirtschaftete. Onkel Charlie war ein Mann, der sparsam mit Worten umging, aber ein Herz wie Gold besaß.

Uropa: Joschs Urgroßvater, der nach dem Tod seiner Frau zu seinen beiden Söhnen, seiner Enkelin Lou und seinem Urenkel Josch in den Westen zog.

Nat Crawford: der junge Pastor, den Lou heiratete. Josch wohnt nun während der Woche bei Lou und Nat, um die Schule in der Stadt weiterhin zu besuchen.

Pixie: Joschs vierbeinige Gefährtin. Uropa hatte keine Mühe gescheut, um ihm dieses Hündchen zu besorgen, nachdem Joschs erster Hund durch ein Mißgeschick gestorben war.

Wie aus heiterem Himmel

Ich hatte noch nie einen so sonnigen Herbst erlebt wie den, als ich fünfzehn war. Das warme Wetter hielt bis in den Oktober hinein an, und es regnete nur gerade genug, um Tante Lous Blumenbeete frisch und den Rasen grün zu halten, was sich gegen das Goldgelb der herbstlichen Bäume und Büsche außerordentlich farbenprächtig ausnahm. Die Blätter an den Bäumen schienen in diesem Jahr nicht die geringste Lust zum Runterfallen zu haben und klammerten sich Woche um Woche an den Zweigen fest. Bis zum Mittag hatte die Sonne immer für fast sommerliche Temperaturen gesorgt, und bei Nacht wurde es gerade kalt genug, um uns daran zu erinnern, daß wir uns allmählich auf den Winter einzustellen hatten, anstatt es uns am Bachufer sorglos wohl sein zu lassen. Wie Sie sich bestimmt schon gedacht haben, war das Bachufer mein liebster Platz auf der ganzen Welt. Jede Gelegenheit, die sich nur bot, nutzte ich dazu, um mich mit meiner Angel dorthin zu verkrümeln. Meistens kam Uropa, Opas Vater, mit. Er angelte gern, und auch gegen das Faulenzen am Bachufer hatte er nichts einzuwenden. Das einzige, was mir bei meinen kleinen Angelausflügen in die Quere kam, war die Schule. Die meisten Jungen in meinem Alter hatten der Schule längst den Rükken gekehrt, um ihren Vätern auf der Farm zu helfen oder sich irgendwo in der Stadt eine Arbeit zu suchen, aber ich drückte halt immer noch die Schulbank.

Zum Teil steckte meine Tante Lou dahinter. Sie war davon überzeugt, daß ich nicht auf den Kopf gefallen war, und sagte mir des öfteren, daß ich meinen Verstand auch zu gebrauchen hätte. Ihr Ehemann, mein Onkel Nat, schien ganz ihrer Meinung zu sein. Wenn sich einer mit Dingen wie

Schulbildung auskennt, dann ist er's, dachte ich mir. Immerhin war er ja der Pastor unserer kleinen Kirche am Ort, und seine Ausbildung hatte er sich so gut wie „eigenhändig" angeeignet, da er weder Mutter noch Vater zu seiner Unterstützung gehabt hatte; die waren nämlich gestorben, als er noch klein war.

Ich hatte es da viel besser. Ich hatte nicht nur Lou und Nat, sondern auch Opa, Großonkel Charlie und meinen Uropa auf meiner Seite. Samt und sonders waren sie darauf erpicht, mir eine ordentliche Schulbildung angedeihen zu lassen.

Mir konnte das alles nur recht und billig sein. Um ehrlich zu sein, lernte ich sogar gern, obwohl unsere Schule klein war und die meisten Schüler entweder Kinder oder Mädchen waren. Na schön, ein paar Jungen gingen auch noch zur Schule, zum Beispiel mein bester Freund Avery Garret. Der machte sich im Grunde nicht viel aus der Schule, und was er mit seiner Schulbildung mal anfangen wollte, das wußte er auch noch nicht. Ich glaube, er ging einfach nur weiter zur Schule, weil ich das so machte, und außerdem war's in der Schule ab und zu auch ganz lustig, schon allein wegen der Mädchen, die noch in unserer Klasse waren.

Dann war da Jack Berry. Sein Vater hatte es sich in den Kopf gesetzt, einen Doktor aus seinem Sohn zu machen. Jack selbst war sich da nicht so sicher. Eigentlich wäre er viel lieber Matrose geworden, bloß daß es in der Nähe kein Wasser gab, jedenfalls nicht genug für einen Matrosen. Er wußte nicht so recht, wie er nur an Bord eines Bootes kommen sollte, das ein paar Nummern größer war als der Kahn auf dem Dorfteich!

Willi Corbin ging auch noch zur Schule. Mit ihm hatte es eine besondere Bewandtnis. Als junger Knirps war er der größte Schlingel weit und breit gewesen. Die schlimmsten Streiche hat er damals ausgeheckt. Die Leute hatten die Hoffnung schon aufgegeben und damit gerechnet, daß er eines Tages noch im Gefängnis landen würde. Ich hatte eigentlich immer schon geahnt, daß Willi nicht so durchtrieben war, wie die Leute dachten. Er wollte sich halt hin und wieder auf Kosten anderer einen Schabernack erlauben. Das alles änderte sich aber schlagartig an dem Tag, als Willi beschloß, seine Zukunft lieber im Himmel als in der Hölle zu verbringen.

Es passierte nach der ersten Predigt, die mein Onkel Nat in unserer Kirche hielt. Er hatte gerade seine Pastorenstelle bei uns angetreten. Willi machte eine Kehrtwende und benahm sich von da an nie wieder so dreist wie früher. Wenn Gott schon so einen Lausebengel wie Willi Corbin wieder zurechtbiegen konnte, dann gab es wohl niemanden auf der Welt, der ein hoffnungsloser Fall gewesen wäre. Dieser Willi war nun zu dem Schluß gekommen, daß Gott ihn zum Missionar bestimmt hatte. Das Lernen fiel Willi nicht leicht; man mußte ihn einfach bewundern. Er legte sich ins Zeug und strengte sich mächtig an, um eines Tages irgendwo unter Menschen zu arbeiten, die Jesus nicht kannten.

Das waren also die drei Jungen von meiner Klasse, die noch weiter zur Schule gingen. Außer uns drückten noch vier ältere Jungen aus der Stadt die Schulbank. Wir kamen gut miteinander aus, aber meistens steckte ich mit meinen alten Kameraden zusammen, wohl schon allein deshalb, weil sie auch alle zu unserer kleinen Kirche gehörten. Ein paar von den Stadtjungen waren ein bißchen „wild", wie Tante Lou sich ausdrückte, und obwohl sie mir den Umgang mit ihnen nie ausdrücklich verboten hatte, sah sie es lieber, wenn ich mir meine besten Freunde unter den Jungen von der Kirche aussuchte.

Mir konnte das nur recht sein. Ich mochte die Jungen von der Kirche, und wir hatten eine Menge Spaß miteinander beim Maiskolbenrösten, Schlittenfahren, Schlittschuhlaufen auf dem Teich und dergleichen.

Kaum zu fassen, daß ich und Pixie, mein kleiner Hund, jetzt schon seit zwei Jahren bei Tante Lou und Onkel Nat in der Stadt wohnten. Nicht, daß wir immer nur in der Stadt hockten. Wenn das Wetter gut war – und in diesem Herbst war's das ja meistens, wie ich schon erzählt habe –, also, bei gutem Wetter fuhren wir zum Wochenende raus auf die Farm zu Opa, Onkel Charlie und Uropa.

Kann eigentlich gar nicht sagen, wo's mir am besten gefiel. Während der Woche zählte ich schon die Tage, bis es wieder zur Farm ging, wo ich Holz spalten und Bleß, die Milchkuh, die ich schon so manches Mal gemolken hatte, von der Weide holen konnte. Die Schweine quiekten und grunzten vor Vergnügen, wenn ich ihnen das Futter in den Trog schüttete, und die Hühner begrüßten mich immer mit ihrem gegackerten Singsang, wenn ich ihnen Wasser und Körner brachte. Kaum war's dann aber Sonntagabend, brannte ich auch schon darauf, endlich wieder zu Tante Lou und Onkel Nat in die Stadt zu fahren. Ich malte mir aus, was Tante Lou wohl Gutes gekocht haben mochte und ob sie mir ein Stück Kuchen oder einen Apfelkrapfen aufbewahrt hatte. Ich fragte mich auch oft, ob Onkel Nat zu irgendeinem Kranken gerufen worden war, und ich war nicht da gewesen, um Dobbin für ihn zu satteln. Tausend Fragen bewegten mich, die ich ihm unbedingt stellen mußte, und tausend Erlebnisse galt es loszuwerden. Es war beinahe, als wäre ich wochenlang fort gewesen, so ungeduldig wartete ich darauf, wieder in die Stadt zu kommen. In Wirklichkeit hatte ich Tante Lou und Onkel Nat erst am Vormittag noch in der Kirche gesehen.

So verbrachte ich den Herbst also damit, zwischen zwei Welten hin- und herzupendeln und das Leben dabei so richtig auszukosten. Ich hätte mich noch restlos verausgabt, wenn der ganze Herbst nicht so gemächlich und geruhsam verlaufen wäre. Selbst nachdem der allerletzte Handgriff für den Tag erledigt war, blieb immer noch jede Menge gutes Wetter zum Dasitzen und Faulenzen.

So ein Wetter hat nur einen großen Haken: es lernt sich nicht leicht dabei. Jeden Tag mußte ich mir buchstäblich einen Ruck geben und mich hinter ein Buch klemmen, um meine Schularbeiten zu machen. Und dann passierte eines Tages etwas Seltsames: Fräulein Williams, eine ledige Lehrerin, die schon seit Ewigkeiten in unserer Schule unterrichtet hatte, bescherte uns eine Überraschung, die den ganzen Ort in hellste Aufregung versetzte. Sie gab nämlich bekannt, daß sie in Kürze heiraten wollte!

Kein Mensch hatte so was geahnt. Woher auch? Fräulein Williams war seit Urzeiten ledig gewesen, und das schien sie auch ganz in Ordnung zu finden, aber dann erklärte sie plötzlich wie aus heiterem Himmel, daß sie bald heiraten wolle. Und zwar einen Mann, den sie schon seit siebenunddreißig Jahren kenne! Im ganzen Ort hatte niemand je von diesem Mann gehört, aber das schien Fräulein Williams nicht im geringsten zu stören. Sie hänge nun ihren Beruf an den Nagel, sagte sie. Ganz einfach so, ohne erst großartig zu kündigen oder dergleichen, packte sie ihre Bücher und Taschen zusammen und setzte sich in einen Zug in Richtung Ostküste, wo sie diesen bewußten Mann heiraten würde.

So, nun standen wir also urplötzlich ohne Lehrerin da. Nicht, daß wir deshalb etwa in Tränen ausgebrochen wären! Nicht mal ich, der eigentlich gern zur Schule ging. Jack Berry legte sogar unverhohlene Begeisterung an den Tag. Aus voller Kehle schrie er: „Juchuuuuuh!“ Ein paar von den Mädchen warfen ihm einen mißbilligenden Blick zu, aber das kümmerte ihn nicht. „Juchuuuuuh!“ schrie er noch ein zweites Mal und warf seine Mütze in die Luft.

„Sagt mal“, fragte er uns dann, „was fangen wir denn jetzt mit diesem unerwarteten Segen an?“

„Wie meinst du das?“ fragte Willi. Er mußte sich ohnehin schon quälen, seine Englischlektionen zu bewältigen, und konnte es sich nicht leisten, kostbare Zeit zu verlieren. „Segen kann man so was wohl kaum nennen. Fräulein Williams war nicht schlecht als Lehrerin. Mir wär's lieber gewesen, wenn sie ihre Arbeit auch zu Ende gemacht hätte.“

Ich für meinen Teil fand, daß Fräulein Williams nach siebenunddreißig Jahren es lange genug im Dienst ausgehalten hatte und keinem mehr etwas schuldete. Einerseits tat Willi mir leid, aber andererseits konnte ich mir das Grinsen auch nicht verkneifen. Mir jedenfalls kam das Ganze eher wie ein Segen vor, besonders bei dem herrlichen Wetter. Wenn der Winter erst kam, sahen wir die Sonne womöglich monatelang nicht wieder. Dann konnten wir uns immer noch hinter unseren Büchern vergraben.

„Also?“ fragte Jack noch einmal. „Was fangen wir mit diesem ... äh, mit diesem Notstand an?“

Jetzt mußte sogar Willi grinsen, und im nächsten Augenblick lachten wir auch schon alle los, bis uns der Bauch weh tat. Schließlich machten wir uns ernsthaft ans Pläneschmieden.

„Werd' wohl raus auf die Farm fahren“, begann ich. „Das mach' ich immer zu Feiertagen und in den Ferien.“

Jack wohnte am Stadtrand, wo es nicht viel für Jungen wie ihn zu tun gab. Seine Eltern hielten keine Tiere, und Felder hatten sie auch keine.

„Wenn ich mich zu Hause blicken lasse, sorgt mein Pa dafür, daß ich die Nase in meine Bücher stecke. Da kann ich genausogut in der Schule rumsitzen“, beklagte sich Jack. „In der Schule hätte ich's sogar besser; wenigstens kriegen wir da unsere Pause.“

Willi warf Jack einen finsteren Blick zu. Jack hatte einen gescheiten Kopf, wenn er ihn nur gebrauchen wollte, und ich glaube, Willi ärgerte sich ein bißchen darüber, daß er selbst sich schwer anstrengen mußte und doch nur durchschnittliche Zensuren bekam, während Jack nichts als Flausen im Kopf hatte und sich keinen Deut um seine Noten scherte.

„Da werd' ich endlich mal nach Herzenslust angeln können“, fuhr ich fort, um die geladene Stimmung zu überspielen.

„Wie wär's mit Football?“ meinte Willi. Football spielte er nun mal für sein Leben gern, und er legte auch ein beachtliches Geschick dabei an den Tag, obwohl wir keine richtige Ausrüstung hatten und unsere Eltern sich händeringend um uns sorgten, weil man sich ja dabei verletzen kann, wenn man nicht aufpaßt.

Erst jetzt meldete sich Avery zu Wort.

„Ich denk' schon seit längerem daran, 'ne Wanderung bachaufwärts zu machen und im Freien zu übernachten", sagte er.

„Prima Idee!" rief ich. Wieso war ich eigentlich nicht auch darauf gekommen? Ein bißchen überrascht war ich schon über Averys Vorschlag. Er hatte bisher keinen Ton davon gesagt. So eine Wanderung mit Übernachtung im Freien hatte ich noch nie gemacht, und die Wälder sahen einladend aus. Also, ich fand die Idee jedenfalls erstklassig.

Jack und Willi waren nicht weniger begeistert.

„Meint ihr, daß unsere Eltern das erlauben?" fragte Willi.

„Warum nicht? Schließlich sind wir schon fünfzehn. Wird langsam Zeit, daß wir mal selbständig was unternehmen."

Da war ich ganz seiner Meinung. Wenn mir so eine Wanderung nur eher eingefallen wäre, dann hätte ich schon längst mal um Erlaubnis gefragt.

„Dann laßt uns fragen", meinte Jack. „Mehr als nein sagen können sie schließlich nicht."

Der Gedanke daran, daß sie nein sagen könnten, machte mich fast krank. Sie mußten es einfach erlauben!

„Wen fragst du denn?" wollte Avery wissen.

„Wie?" fragte ich zurück.

„Fragst du deine Tante Lou oder deinen Opa?"

Ich zuckte mit den Schultern.

„Weiß nicht. Im Moment wohn' ich bei Tante Lou."

„Meinst du, ob sie's dir erlaubt?"

Ich überlegte. Tante Lou hatte zwar Verständnis, aber andererseits sorgte sie sich auch viel um mich. Ob sie wohl ahnte, wie dringend ein Junge in meinem Alter mal allein auf eine Wanderung mit seinen Freunden gehen mußte? Dann dachte ich an Opa. Er war ein prima Kerl, wie man sich keinen besseren zum Vormund wünschen konnte, aber ein Ausflug in die Berge war bestimmt das Allerletzte, was ihm in den Sinn gekommen wäre, selbst wenn die Feldarbeit erledigt war. Wahrscheinlich sähe er es auch lieber, wenn ich mich hinter meine Bücher klemmte.

„Weiß nicht“, sagte ich nochmal.

„Wenigstens kannst du dir aussuchen, wen du fragst“, sagte Avery. „Mir bleibt aber nichts anderes übrig, als meine Ma rumzukriegen. Wenn ich sie erst auf meiner Seite hab’, dann wird sie schon ’n gutes Wort für mich bei Pa einlegen.“

Soviel stand fest: Ich hatte weder eine Ma noch einen Pa, die ich um Erlaubnis fragen konnte.

„Wie wär’s“, meldete sich Jack Berry wieder zu Wort, „wenn ihr beiden heute abend nach der Stallarbeit zu mir kämt? Wir müssen uns den Vorstoß reiflich überlegen.“

Jack war aber auch einer! Er redete gerade so, als ob wir allesamt auf Kriegsfuß mit unseren Familien stünden! Trotzdem nickten wir und einigten uns darauf, nach dem Wasserholen und Kohleschippen zu Jack zu kommen.

Dann gingen wir los, jeder in seine Richtung. Ich glaube, wir waren alle mächtig gespannt. Bei Tante Lous Gartentor warf ich schnell einen Blick zum Wald zurück. Was für ein großartiger Anblick! Ich sah den Bach schon förmlich vor mir, wie er sich durch die Hügel wand und dann eine Biegung nach Süden machte. Ich konnte das rotgoldene Laub rascheln hören und spürte den warmen Wind schon auf meinem Gesicht.

Irgendwo in der Ferne hörte ich eine Krähe schreien und fragte mich, warum die nicht schon längst nach Süden gezogen war. Sie hatte wohl dem guten Wetter hier bei uns nicht widerstehen können. Junge, Junge, die Wälder und Wiesen lockten einen mächtig an so einem Tag wie heute! Ich mußte mich direkt zusammenreißen, um die Holzkiste und den Kohleneimer gefüllt zu kriegen.

Das Schwierigste an der ganzen Sache

Während ich mich über meine Plätzchen und meine Milch hermachte, sagte ich nicht viel zu Tante Lou. Sie hatte ohnehin schon von Fräulein Williams Abschied gehört – ich meine, daß sie einfach mir nichts, dir nichts mitten im Schuljahr abgehauen war.

„Ein Jammer ist es, ein Jammer!" klagte Tante Lou. Genau das gleiche hatten sämtliche Nachbarn bestimmt heute auch schon gesagt. Tante Lou dachte einen Moment schweigend nach und sprach dann ein bißchen leiser und vertraulicher weiter: „Eigentlich finde ich's großartig, daß Fräulein Williams sich endlich doch noch dazu entschlossen hat, ihren langjährigen Verehrer zu heiraten. Das hat sie bestimmt eine Menge Mut gekostet. Ich hoffe sehr, daß die beiden miteinander glücklich werden."

Tante Lous Blick wanderte auf das Hochzeitsbild auf dem Kaminsims. Da waren die beiden abgebildet, meine Tante Lou und mein Onkel Nat, und der feierliche Ausdruck auf ihren Gesichtern konnte das frohe Glänzen in ihrem Blick und den Stolz in seinem nicht verbergen. Jetzt wurden ihr die Augen ein bißchen feucht; dann schüttelte sie aber entschlossen den Kopf und redete ruhig weiter. „Nur schade, daß das ausgerechnet mitten im Schuljahr passieren mußte!" schloß sie.

Ich wußte aber genau, daß Tante Lou im Grunde ihres Herzens Fräulein Williams gern den kleinen Verstoß gegen die Schulordnung verzieh.

Sie stand auf.

„Lange wird's nicht dauern", sagte sie, als wollte sie mich trösten. „Das Schulamt hat schon eine Sitzung einberufen.

Bald habt ihr eine neue Lehrerin, sollst mal sehen!“ Sie klopfte mir auf die Schulter.

Ich bemühte mich, möglichst bekümmert dreinzuschauen, und trank schnell mein Milchglas leer.

„Ich muß in den Stall“, erklärte ich den Grund meiner Eile. „Wir Jungen treffen uns heute abend bei Jack. Wir wollen uns Gedanken machen, was wir nun ohne Lehrerin anfangen, so ganz ohne Unterricht.“

Tante Lou nickte mit einem Lächeln.

„Alle Achtung!“ sagte sie. „Ihr legt ja allerhand Weitsicht an den Tag. Mit so einer Einstellung werdet ihr schon nicht ins Hintertreffen geraten, auch wenn der Unterricht eine Zeitlang ausfällt.“

Ich nickte. Zwar rechnete ich keineswegs damit, ins Hintertreffen zu geraten – besonders nicht, wenn wir die Erlaubnis bekamen, unser Vorhaben in die Tat umzusetzen.

Ich beeilte mich mit der Stallarbeit und schob dann die Küchentür gerade weit genug auf, um Tante Lou Bescheid zu geben, daß ich jetzt losgehen, aber rechtzeitig zum Abendbrot wieder zurück sein würde.

Sie rief eine muntere Antwort zurück. Irgendwie kam ich mir ein bißchen schäbig vor. Tante Lou war anscheinend in dem Glauben, daß wir gemeinsam unseren Unterrichtsstoff aufarbeiten wollten. Dabei hatten wir in Wirklichkeit vor, die kurzen unverhofften Ferien dazu zu nutzen, uns möglichst weit von allem, was mit der Schule zusammenhing, zu entfernen.

Auf dem Weg durch das trockene Laub am Boden machte ich mir aber dann keine allzu großen Sorgen. Schließlich hatte ich Tante Lou doch nicht ausdrücklich gesagt, daß wir Schularbeiten machen wollten. Auf diese Idee war sie von ganz allein gekommen.

Ich war als erster bei Jack. Der hatte sich mit einem Geometriebuch unter einem Apfelbaum im Garten ausgestreckt. Sein Vater hatte ihn bestimmt zum Lernen nach draußen geschickt. Als ich auftauchte, schob er allen Anschein des Fleißes beiseite und winkte mich heran.

„Na, wie sieht's aus?“ wollte er wissen.

„Och – ich hab' noch nichts gesagt“, antwortete ich. „Und du? Hast du schon gefragt? Ich dachte, wir wollten uns alles erst mal in Ruhe überlegen und …“

„Haargenau!“ sagte Jack.

„Tante Lou denkt, wir träfen uns hier bei dir, weil wir uns Gedanken über den versäumten Unterrichtsstoff machen wollten“, sagte ich ziemlich kleinlaut.

„Hast du ihr das etwa gesagt?“ fragte Jack mit schrägem Blick.

„'türlich nicht!“ sagte ich ein bißchen wütend. Jack wußte sehr wohl, daß ich nicht log.

„Dann kannst du auch nichts dafür, wenn sie das denkt“, meinte Jack achselzuckend.

„Nee, wahrscheinlich nicht“, stotterte ich verlegen. „Trotzdem wär's mir lieber, wenn sie das nicht denken würde. Wenn's dann rauskommt, was wir wirklich vorhaben, ist womöglich alles gleich im Eimer.“

Jack schaute längst nicht mehr so vorlaut drein.

„Hoffentlich nicht!“ sagte er, und ich wußte, daß er begriffen hatte, worum's mir ging.

Mir war regelrecht unwohl bei der Sache zumute, und diesmal konnte ich die Gewissensbisse nicht einfach abschütteln. Ich war Tante Lou gegenüber noch nie unaufrichtig gewesen und hatte keineswegs vor, ausgerechnet jetzt damit anzufangen, auch wenn es mich den Ausflug in die Berge kosten sollte.

Dann tauchte auch schon Avery auf. Vom Laufen war er noch ganz außer Puste. Seine atemlose Frage riß mich aus meinen Gedanken.

„Wer kocht denn?“ keuchte er.

Wovon in aller Welt redete er bloß?

„Wer übernimmt denn das Kochen?“ wiederholte er und sah zwischen Jack und mir hin und her. „Wir brauchen schließlich einen, der kocht, sonst fällt das Ganze ins Wasser.“

Jack fand als erster eine Antwort.

„Wir kochen alle abwechselnd."

Avery kniff kritisch die Augen zusammen.

„Also, ich kann schon mal nicht kochen", stellte er nüchtern fest und fügte skeptisch hinzu: „Möchte wetten, daß ihr's genausowenig könnt!"

„Mensch, jetzt mach's aber mal halblang!" schalt Jack. „Man braucht schließlich kein Koch zu sein, um über dem Feuer was Eßbares zusammenzubrutzeln. Du hältst die Bratpfanne über die Flamme und fertig!"

„Hast du's schon mal probiert?" fragte Avery beharrlich.

Jack warf ihm einen grimmigen Blick zu.

„Ich dachte, du wärst derjenige, der die ganze Idee aufgebracht hat. Warum machst du jetzt so 'n Palaver? Bleib doch zu Hause, wenn du willst!" schimpfte er, und Avery schlug hastig einen anderen Ton an.

„Wir könnten ja Brot und Käse mitnehmen", schlug er vor, aber sehr begeistert klang's nicht gerade.

„Also, ich für meinen Teil esse Fisch", kündigte ich voller Zuversicht an.

Avery machte sich weder aus Fisch noch aus dem Angeln etwas.

„Und wer brät die Fische?" wollte er wissen.

Allmählich hatte auch ich Averys Schwarzseherei satt.

„Ich natürlich. Wer sonst?"

„Ach ja? Und hast du das schon mal gemacht?"

Damit hatte er mich an meinem schwachen Punkt erwischt. Ich war derjenige bei uns, der die Fische fing; das Kochen besorgte dann Tante Lou oder Onkel Charlie. Ich hatte noch nie selbst einen Fisch ausgenommen. Ach was, ich würde es wenigstens versuchen. So schwierig konnte es doch nicht sein, einen Fisch zuzubereiten, oder?

Gerade in dem Moment erschien Willi auf der Bildfläche und ersparte mir damit die mühsame Arbeit, Avery von meinen Kochkünsten zu überzeugen.

Zu viert setzten wir uns im Schneidersitz auf den Rasen. Dann eröffneten wir gewissermaßen unseren kleinen Parteitag zur Planung unserer Wanderung.

Da keiner von uns je einen solchen Ausflug unternommen hatte, wußten wir nicht so recht, wo wir mit dem Planen überhaupt anfangen sollten. Willi förderte einen kurzen Bleistift und ein zusammengefaltetes Blatt Papier aus seiner Hosentasche zutage. Wir spendeten ihm höchstes Lob für seine weise Voraussicht und sahen uns dann ratlos in der Runde um. Jack übernahm den Vorsitz.

„Zuerst müssen wir überlegen, was wir alles brauchen", sagte er. Das klang durchaus vernünftig.

„Decken zum Beispiel", fuhr er fort, als hätte er vorhin mit seinem Buch in der Hand eher an den Ausflug als an Geometrie gedacht.

„Genau", gab Avery ihm recht. „Nachts wird's nämlich ziemlich kalt."

Willi schrieb „Decken" auf die eine Seite des Blattes.

„Essen", führte Jack als nächstes auf. Avery nickte heftig.

„‚Essen' ist zu allgemein. Wir müssen da schon ein bißchen genauer sein", meinte Willi, den Bleistift erwartungsvoll über das Papier haltend.

Keiner von uns hatte Erfahrung in solchen Sachen.

„Brot", meinte Avery.

Willis Bleistift fuhr kratzend über das Papier.

„Käse", sagte Avery dann.

„Brot und Käse? Seid ihr verrückt geworden? Ich will doch nicht tagelang bloß von Brot und Käse leben!" protestierte Jack.

„Na, dann sag du doch gefälligst selbst, was du willst", fuhr Avery ihn an. „Man hört ja nichts Brauchbares von dir!"

Willi mischte sich ein, bevor Jack und Avery sich in die Haare kriegen konnten. Die beiden waren noch nie besonders gut miteinander ausgekommen.

„Brot und Käse also", sagte Willi. „Was wollt ihr sonst noch mitnehmen?"

„Wir brauchen Butter und Mehl und Salz und Pfeffer zum Fischebraten", warf ich ein. Schon unzählige Male hatte ich Tante Lou dabei zugeschaut, wie sie die Zutaten miteinander vermischt und den mehlbepuderten Fisch dann in die zischende Butter gegeben hatte. Ihre gebratenen Fische schmeckten immer ausgezeichnet.

„Und was, wenn du keine Fische an die Angel kriegst?" wollte Jack auftrumpfend wissen.

„Dann wirst du wohl einfach Brot und Käse essen müssen", gab ich zurück.

„Wir brauchen Kochtöpfe, eine Bratpfanne und eine Art Wasserkessel", fuhr Willi schnell fort, um einen hitzigen Streit abzuwenden.

„Streichhölzer!" fiel Avery ein.

Wir warfen ihm anerkennende Blicke zu. Ohne Streichhölzer am Lagerplatz konnten wir gleich wieder kehrtmachen.

Unsere Liste erstreckte sich bald auf beide Seiten des Papiers, und dann wurde Jack auch schon von seiner Mutter zum Essen ins Haus gerufen. Wir übrigen mußten uns jetzt sputen, damit auch wir noch rechtzeitig zum Essen nach Hause kamen.

Avery und ich rannten los. Willi trollte sich in die andere Richtung. Rennen und Reden zugleich konnten wir kaum, weshalb unser Heimweg auch ziemlich schweigsam ausfiel.

„Wann fragst du denn um Erlaubnis?" keuchte Avery.

„Weiß nicht", keuchte ich zurück.

„Und wen fragst du?"

Ich schüttelte den Kopf. „Weiß ich auch noch nicht", gestand ich.

Ich war nämlich immer noch zu keinem Schluß gelangt, welches Familienmitglied sich als bester Verbündeter erweisen würde. Ich würde mich halt vorsichtig herantasten müssen.

„Zum Rumtrödeln haben wir keine Zeit mehr", keuchte Avery. „Die von der Schulbehörde halsen uns womöglich eine neue Lehrerin auf, bevor wir unsere Ferien richtig genießen können."

Vom vielen Reden war Avery ganz außer Atem. Ich wußte zwar, daß er recht hatte, aber unter Druck setzen lassen wollte ich mich nun auch wieder nicht.

„Ich werde die Sache schon irgendwie schaukeln“, erklärte ich entschlossen. „Mach dir deswegen nur keine Sorgen!“

An der Pappelstraße trennten wir uns. Avery rannte in die eine Richtung weiter und ich in die andere. Ich befürchtete schon, zu spät zum Essen zu kommen, und wenn Tante Lou auch vielleicht nicht gleich schimpfen würde, war so etwas unserem Vorhaben alles andere als zuträglich.

Ich bog in den Pfad zum Pfarrhaus ein und kam gerade in dem Moment auf den Hof gerannt, als Onkel Nat aus dem Sattel stieg. Ich blieb neben ihm stehen und schnappte erst mal nach Luft.

„Nanu“, wunderte sich Onkel Nat, „woher kommst du denn so eilig angelaufen?“

Ich wartete, bis ich halbwegs wieder reden konnte, und antwortete ihm dann: „War bei Jack ... bin aus Versehen ein bißchen zu lange geblieben ... dachte schon, ich käm' zu spät zum Essen.“

„Da geht's dir so wie mir“, stellte Onkel Nat fest, aber sonderlich besorgt deswegen schien er nicht zu sein. „Frau Miranda war wieder einmal schlecht dran.“

„Geht's ihr denn jetzt besser?“

„Ja, sie scheint sich wieder erholt zu haben.“

Fast jede Woche wurde Onkel Nat zu Familie Willis gerufen, um mit der „bald von uns scheidenden Frau Miranda“, wie die alte Oma Willis genannt wurde, zu beten. Bis jetzt lebte sie noch, aber eines Tages würde es dann doch mit ihr zu Ende gehen, und sicher ist sicher.

Ich nahm Dobbin bei den hängenden Zügeln und wartete, bis Onkel Nat den Sattel abgeschnallt hatte. Dann führte ich das Pferd in den kleinen Stall hinter dem Haus.

Obwohl Dobbin gerade die zehn Meilen bis zur Farm von Familie Willis und zurück hinter sich hatte, trabte er jetzt munter auf den Stall zu. Dobbin war ein prima Pferd, daran gab's nichts zu rütteln. Uropa hatte Dobbin zusammen mit einem flotten Einspänner für Onkel Nat und Tante Lou gekauft. Wenn Onkel Nat allein unterwegs war, ritt er aber lieber, anstatt den Wagen anzuspannen. Reiten ging schneller, und für Dobbin war's außerdem leichter so.

Im Stall nahm ich Dobbin das Zaumzeug ab. Onkel Nat machte sich daran, ihn zu striegeln. Ich wartete nicht mal ab, bis ich darum gebeten wurde, sondern kletterte gleich über die Futterkrippe und füllte sie mit frischem Heu. Dann gab ich Dobbin sein Futter. Das hatte ich schon unzählige Male gemacht; ich wußte haargenau, wieviel Futter er brauchte.

„Ihr habt also keine Lehrerin mehr, hört man“, sagte Onkel Nat beim Striegeln.

„Stimmt“, sagte ich leichthin.

Onkel Nat grinste.

„Als ich in deinem Alter war, hätte ich mich bestimmt wie ein Schneekönig gefreut, endlich mal in den Genuß von ein paar schulfreien Tagen zu kommen. Hätte mir auf der Stelle überlegt, was man wohl am besten damit anfangen könnte.“

Ich antwortete nicht.

„Das ist wirklich etwas ganz Ungewohntes für dich“, fuhr Onkel Nat nachdenklich fort. „Kein Unterricht zu einer Jahreszeit, wo es auch keine Farmarbeit für dich zu tun gibt. Was hast du denn mit deiner unverhofften Freiheit vor? Wirst du dich auch nicht zu Tode langweilen?“

Ich wußte zwar, daß er es im Spaß gesagt hatte, aber zugleich witterte ich auch eine einmalige Gelegenheit. Vielleicht konnte ich ihm unser Vorhaben ein bißchen schmackhaft machen.

„Also“, sagte ich so beiläufig, wie's nur ging, „wir Jungen haben uns auch schon Gedanken darüber gemacht. Eine Wanderung wär' nicht schlecht, eine mit Übernachtung unter freiem Himmel. So was wollten wir eigentlich immer schon gemacht haben.“

Ich sah von Dobbin, der sich über seinen Hafer hermachte, zu Onkel Nat auf. Der striegelte im gleichen Tempo weiter.

„Übernachten im Freien? Kann mich nicht erinnern, euch je davon reden gehört zu haben."

„Nee, haben wir auch nicht", beeilte ich mich zu erklären. „Bei gutem Wetter mußten wir ja auch bei der Ernte und im Garten helfen. Aber das ist jetzt für dieses Jahr alles erledigt. Und außerdem", fügte ich hastig hinzu, „außerdem hab' ich so genau eigentlich noch nie daran gedacht." Ich wollte Onkel Nat gegenüber restlos ehrlich sein.

Er nickte nur.

„Wir haben uns gedacht, daß jetzt die beste Zeit für so eine Wanderung wäre", unterstrich ich mein Anliegen.

Dann schalt ich mich auch schon selbst aus. Schließlich war nichts damit gewonnen, wenn ich zu übereifrig wirkte.

„Und wer ist alles am Pläneschmieden beteiligt?" erkundigte sich Onkel Nat.

„Ich und Avery und Willi und Jack", platzte ich heraus.

Onkel Nat verzog das Gesicht zu einem Schmunzeln.

„Du, wenn du deiner Tante Lou diese Liste präsentierst", entgegnete er, „dann rate ich dir aber zu der Reihenfolge ‚Avery, Willie, Jack und ich'."

Ich nickte betreten. Dieser Fehler war schon tausendmal an mir berichtigt worden, besonders von Tante Lou.

„Und wohin soll die Wanderung gehen?" wollte Onkel Nat wissen.

Mein Herz machte einen kleinen Satz. Er hatte einfach gefragt: „Und wohin soll die Wanderung gehen?", als ob alles wie selbstverständlich schon genehmigt worden wäre.

„Wir gehen am Bach entlang in die Berge bis zur Bachquelle", antwortete ich so bestimmt, als hätten wir die Wanderung bereits bis in alle Einzelheiten geplant. „Äh ... Das ist mir nur gerade eben so eingefallen", sagte ich dann der Ehrlichkeit halber, „aber die andern haben bestimmt nichts dagegen."

Onkel Nat nickte.

Dann hängte er Striegel und Bürste wieder an den Haken

an der Wand, klopfte Dobbin zum Abschied auf die Flanke und gab mir mit einem Kopfnicken zu verstehen, daß wir uns jetzt aber zu sputen hätten, zum Essen ins Haus zu kommen.

Ich folgte ihm leicht zögernd. Ich war mir nicht sicher, ob ich diese Runde gewonnen oder verloren hatte. Wußte Onkel Nat auch wirklich, wie dringend ein Junge in meinem Alter auch mal selbständig etwas unternehmen mußte? Hatte ich ihn auf meiner Seite, wenn es darum ging, den Rest der Familie zu überzeugen?

Wir hatten das Haus fast erreicht, als er mir seine Hand auf die Schulter legte.

„Ich finde eure Idee ausgezeichnet“, sagte er. „Wenn ich diese Woche nicht so viel hier in der Kirche zu tun hätte, würde ich am liebsten mit euch gehen!“

Uff! Ich atmete auf. Onkel Nat war dafür! Damit waren wir schon ein Riesenstück weiter. Zum ersten Mal fing ich an zu hoffen, daß aus der Sache tatsächlich etwas werden würde.

Die letzten Hürden

Auf dem ganzen Weg zur Farm am nächsten Tag – es war Samstag – hatte ich ein kribbliges Gefühl. Weiß selbst nicht, weshalb ich so unruhig war. An der Wanderung lag mir wohl doch mehr, als ich gedacht hatte. Komisch, eigentlich hatte ich noch nie ernsthaft an eine Wanderung mit Übernachtung im Freien gedacht, aber seit Avery mich gestern auf den Geschmack gebracht hatte, war ich Feuer und Flamme. Im ersten Moment war ich so verdutzt gewesen, daß ich den Vorschlag nicht mal verwunderlich gefunden hatte – wegen Avery, mein' ich. Der hatte sich nämlich noch nie viel aus der freien Natur gemacht, soweit ich wußte. Er ging nicht mal gerne angeln, aber ausgerechnet er war's, der mit dieser traumhaften Idee rausrückte. Aber wie gesagt, das alles kam mir erst später in den Sinn.

Ich war viel zu beschäftigt damit, über mich selbst nachzudenken. Auf diesen Ausflug brannte ich, wie ich noch nie im Leben auf etwas gebrannt hatte, höchstens vielleicht damals auf einen eigenen Hund. Oder darauf, Tante Lous Hochzeit mit irgendeinem Burschen aus der Nachbarschaft zu verhindern, der nicht mal richtig zu schätzen wußte, was er an ihr hatte.

Meinen eigenen Hund hatte ich ja nun. Dafür hatte Uropa gesorgt. Ich drückte Pixie an mich und streichelte ihr das weiche Fell unterm Kinn, während sie sich von mir losstrampeln wollte. Eigentlich ließ sie sich gern streicheln, aber das Umarmtwerden mochte sie nicht besonders.

Und was Tante Lous Heirat anging, so hatte sie sich zum guten Schluß einen Mann ausgesucht, gegen den ich ja wahrhaftig nicht das geringste einzuwenden hatte. Ich mochte Onkel Nat ja selbst furchtbar gern. Insgeheim hoffte ich sogar, daß er ein gutes Wort bei den drei Männern auf der Farm für mich einlegen würde, was die Sache mit der Wanderung betraf.

Wir lenkten Pferd und Wagen in die Einfahrt zur Farm. Ich hatte ein komisches Gefühl in der Magengrube. Jetzt würde es nicht mehr lange dauern, bis ich Bescheid wußte, ob ich nun mitgehen durfte oder nicht.

Opa kam uns bis zum Zaun vor dem alten Farmhaus entgegen. Er grinste zur Begrüßung von einem Ohr zum andern und umarmte Tante Lou. Die hatte ihre Hände voll mit Tüten mit selbstgemachtem Gebäck, wie sie's immer mitbrachte, wenn wir zur Farm fuhren, aber sie ließ sich trotzdem gern von Opa in die Arme schließen und drückte ihm einen Kuß auf die wettergegerbte Wange. Dann schüttelte Opa Onkel Nat kräftig die Hand drehte sich auch zu mir um.

„Stehst also plötzlich ohne Lehrerin da, Junge, wie?" sagte er.

Er nannte mich immer noch „Junge", obwohl ich eigentlich fand, daß ich inzwischen zu groß für diese Anrede war. Trotzdem nahm ich's ihm nicht übel, mich so zu nennen.

Ich nickte nur.

„Wir haben schon davon gehört", sagte Opa zu Onkel Nat. „Wollte Josch eigentlich heute morgen selbst bei euch abholen. Hast dir hoffentlich keine Umstände gemacht, ihn herzubringen."

Onkel Nat lachte.

„Lou wollte ohnehin bei euch nach dem Rechten sehen", erklärte er. „Ich hatte heute morgen Zeit für eine kleine Kutschfahrt, und auf dem Rückweg in die Stadt statten wir Familie Curtis einen Besuch ab, um zu dem neuen Erdenbürger zu gratulieren."

Auf der Veranda begrüßte uns Uropa. Er klopfte mir auf die Schultern und nahm Tante Lou in die Arme. In der Küche hörte ich Onkel Charlie mit Töpfen und Tellern klappern und schloß daraus, daß er heute mit dem Aufwasch an der Reihe war. Ein Geschirrtuch in der einen Hand und eine Pfanne in der anderen, kam er an die Haustür.

Nach der allgemeinen Begrüßung stellte Lou ihre Gebäcktüten auf dem Tisch ab und setzte Kaffeewasser auf. Egal, wieviel Zeit auch seit ihrem letzten Besuch hier vergangen sein mochte: sie nahm immer auf der Stelle das Kommando in der Küche an sich, sobald sie das Haus betreten hatte.

Wir suchten uns alle einen bequemen Platz und setzten uns.

„Was hört man denn über eure Schule, Josua? Der Unterricht soll ab sofort ausfallen?“ fragte Uropa. Als Stadtmensch legte er großen Wert darauf, daß ich eine gute Schulbildung bekam. Die ganze Unterhaltung drehte sich jetzt um die Schule und die fehlende Lehrerin.

„Haste 'ne Ahnung, wann der Unterricht weitergeht?“ erkundigte sich Opa.

Er hatte Onkel Nat gefragt, und ich ließ ihn gern antworten.

„Das Schulamt ist schon auf der Suche nach Ersatz“, gab mein Onkel zur Antwort. „Man hofft, innerhalb von einer Woche eine neue Lehrerin schicken zu können.“

Uropa räusperte sich.

„Mir geht es nicht so sehr um den Zeitpunkt“, erklärte er, „ich mache mir eher Gedanken über die Qualität des Ersatzes.“

Aller Augen richteten sich auf Uropa.

„Was meinst du damit?“ fragte Opa.

„Hm, ich will mir zwar nicht unnötig den Kopf zerbrechen, aber mir will scheinen, daß alle tüchtigen Lehrkräfte für dieses Schuljahr schon auf ihre Posten verteilt sein dürften.“

Daran hatte ich noch gar nicht gedacht, und die anderen wohl auch nicht. Ich sah mehrere Sorgenfalten in den Gesichtern um mich her.

„Dann müssen wir halt beten", meinte Tante Lou. „Wenn etwas nicht stimmen sollte mit der neuen Lehrerin, beten wir, daß Gott sie zurechtbringt." Sie schob ein frisches Holzscheit in den Ofen, als wäre damit nun alles in bester Ordnung.

Opa klopfte mir auf die Schulter. „Schön, dich mal ein bißchen länger als sonst hier zu haben!"

„Vielleicht können wir beiden die Zeit zum Angeln nutzen", schlug Uropa mit einem Augenzwinkern vor.

„Das wäre prima", nickte ich und meinte es auch so.

„Unser Josch hat große Pläne", sagte Onkel Nat und warf mir einen fragenden Blick zu. Ich nickte zum Zeichen, daß er ruhig weitersprechen sollte. Mein Onkel begriff auf der Stelle und räusperte sich, um sich Gehör zu verschaffen.

„Ich finde seine Idee glänzend", fuhr er fort. Er machte eine Pause, um sicherzugehen, daß alle auf den Plan gespannt waren.

„Josch und ein paar andere Jungen haben überlegt, daß dies die beste Gelegenheit dazu wäre, eine kleine Wanderung bachaufwärts zu machen und ein paar Tage oben an der Quelle zu verbringen."

Bevor auch nur jemand den Mund zu einem Einspruch aufmachen konnte, redete Onkel Nat weiter.

„Ich halte das für eine gute Sache für die Jungen", sagte er. „Zu einem solchen Ausflug kommen sie ja sonst nie wegen der schweren Arbeit, die der Herbst immer mit sich bringt. In diesem Herbst hat sich das warme Wetter aber bis nach der Ernte gehalten. Da bietet sich ein kleiner Ausflug direkt an, wenn ihr mich fragt."

Onkel Nat war mit seiner kleinen Rede fertig, und alle Augenpaare in der Küche hefteten sich auf mich.

Bevor auch nur jemand ein Wort sagen konnte, machte Tante Lou einen Satz an den Herd, wo der Kaffeekessel um ein Haar übergekocht wäre. Im stillen dankte ich dem Kessel dafür, die durchbohrenden Blicke von mir abgelenkt zu haben, und rutschte auf meinem Stuhl hin und her.

Tante Lou schenkte den Männern Kaffee ein und schnitt ihren Zitronenkuchen in Scheiben. Bei Kaffee und Kuchen und einem randvollen Glas von Bleß' kühler, frischer Milch für mich redete es sich schon leichter über mein Anliegen.

„Wußte gar nicht, daß du dich fürs Wandern interessierst, Junge", bemerkte Opa.

„Hab' eigentlich auch noch nie daran gedacht, weil ich sowieso keine Zeit zu so etwas hatte, und so urplötzlich ist's mir auch gar nicht eingefallen. Das Ganze war Averys Idee", erklärte ich in aller Offenheit. „Wie Onkel Nat schon gesagt hat, gab's ja immer Arbeit, wenn das Wetter gut war."

Opa nickte.

„Und wer geht alles mit?" wollte er wissen.

„Avery, Willi und Jack", antwortete ich.

„Ich meine als Erwachsene", drückte Opa sich deutlicher aus.

Ich zögerte, weil ich einfach nicht wußte, was ich antworten sollte. Einerseits wollte ich nichts sagen, was mir als frech ausgelegt werden könnte, aber andererseits mußte ich ihm irgendwie begreiflich machen, daß Jungen mit fünfzehn keinen mehr brauchen, der älter ist als sie.

„Also, wir ... äh ...", begann ich, aber Uropa kam mir zu Hilfe.

„Ein Junge, der beim Heumachen seinen Mann steht und schnell genug Korn für eine Dreschmaschine schaufeln kann, der wird wohl ein paar Tage lang für sich selbst sorgen können", stellte er nüchtern fest und warf mir ein Augenzwinkern zu.

Die größten Bedenken standen Tante Lou im Gesicht geschrieben, obwohl Opa auch nicht gerade sehr überzeugt dreinschaute.

„Wo wollt ihr denn essen?" fragte Tante Lou.

„Im Freien", antwortete ich. „Wir nehmen uns etwas zu essen mit und kochen am Lagerfeuer."

Tante Lou wollte gerade etwas sagen, als Onkel Nat still und heimlich ihre Hand nahm. Niemand außer mir hatte es gesehen. Tante Lou klappte den Mund wieder zu und umfaßte Onkel Nats Hand fest.

„Was hältst du denn von dem Ganzen?" wollte Opa zu meiner Überraschung von Onkel Charlie wissen.

Onkel Charlie nahm einen tiefen Schluck von seinem heißen Kaffee, ließ die vorderen Stuhlbeine krachend auf dem Boden landen und antwortete ohne jedes Zögern: „Hab' nichts dagegen."

Jetzt wußte ich, daß ich gewonnen hatte. Am liebsten hätte ich einen Freudentanz aufgeführt, ließ das aber wohlweislich bleiben.

„Ich helf' dir mit dem Essen, Josch", erbot Tante Lou sich, unterbrach sich aber schnell und warf Onkel Nat einen Blick zu, um sich zu vergewissern, daß ihr Angebot nicht als ungebetene Einmischung aufgefaßt worden war. Ihre Wangen röteten sich leicht, und sie fügte schnell hinzu: „Natürlich nur, wenn du möchtest."

„Das wäre nett", antwortete ich. „Ich und die anderen Jungen, wir wissen nämlich nicht so richtig, was wir alles mitnehmen sollen, weil wir ja noch nie länger von daheim weg gewesen sind."

„Du meinst wohl: ‚Die anderen Jungen und ich'", verbesserte mich Tante Lou, aber ihr Lächeln nahm ihren Worten jede Strenge.

Damit war wohl alles geregelt. Opa sagte zwar nie ausdrücklich ja, aber verbieten tat er's auch wieder nicht. Nach allerhand Hin und Her wurde beschlossen, daß wir am ersten Tag zur Quelle wandern sollten, drei Nächte an dem kleinen See unterhalb der Quelle im Freien verbringen und am vierten Tag wieder nach Hause wandern würden. Bevor ich wußte, wie mir geschah, stellten alle fünf Erwachsenen in der Küche eine Liste von Dingen auf, die wir brauchen würden. Die Liste wuchs und wuchs, bis ich schon zu befürchten begann, daß wir ohne Pferd und Wagen nicht auskommen würden.

Na, wenn schon! Sie meinten's ja alle nur gut. Später, wenn sie ihren Spaß gehabt hatten, würde ich die Liste in

Ruhe auseinandernehmen und alles sortieren. Zuerst mußte ich aber meinen Freunden Bescheid geben. Es galt, die Sache in Angriff zu nehmen, bevor das Schulamt uns mit einer neuen Lehrerin einen Strich durch die Rechnung machen konnte.

Es geht los!

Ich weiß nicht, wer von uns am meisten von der Abenteuerlust gepackt war, als wir zwei Tage später mit unseren Rucksäcken auf dem Pfad am Bach entlang losmarschierten.

Jack war nicht mit von der Partie. Er tat uns mächtig leid deswegen. Sein Pa hatte ein Machtwort gesprochen; Jack mußte zu Hause bleiben und sich hinter seine Bücher klemmen, wenn aus ihm mal ein Doktor werden sollte. Der arme Kerl war vor Enttäuschung fast krank, und weil ich wußte, wie mir selbst so etwas zugesetzt hätte, fühlte ich mich aus lauter Mitleid auch ein bißchen krank.

So packten also nur Avery, Willi und ich unsere Siebensachen zusammen, natürlich nicht ohne einen wahren Schwall an gutgemeinten Ratschlägen und Anweisungen von unseren Angehörigen, und machten uns auf den Weg zum Bach. Ich bedauerte eigentlich bloß zweierlei: daß Jack fehlte und daß ich Pixie zu Hause lassen mußte. Nachdem ich ausgiebig mit meinen Männern über die Sache geredet hatte, mußte ich einsehen, daß ein Lager unter freiem Himmel kein geeigneter Ort für einen kleinen Hund war, und außerdem waren ihre Beine ja viel zu kurz für die lange Wanderung. Da ich meine Hände frei haben mußte und den Rucksack auf dem Rücken haben würde, hätte ich sie auch nicht tragen können.

Bevor die Farm außer Sichtweite geriet, drehte ich mich um und winkte noch einmal zum Abschied. Da standen sie alle: Opa, Onkel Charlie, Uropa und sogar Onkel Nat und Tante Lou – die beiden waren nach dem Wochenende zur Farm zurückgefahren, weil sie sich nichts von dem Trubel entgehen lassen wollten – und sahen uns nach. Tante Lou schneuzte sich sogar in ihr weißes Taschentuch, als ob wir

Jungen nun in den Krieg zögen oder so ähnlich. Sie alle machten Gesichter, die froh und traurig zugleich waren: froh, weil wir endlich etwas unternehmen konnten, was wir uns unbändig gewünscht hatten, besorgt, daß uns bloß nichts zustieß, und ein bißchen traurig, weil wir langsam, aber sicher erwachsen wurden.

Uns dreien war derweil alles andere als traurig zumute, als wir jetzt frisch drauflos marschierten, um endlich die Familie hinter uns zu lassen, denn wir wollten schließlich auf uns selbst gestellt sein.

Es dauerte allerdings nicht lange, bis unsere Schritte langsamer wurden. Die Rucksäcke drückten immer mehr, und die Sonne brannte ziemlich heiß. Nachdem wir den ausgetretenen Kuhpfad hinter uns gelassen hatten, war das Vorankommen auch kein Kinderspiel mehr. Die Weidenbüsche wuchsen bis an den Bach, und wir mußten uns mitten durch das Gestrüpp vorankämpfen. Wir wollten uns nicht vom Ufer entfernen, um den Bach nicht hinter den Bäumen aus dem Blick zu verlieren. Deshalb blieb uns nichts anderes übrig, als Büsche und Geäst in Kauf zu nehmen.

Ich glaube, wir stießen alle einen Seufzer der Erleichterung aus, als es sich vor uns zu lichten begann. Der Bach führte uns jetzt durch niedriges Gebüsch und dann mitten durch Turleys Kuhweide. Von hier ab würde die Strecke leichter zu bewältigen sein.

Gerade waren wir durch den Zaun geklettert und wollten uns einen besseren Weg suchen, als Avery laut stöhnte, stehenblieb und sich an einen Zaunpfahl lehnte.

„Höchste Zeit für 'ne Marschpause!“ behauptete er. Willi und ich hatten's zwar eilig mit dem Weiterkommen, aber ganz taufrisch fühlten wir uns auch nicht mehr.

„Am anderen Ende von der Weide legen wir eine Pause ein“, bestimmte Willi, aber Avery rührte sich nicht vom Fleck.

„Ich mach' hier auf der Stelle Pause“, erklärte Avery ungerührt. Wir wußten, daß alle Widerworte zwecklos sein würden. Avery ließ den Rucksack zu Boden gleiten und setzte sich, den Rücken daran gelehnt, ins Gras. Insgeheim fragte ich mich, wie er es nur bis zur Bachquelle schaffen wollte, wenn er jetzt schon schachmatt war, sagte aber nichts davon. Um ganz ehrlich zu sein, kam mir eine kleine Pause eigentlich auch ganz gelegen.

Es war noch gar nicht lange her, seitdem Tante Lou uns mit gebratenem Speck, Rührei und Bratkartoffeln bewirtet hatte, aber das schien Avery längst vergessen zu haben. Er grub in seinem Rucksack und holte eine Handvoll von Tante Lous Plätzchen hervor. Willi und ich wollten nicht leer ausgehen, weshalb wir uns auch jeder eine Handvoll nahmen. Die Rast, die Plätzchen und der Schluck Wasser aus dem Bach taten uns gut, doch nach ein paar Minuten wurde ich ungeduldig. Willi erging's nicht anders, und so schlugen wir Avery vor, wieder aufzubrechen. Nach meiner Rechnung waren wir erst zwei Meilen gewandert und hatten noch ein gutes Stück Weg vor uns.

Reichlich widerwillig nahm Avery seinen schweren Rucksack und schnallte ihn an. Willi und ich schulterten ebenfalls unsere Rucksäcke, und dann ging's weiter, ich den beiden anderen voran, weil ich mich hier am besten auskannte. Auf diesem Streckenabschnitt ließ es sich schon viel leichter wandern, nicht bloß, weil wir das dichte Gestrüpp hinter uns gelassen hatten, sondern auch, weil das Vieh das Gras schön kurz gefressen hatte.

Turleys Viehherde graste friedlich in der Nähe, aber wir schenkten den Kühen kaum Beachtung; rund und fett waren sie, und ihr braunes Fell glänzte richtig in der Sonne – so viel entging uns nicht.

Fast hatten wir die andere Seite der Weide erreicht, als auf einmal ein riesiger Tumult hinter uns losbrach. Es hörte sich an, als ob eine ganze Herde Rinder auf uns zugestürmt käme.

Wir fuhren auf dem Absatz herum. Es war nicht die ganze Herde, sie hätte es aber geradesogut sein können. Den Kopf gesenkt, die Nüstern gebläht und Staubwolken aufwirbelnd, kam Turleys roter Bulle schnurgerade auf uns zugerast. Wer je sehen wollte, wie schnell drei Fünfzehnjährige rennen können, der hätte uns nur zuzuschauen brauchen. Vergessen war, wie schwer unsere Rucksäcke und wie müde wir waren. Wir machten, daß wir zum nächsten Zaun kamen, so schnell uns unsere Beine trugen.

Ich kam als erster dort an und machte mir erst gar nicht die Mühe zu bremsen, sondern warf mich im vollen Tempo auf den Boden und rollte mich mitsamt meinem Rucksack unter dem Stacheldraht durch. „Ratsch!" machte es lautstark hinter mir. Au weia! Ich hatte das Stück Sackleinen, mit dem Tante Lou meinen Rucksack so sorgfältig umwickelt hatte, mit einem klaffenden Riß versehen. So leid mir das tat, so war ich andererseits heilfroh, mich hinter dem Zaun vor dem Bullen in Sicherheit gebracht zu haben.

Als nächster kam Willi unter dem Zaun hergerollt, um auf der anderen Seite mit mir zusammenzustoßen. Erst jetzt kamen wir auf die Idee, uns nach Avery umzusehen.

Der Schrecken fuhr uns in die Glieder. Avery rannte auf den Zaun zu, so schnell ihn seine Beine trugen, aber er war noch nie besonders sportlich gewesen, und der wildgewordene Bulle war ihm bedenklich nahe auf die Pelle gerückt.

„Schmeiß deinen Rucksack hin!" schrie ich, ohne erst groß nachzudenken. Hätte ich das nämlich getan, dann wäre mir vielleicht in den Sinn gekommen, daß Avery beim Abschnallen seines Rucksacks mehr Zeit verlieren würde, als er ohne ihn aufholen konnte.

Irgendwie gelang es ihm aber, sich von seiner Last zu befreien und sie im Laufen fallen zu lassen. Um ein Haar hätte es ein böses Ende mit ihm genommen, wenn der Bulle sich nicht plötzlich für den Rucksack interessiert hätte. Er ließ von Avery ab und blieb stampfend und schnaubend stehen. Dann versetzte er dem Bündel im Gras einen wütenden Hieb, doch damit gab er sich nicht zufrieden. Mit voller Wucht stieß er seine Hörner in das Bündel und riß es in die Luft. Als es wieder am Boden landete, bearbeitete er es mit einem Huftritt, um es gleich darauf wieder mit den Hörnern in die Luft zu schleudern. Dabei grunzte und schnaubte er wutentbrannt.

Derweil kam Avery zu Willi und mir auf die andere Seite des Zauns gekrochen. Er keuchte und pustete und sah leichenblaß aus. Ich fühlte mich ja selbst ein bißchen weich in den Knien, besonders als ich sah, was der Bulle mit dem Bündel angestellt hatte, das Avery ihm überlassen hatte. So ärgerlich es auch war, daß er es zerfetzt und in den Boden gestampft hatte, so war ich doch mächtig erleichtert, daß es nicht meinen Freund selbst erwischt hatte.

Da lagen wir nun im Gras und rangen sowohl nach Luft als auch um unsere Fassung. Zuallererst freuten wir uns, daß wir mit dem Leben davongekommen waren. Dann fingen wir an, uns wegen unserer Ausrüstung Gedanken zu machen.

Wir hatten unsere Last so gleichmäßig wie möglich unter uns verteilt. Ich hatte mein Bettzeug, unsere Kochtöpfe, das Geschirr und das Besteck und mein Angelzeug. Willi hatte seine Decken, ein Beil zum Holzspalten, Streichhölzer, Verbandszeug und einen Teil unserer Lebensmittel. Avery hatte seine Decken und den Hauptteil des Proviants. Mit großen Augen und einem komischen Gefühl in der Magengrube schauten wir nun zu, wie der Bulle Averys Rucksack restlos zu Brei zermalmte.

„Rühreier!" flüsterte Willi trotz unserer beklagenswerten Lage mit einem verschmitzten Augenzwinkern.

„Psssst!" zischte Avery, ohne den Blick von dem Bullen abzuwenden. „Mach ihn bloß nicht wütend!"

„Wütend?" mischte ich mich flüsternd ein. „Das ist er doch schon längst!"

„Dann eben noch wütender", gab Avery zurück.

„Kann mir nicht vorstellen, wie er noch wütender werden könnte", beharrte ich. „Guck doch bloß, wie er sich über das Bündel hermacht!"

Wir konnten nichts an der Sache ändern. Wohl oder übel mußten wir von unserem Platz hinter dem Zaun aus zuschauen, wie der Bulle seinen Spaß mit dem kostbaren Bündel hatte, bis er endlich genug von dem Spielchen bekam. Er ließ den Rucksack im Gras liegen und näherte sich dem Zaun, um uns schnaubend und vor Wut schäumend anzustarren. Wir hätten am liebsten die Flucht ergriffen, aber das Gestrüpp hinter uns bot wohl kaum Schutz vor dieser Bestie. Ich wies die beiden anderen an, sich mäuschenstill zu verhalten, um den Bullen nicht noch mehr anzustacheln. Wir hielten den Atem an und warteten einfach nur ab. Dabei hofften wir inständig, daß er nicht etwa auf die Idee kam, es mit dem Stacheldrahtzaun aufzunehmen.

Endlich hatte der Bulle es satt, schnaubend am Zaun zu stehen. Er machte kehrt und trabte grimmig zu den Kühen zurück. Allzuweit ging er allerdings nicht, und ab und zu drehte er sich drohend wieder zu uns um, damit wir uns nicht zu sicher fühlten.

Weiterwandern konnten wir jetzt nicht. Nicht ohne Averys Bündel – beziehungsweise was davon noch übrig war. Unsere einzige Hoffnung war, daß das Essen, das Tante Lou in Blechdosen verpackt hatte, noch brauchbar war, damit wir die nächsten drei Tage davon leben konnten.

Solange der Bulle noch auf der Weide herumschnaubte, kamen wir schon mal nicht an das Bündel heran. Notgedrungen verzogen wir uns ein Stück weit ins Gebüsch und warteten ab.

So hatten wir uns die Wanderung eigentlich nicht vorgestellt. Die Sonne stieg höher in den Himmel und brannte noch heißer, und weit und breit gab es keine Handbreit Schatten. Ich stellte meinen Rucksack so aufrecht hin, wie's nur ging, und versuchte, wenigstens mein Gesicht aus der Sonne zu halten.

Als die Sonne allmählich nach Westen vorrückte, verspürten wir alle einen Bärenhunger und einen Riesendurst.

„Etwas von dem Essen hast du doch, stimmt's?" erkundigte ich mich bei Willi. Er drehte sich seinen Rucksack so, daß er hineingreifen konnte. Der Rucksack war mit größter Sorgfalt gepackt und verschnürt worden, so daß man nicht ohne weiteres darin herumstöbern konnte, wenn man nicht alles durcheinanderbringen wollte. Eigentlich hätten wir ihn erst an unserem Lagerplatz für die Nacht öffnen sollen.

Willi förderte einen Brotlaib zutage, und ich holte ein Messer aus meinem Rucksack. Wir schnitten das Brot in ziemlich dicke, schräge Scheiben, die wir untereinander verteilten. Wir hatten nicht mal den Käse zur Hand, über den wir uns so lustig gemacht hatten.

Bis zum späten Nachmittag war es wirklich heiß in der Sonne geworden. Ich mußte mir meinen Rucksack des Schattens wegen mehrere Male anders hinstellen. Hin und wieder muß ich wohl eingenickt sein, und Willi und Avery erging es, glaube ich, nicht anders.

Als ich aufwachte und mich aufrecht hinsetzte, sah ich, wie der Bulle sich wieder an dem Bündel zu schaffen machte. Ich hatte eigentlich gehofft, daß er den Kühen längst von der Weide gefolgt wäre, aber so war es nicht. Er schnüffelte und schnaubte vor sich hin, war aber nicht mehr von dem Eifer beseelt, das Bündel weiter zu zerfetzen.

„Bis heute abend schaffen wir's nicht mehr zu unserem Lagerplatz“, brummte Avery.

„Mir kommt's ja nur drauf an, daß er uns noch etwas Eßbares übriggelassen hat“, meinte Willi. „Immerhin können wir auch hier übernachten, wenn's sein muß, und morgen früh dann weiterwandern, aber gemütlich wird's nicht gerade werden, wenn wir außer dem Brot nichts zu essen kriegen.“

Dem konnte ich nur zustimmen.

Wir hatten die Hoffnung schon beinahe aufgegeben, daß der Bulle sich je trollen würde, als die Kühe beschlossen, daß es nun an der Zeit zum Melken sei. Der Bulle sah sich nach uns um, schaubte vernehmlich und trabte hinter den Kühen her in Richtung Stall.

Wir warteten, bis er sich weit genug entfernt hatte, bevor wir zum Zaun gingen. Trotz allem weigerte sich Avery, auf die andere Seite zu kriechen. Der Schrecken saß ihm noch zu sehr in den Knochen.

Ich war dann derjenige, der das Bündel holte. Es dauerte eine Weile, bis ich alles wieder vom Boden aufgesammelt und in dem Rucksack verstaut hatte, um das Ganze heil auf die andere Seite des Zauns zu bringen.

Averys Decken wiesen ein paar Löcher auf und waren auch fachmännisch im Dreck umhergeschleift worden, aber abgesehen davon waren sie noch einigermaßen brauchbar. Das Essen dagegen war eine Sache für sich. Die Blechdosen waren samt und sonders verbeult, und ein paar davon hatten ihre Deckel eingebüßt. Staub und trockenes Gras hatte sich mit dem Inhalt vermischt. Ein einziges Ei von dem ganzen Dutzend hatte das Abenteuer heil überstanden.

Ein paar Sachen waren noch eßbar; wenigstens zum Abendbrot würden wir über die Runden kommen. Alle drei waren wir ziemlich hungrig und machten uns daran, eine Art Mahlzeit zusammenzukriegen. Wir bliesen Laub und Erde von Tante Lous Maisbrot, schmierten Butter darauf und verputzten es mit etwas von der Dauerwurst, die Opa uns mitgegeben hatte. Allmählich wurde es dunkel; immerhin war es ja schon Herbst, und an Weiterwandern war für heute nicht mehr zu denken.

Es gab keinen Unterschlupf in der Nähe, weshalb wir unsere Decken wohl oder übel unter freiem Himmel ausbreiten mußten.

„Menschenskinder, bin ich müde!“ seufzte Avery. Mir ging es genauso, wenn ich auch den Grund dafür nicht recht begriff. Immerhin waren wir nur zwei Meilen gewandert und hatten den Rest des Tages träge in der Sonne gelegen und sogar geschlafen.

„Morgen früh müssen wir zeitig aufstehen und uns auf den Weg zu unserem Lagerplatz machen“, meinte Willi, „damit wir nicht noch einen Tag verlieren.“

Avery zog sich die Schuhe aus und machte sich daran, aus seiner Hose zu steigen.

„Was machst du denn da?“ wollte Willi wissen. „Auf einer Wanderung zieht man sich nicht aus!“

Avery zuckte nur mit den Schultern, zog sich die Hose wieder an und kroch unter seine staubigen Decken.

Bis zum Morgen waren wir wohl alle für jeden Faden Kleidung dankbar, den wir am Körper trugen. Trotz der Decken war es kalt im Freien. Rauhreif bedeckte das Gras um uns her, und ich hätte wetten mögen, daß auch meine Nase davon nicht verschont geblieben war.

Wir trauten uns nicht, ein Feuer zu machen. Bei dem stoppeligen Gras um uns her wäre das viel zu gefährlich gewesen. Außerdem hatten wir sowieso kein Brennholz zur Hand. So schnitten wir uns einfach noch ein paar Scheiben Brot ab und aßen sie mit einer Portion von Tante Lous kalten Bohnen. Am meisten fehlte uns etwas zu trinken. Tante Lou hatte uns dazu überreden wollen, Milch mitzunehmen, aber das hatten wir für unnötig gehalten, weil unser Gepäck ohnehin schon schwer genug war. Wir würden ja das kühle, frische Quellwasser zum Durstlöschen haben, hatten wir ihr versichert. Und so wäre es ja jetzt auch, wenn dieser verrückte Bulle nicht gewesen wäre.

Frierend verschnürten wir unsere Rucksäcke, so gut es ging, und brachen zu unserem Wanderziel auf, bevor die Sonne im Osten aufgegangen war.

Am Lagerplatz

Wir konnten es kaum erwarten, in die Höhe zur Quelle zu kommen. Keiner von uns war je dort oben gewesen, aber wir hatten gehört, daß der Bach an der Quelle mitten aus der Hangseite heraussprudelte und sich von da aus in die Täler und durch die Farmlandschaft wand. Richtig malerisch sollte es da oben sein, und das Wasser sollte so klar und kalt wie Eiskristalle sein, hatten wir uns erzählen lassen. Die grünen Bäume beugten sich über den kleinen Quellteich, „als ob sie mit den Fingern ins Wasser langen wollten", hatte Opa gesagt.

Weil wir noch einen langen Fußmarsch vor uns hatten, schlugen wir ein forsches Tempo an. Teils kamen wir gut voran, aber manchmal war das Gelände schon holperiger, und zuweilen taten wir uns regelrecht schwer mit dem Vorankommen. Wir kämpften uns durch Gebüsch und Morast und taten unser Bestes, um uns dicht an den Bach zu halten. Ein paarmal hätten wir eigentlich auch ein Stück vom Bach abweichen können, um uns einen leichteren Weg zu suchen; wir wußten doch genau, wo es langging, aber wir taten lieber so, als stießen wir hier in ein völlig unerforschtes Gebiet vor, eins, in dem man sich sofort verirrte, wenn man sich nicht an den Bach hielt.

Um die Mittagszeit legten wir eine Pause ein und aßen Brot mit Käse und ein paar saftige Äpfel, die Willi aus seinem Rucksack zutage gefördert hatte. Als wir dann weiterwanderten, war Willi ziemlich schweigsam. Ich sah, wie er alles um sich her mit einem zufriedenen Gesichtsausdruck betrachtete. Er schien die Wanderung außerordentlich zu genießen, obwohl sein Rucksack der schwerste war. Aus

Averys zerfetztem Bündel hatte er einen Teil der Ladung übernommen und sie in seinen ohnehin schon randvollen Rucksack gepackt. Er trug mehr als sein Drittel an Gepäck, beklagte sich aber mit keinem Wort.

Avery machte Willis Schweigen allerdings doppelt und dreifach wieder wett, und zwar mit einer Beschwerde nach der anderen. Ich fing schon an zu bedauern, daß er nicht an Jacks Stelle zu Hause geblieben war, auch wenn der ganze Ausflug eigentlich seine Idee gewesen war. Willi dagegen schien sich nicht im geringsten an Averys Jammern zu stören. Er genoß alles, was er sah und hörte, aus vollem Herzen: den Wald, den Bach und die Vögel, die nicht zum Überwintern in den Süden gezogen waren.

Inzwischen war es Nachmittag geworden. Bis zur Quelle konnte es jetzt nicht mehr weit sein. Wir waren dem Bach gerade um eine Biegung gefolgt, als uns plötzlich eine steile Felswand den Weg versperrte. Die ganze Zeit über waren wir am Nordufer entlang gegangen, aber jetzt war dazu kein Platz mehr. Wir würden uns wohl oder übel auf die andere Bachseite schlagen müssen, wenn wir weiterkommen wollten.

Der Bach war zwar weder besonders breit noch tief, aber einfach drüberspringen konnten wir nicht. Es gab auch nirgends Trittsteine, so daß wir es trockenen Fußes nicht an das andere Ufer schaffen würden. Ich wollte mir gerade Schuhe und Strümpfe ausziehen und die Hosenbeine hochschlagen, als Willi eine Idee hatte.

„Habt ihr vorhin den umgestürzten Baumstamm gesehen?“ fragte er.

Avery und ich sahen ihn nur an. Ich konnte mich an keinen umgestürzten Baumstamm erinnern, hatte allerdings die Umgebung nicht so genau betrachtet wie Willi. Wahrscheinlich war ich dazu zu sehr von Averys ständiger Nörgelei abgelenkt gewesen. Da Willi ihm keine Beachtung schenkte, hatte Avery mir sein Leid geklagt.

„Hab’ keinen Baumstamm gesehen“, sagte Avery kurz angebunden.

„Es war erst vor ein paar hundert Metern", behauptete Willi beharrlich. „Man hat ihn bestimmt als Brücke da hingelegt. Er reichte von einem Ufer ans andere. Wenn wir zurückgehen, ersparen wir uns nasse Füße. Ist zwar reichlich warm, aber das Wasser ist eiskalt, und zum Aufwärmen haben wir keine Zeit mehr, weil's mit Sonnenuntergang sofort kalt wird."

Das klang einsichtig, fand ich. Mir lag ganz und gar nichts an einer zweiten elenden Nacht, obendrein mit kalten, nassen Füßen.

„Klar", sagte ich deshalb. „Wenn du einen Baumstamm zum Überqueren gesehen hast, dann laßt uns zurückgehen. Hab' nämlich keine Lust, mir für die ganze Nacht kalte Füße einzuhandeln."

„Wir hätten den Bach gleich an Ort und Stelle überqueren sollen", bemängelte Avery. „Dann hätten wir uns den Umweg erspart. Mein Rucksack ist nämlich nicht aus Luft, und damit unnötig hin- und herzulaufen ist alles andere als ein reines Vergnügen!"

Ich warf ihm einen mißbilligenden Blick zu. Sein Rucksack war dank der Tatsache, daß er dem Bullen unser Essen zum Fraß vorgeworfen und Willi den Rest seiner Ladung aufgehalst hatte, der leichteste von den dreien. Davon sagte ich aber vorerst nichts, sondern machte nur kehrt, um Willi bachabwärts zu folgen.

Der Junge hatte recht. Wir fanden den Baumstamm genau dort, wo er ihn beschrieben hatte. Wer mochte diesen Stamm wohl schon betreten haben? Vielleicht sogar Indianer in ihren Mokassins? Womöglich waren es ja Indianer gewesen, die diesen Baumstamm hier hingelegt hatten. Ach, es war spannend, fand ich, fast so, als wären wir Forscher oder Pioniere oder so etwas ähnliches.

Willi betrat als erster den Stamm. Er spazierte darüber, als wäre es das einfachste der Welt. Man hätte glauben können, er hätte sein ganzes Leben lang dafür geübt. Andererseits war Willi von Natur aus kein Angsthase. Er war immer als erster dabei, wenn es darum ging, auf einem hohen

Bretterzaum zu balancieren oder auf eine Fichte zu klettern. Mir war allerdings aufgefallen, daß er seit seiner Bekehrung nicht mehr so viele Dummheiten machte, die schlichtweg halsbrecherisch waren.

Als nächster war ich an der Reihe. Ich war mir meiner Sache längst nicht so sicher wie Willi. Wenn ich's mir auch nicht anmerken lassen wollte, so hatte ich doch bei jedem Schritt das Gefühl, in der nächsten Sekunde im eiskalten Wasser zu landen.

Hinter mir rief Avery: „He, Josch! Warte auf mich! Meine Schuhe sind nicht für glatte Baumstämme gemacht, weißt du! Mit diesem schweren Rucksack schaffe ich's nie auf die andere Seite!"

„Wenn wir's schaffen, dann schaffst du's auch!" rief ich ihm über die Schulter hinweg zu.

Ich konnte mich unmöglich mitten auf dem Baumstamm nach ihm umdrehen. Weit und breit gab es nichts, an dem man sich festhalten konnte.

Avery sagte nichts mehr. An dem Ruckeln unter mir spürte ich, wie er auf den Baumstamm stieg und sich daranmachte, den Bach zu überqueren. Ich konnte mich immer noch nicht umdrehen und mußte schwer aufpassen, daß ich selbst nicht ins Wasser fiel.

Als ich gerade am anderen Ufer angekommen war und innerlich vor Erleichterung aufseufzte, hörte ich plötzlich einen schrillen Schrei hinter mir. Blitzartig drehte ich mich um und sah – Sie haben's sicher schon erraten – Avery auf dem Baumstamm wanken und um sein Gleichgewicht ringen. Hin und her wankte und reckte er sich, aber der Kampf war verloren. Mit einem gellenden Hilferuf rutschte er von dem Stamm, die Hände nach einem Halt ausgestreckt, den es nicht gab, und im nächsten Moment war er auch schon mit einem lauten Platsch im Bach gelandet.

Einen Augenblick glaubte ich, den Bach kichern zu hören, aber es war wohl doch nur Avery, der nach Luft schnappte, bevor er untertauchte.

Das Wasser reichte ihm zwar nur bis an die Knie, als er sich endlich wieder aufgerappelt hatte, trotzdem war es ihm gelungen, von Kopf bis Fuß durchnäßt zu werden. Da stand er nun, triefend naß, und keuchte und wischte sich übers Gesicht. Die Augen waren ihm vor Schreck – oder war's Zorn? – geweitet, und seine Kleidung klebte an ihm wie die Federn eines Gockelhahns, den das Schicksal des Kochtopfs ereilt hatte und den man vor dem Rupfen in einen Wassertopf gesteckt hatte. Am liebsten hätte ich schallend losgelacht! Ich traute mich nicht mal, einen Blick mit Willi zu wechseln, sonst wär's um meine Beherrschung geschehen gewesen, und das hätte Avery mir mächtig übelgenommen.

Plötzlich entdeckte ich Averys Rucksack im Wasser. Ein guter Teil von unserem Proviant war noch drin. Wenn wir je wieder zusammen eine Wanderung machen sollten, dann würde ich dafür sorgen, daß Avery die Kochtöpfe zu tragen bekam. Bei eisernen Bratpfannen und Emailletöpfen konnte er eigentlich keinen allzu großen Schaden anrichten.

Willi mußte wohl im selben Moment wie ich an unser Essen gedacht haben. Mit einem Satz rannte er an mir vorbei, warf seinen eigenen Rucksack ans Ufer und fischte hastig den durchnäßten Rucksack aus dem Bach. In seiner Eile hatte er vergessen, Schuhe und Strümpfe auszuziehen und sich die Hosenbeine hochzuschlagen.

Der Schaden war nun einmal angerichtet. Willi und ich sortierten stöhnend das nasse Brot, die schwammigen Plätzchen und den triefenden Schinkenspeck auseinander. Das frisch im Bach gewaschene Gemüse und Obst war noch brauchbar. Der Inhalt von Tante Lous Blechdosen, die der Bulle mit allerhand Beulen versehen hatte, war unversehrt. Trotzdem hatten wir einen beträchtlichen Anteil unseres Proviants für die nächsten paar Tage eingebüßt. Ich kann kaum beschreiben, wie mir zumute war.

Averys Decken waren ebenfalls klatschnaß, und seine Ersatzkleidung nicht minder. Er hatte nichts Trockenes, das er sich eben schnell hinter einem Busch hätte anziehen können. Was er am Leibe trug, war genauso naß wie das, was wir aus seinem Rucksack zogen.

Seltsamerweise hatte Avery kein einziges Wort gesagt, seitdem er sich aus dem Bach ans Ufer geschleppt hatte, wo er nun vor Kälte zitternd dastand. Willi griff in seinen eigenen Rucksack und holte trockenes Zeug für ihn hervor.

„Hier, sieh zu, daß du aus deinen nassen Sachen kommst, bevor du dich erkältest!“ sagte er. Wortlos nahm Avery die trockenen Kleidungsstücke entgegen, um sich damit hinter einen Busch zu verziehen.

„Was machen wir denn jetzt bloß?“ flüsterte ich Willi zu, als Avery außer Hörweite war.

„Viel Auswahl haben wir nicht“, flüsterte Willi zurück. „Wir müssen so bald wie möglich unser Lager aufschlagen und Averys Sachen trocknen.“

Ich nickte, obwohl der Gedanke an ein Lager so kurz vor dem Ziel unserer Wanderung die reinste Tortur war.

Ich stand vom Boden auf.

„Dann hol' ich am besten Brennholz“, seufzte ich.

Als ich mit dem Holz wiederkam, hatte Willi schon Averys Kleidungsstücke und Decken auf den Büschen um uns her zum Trocknen ausgebreitet und war jetzt damit beschäftigt, unsere Lebensmittel ausgiebig zu untersuchen. Bestimmt dachte er an unser Abendessen. Ich könnte wetten, daß er nicht weniger hungrig war als ich.

Eifrig schob ich das trockene Laub beiseite, bis ich auf die Erde darunter gestoßen war. Als ich einen sicheren Untergrund für ein Feuer freigekratzt hatte, schaufelte ich mit den Händen Sand vom Bachufer herbei und häufte Laub, Gras und Zweige darauf. Das Feuer loderte auf, sobald ich ein Streichholz daran hielt, und ich glaube, wir alle waren froh über die freundliche Wärme, die es spendete. Avery mit seinem langen Gesicht rutschte dicht an das Feuer heran, ohne erst abzuwarten, bis ich zur Seite getreten war.

Als das Feuer munter brannte, förderten wir die Bratpfanne zutage und legten ein paar Scheiben Schinkenspeck hinein. Der Duft war unwiderstehlich. Wir hatten noch etwas von Tante Lous gebackenen Bohnen übrig und wärmten sie in einem Kochtopf auf. Da wir uns nicht sicher waren, ob das Bachwasser hier trinkbar war, füllten wir eine Blechdose mit dem Wasser und kochten es über dem Feuer. Es war ein wahres Kunststück, alle drei Behälter aufrecht über den Flammen zu halten, und es kostete Willi und mich unsere gesamte Aufmerksamkeit, nichts zu verschütten oder anbrennen zu lassen und immer genug Holz nachzulegen. Avery saß derweil nur frierend dabei.

„Wir werden hier übernachten müssen“, stellte Willi fest. „Wir können uns unter den Bäumen einen Unterschlupf aus Zweigen bauen und das Feuer hier die Nacht über in Gang halten, wenn's sein muß.“

Das bedeutete, ein Haufen an Brennholz war nötig. Also nahm ich das Beil und machte mich auf den Weg, um einen Stapel Holz zu beschaffen. Willi blieb bei dem Feuer, um den Speck und die Bohnen vor dem Anbrennen zu retten, und suchte dann Zweige zusammen, mit denen wir uns unter einem Baum eine Art Hütte basteln konnten.

Avery war derjenige, der uns zum Essen rief. Er hatte wohl an seinem Platz vor dem Feuer die Essensdüfte geschnuppert, bis er mit seiner Geduld am Ende war. Wir nahmen unsere Teller und bedienten uns an den Bohnen und dem Speck, wobei Willi aufpaßte, daß die drei Portionen gleich groß ausfielen. Dann rührte ich Kakaopulver in das kochende Wasser und füllte unsere drei Blechtassen mit dem heißen Getränk. Das würde uns bestimmt wieder aufwärmen. Willi und Avery hatten keine Schuhe an, weil sie ja beide mit den Schuhen im Bach herumgewatet waren. Deshalb gab ich Willi meine Ersatzstrümpfe, aber an Ersatzschuhe hatte keiner von uns gedacht.

Das Essen war prima. Wir konnten es kaum abwarten, bis Willi ein kurzes Dankgebet gesprochen hatte. Wir ließen es uns schmecken, als wäre es das feinste Galaessen. In der frischen Luft schmeckt alles besser, heißt es. Schon möglich. Eins stand jedenfalls fest: so gut wie diese Mahlzeit hatte mir noch nie etwas geschmeckt. Schade war nur, daß wir nicht genug davon hatten. Und Brot fehlte uns auch. Als unsere Teller leer waren, knurrte uns immer noch der Magen.

Zum Nachtisch aßen wir jeder eine Birne und bedauerten dabei, keins von Tante Lous Riesenplätzchen dazu zu haben, aber der schwammige Brei, den der Bach aus ihnen gemacht hatte, konnte uns beim besten Willen nicht locken.

Weil ich der einzige mit Schuhen war, beschaffte ich uns immer wieder frisches Brennholz. Bestimmt hatten wir jetzt viel mehr Holz, als wir je aufbrauchen konnten, aber ich wollte auf keinen Fall riskieren, daß wir alle frieren mußten, und so schleppte ich eine Ladung nach der anderen herbei.

Willi und Avery bauten derweil unter dem Baum eine Art Wand aus Zweigen auf. Dann schichteten sie Zweige auf dem Boden auf, bis daraus eine Art Matratze geworden war. Willi holte unsere Decken aus dem Gepäck. Als ich wieder mit einem Armvoll Holz zurückkam, machte er gerade ein Bett fertig. Ich muß wohl eine fragende Miene aufgesetzt haben, denn Willi meinte, mir eine Erklärung zu schulden.

„Bei den paar Decken, die uns noch bleiben, werden wir wohl alle drei in einem Bett schlafen müssen, wenn wir nicht erbärmlich frieren wollen“, sagte er.

Damit hatte er wahrscheinlich recht, aber ich war es nicht gewohnt, ein Bett mit jemandem zu teilen. Willi machte das sicher nichts aus; der hatte mit seinen beiden Brüdern in einem Bett geschlafen, so lange er denken konnte.

Wir legten frisches Brennholz nach, spülten unser Geschirr im Bachwasser und räumten die Reste unserer Lebensmittel wieder beiseite. Ich fragte mich im stillen, wie viele Mahlzeiten wir damit wohl noch zubereiten konnten. Bloß gut, daß ich mein Angelzeug mitgebracht hatte!

Wieder ließen wir unsere Sachen an. Ich zog nur meine Schuhe aus und stellte sie tunlichst unter das Dach aus Zweigen für den Fall, daß es in der Nacht regnen sollte. Willi und Avery stellten ihre Schuhe so dicht wie möglich an das Feuer, damit sie bis zum Morgen trockneten.

Dann krochen wir alle in den Unterschlupf und legten uns auf unser Bett. Da Avery am meisten fror, wurde beschlossen, daß er den Platz zum Feuer hin bekommen sollte. Ihm wurde auch aufgetragen, das Feuer über Nacht in Gang zu halten.

Willi machte es am wenigsten aus, mit anderen in einem Bett zu schlafen, weshalb er sich auch erbot, den Platz in der Mitte zu nehmen. Ich bekam den hinteren Schlafplatz zugeteilt, dem Feuer abgewandt und den Zweigen zugekehrt, aus denen wir die Rückwand unseres Unterschlupfes verfertigt hatten.

Es war nicht die gemütlichste Nacht, die ich je verbracht hatte, soviel steht fest. Die winzigen Spitzen der Tannennadeln kratzten einen durch die Decken hindurch am ganzen Leib. Die Tannenzweige an der hinteren Wand unserer Hütte wehten mir ins Gesicht, sobald ich mich rührte oder auch nur atmete. Avery nahm fast die ganze Decke für sich in Beschlag, obwohl er am dichtesten am Feuer schlief. Er rollte sich derart darin ein, daß ich an meinem Ende Mühe hatte, überhaupt noch einen Zipfel davon für mich zu erwischen.

Ich schlief unruhig. Willi war längst nicht so ein bequemer Bettnachbar, wie ich gehofft hatte. Er drehte und wendete sich im Schlaf, wozu in unserer engen Herberge aber schlicht und einfach kein Platz war. Avery schlief. Er schlief sogar so felsenfest, daß er das Feuer vergaß, weshalb es ausging und uns keine Spur von Wärme mehr spendete. Am nächsten Morgen froren wir allesamt bis auf die Knochen. Die Schuhe waren noch immer klatschnaß, und der Holzstapel war noch genauso groß wie gestern.

Schon vor Sonnenaufgang wachten wir mißgelaunt und erbärmlich frierend auf. Ich kroch unter den Zweigen über

Willi und Avery hinweg ins Freie, zog mir die kalten Schuhe an und machte ein neues Feuer. Mit steifen, tauben Fingern holte ich die Streichhölzer hervor und zündete es an.

Danach suchte ich die zerbeulte Blechdose mit Tante Lous Pfannkuchenmehl hervor, verrührte die trockenen Zutaten mit etwas Bachwasser und goß einen Klecks Teig in die noch lauwarme Bratpfanne. Es waren keine Pfannkuchen von Weltklasse, die da in der Pfanne schmorten, jedenfalls nicht die ersten. Sie waren bleich wie der Mond und in der Mitte noch nicht gar, und wenden ließen sie sich nur mit Mühe, aber wir aßen sie trotzdem. Mit Ahornsirup schmeckten sie sogar ganz annehmbar. Als ich aber dann bei den letzten paar Pfannkuchen angelangt war, hatte sich die Pfanne viel zu stark erhitzt, so daß die Pfannkuchen außen anbrannten, während sie innen noch flüssig waren.

Trotzdem hatte es uns so gut geschmeckt, daß ich gleich noch einen Teig anrührte und zu Pfannkuchen verarbeitete. Auch diese verputzten wir restlos. Was Tante Lou uns als Frühstücksproviant für drei Tage mitgegeben hatte, war nun an einem einzigen Morgen verschwunden. Na, wenn schon, dachten wir; schließlich hatten wir gestern nicht viel zu essen bekommen.

Unsere Schuhe waren immer noch naß, und auch unsere Kleidung und Decken mußten noch weiter trocknen. Wir konnten unmöglich aufbrechen und weiterwandern.

„Wir müssen hierbleiben, bis alles trocken ist", bestimmte Willi. „Wir haben nur noch eine Nacht übrig. Wir können unmöglich morgen früh aufstehen, zur Quelle wandern, hierher zurückkommen und bis zum Abend wieder zu Hause sein. Das schaffen wir nie an einem einzigen Tag."

„Was? Du meinst also, wir sollen von hier aus wieder nach Hause gehen, ohne die Quelle zu sehen, wegen der wir überhaupt gekommen sind?" jammerte Avery.

„Also, ich hab' nicht die geringste Lust, barfuß zur Quelle zu wandern", entgegnete Willi. „Du etwa?"

Ich wußte genau, daß Avery noch nie im Sommer barfuß

gelaufen war, wie ich es seit eh und je machte. Ich wußte auch genau, daß ich mir den Anblick der Quelle auf keinen Fall entgehen lassen würde, ob barfuß oder nicht, auch wenn es schon Herbst war und es keinen richtigen Wanderpfad durch das Gebüsch gab. Diese Bemerkung verkniff ich mir jedoch zunächst.

„Scheußlich ist das, zum Auswachsen!“ schimpfte Avery. „Wir haben allen Jungen erzählt, daß wir zur Bachquelle wandern, und jetzt müssen wir klein beigeben und sagen, daß wir's gar nicht bis zur Quelle geschafft haben!“

Mir war auch nicht gerade zum Jubeln zumute.

„Josch kann doch gehen – der hat doch trockene Schuhe!“ platzte Willi plötzlich heraus.

Auf die Idee, allein zur Quelle zu wandern, wäre ich nie von selbst gekommen. Als Willi aber jetzt davon sprach und sogar Avery eine Spur froher dreinschaute, war ich auf einmal erleichtert. Ich würde die Quelle also trotz allem noch zu sehen kriegen!

So hatten wir uns die Wanderung zwar nicht vorgestellt, aber es war immerhin besser als nichts. Auf diese Weise konnte wenigstens einer dem Rest erzählen, wie es da oben bei der Quelle zur Herbstzeit aussieht.

Es war also beschlossene Sache: Ich sollte allein zur Quelle wandern, während die beiden anderen hierblieben, um ihre Sachen zu trocknen. Ich wußte zwar, daß Willi und Avery nicht gerade darauf erpicht waren, unverrichteter Dinge hier am Bach zu bleiben, und sie taten mir auch leid, aber andererseits sah ich auch nicht ein, weshalb ich mich neben sie ans Feuer setzen und Trübsal mit ihnen blasen sollte.

Ich holte noch eine Ladung Holz, bevor ich losging, und Willi und Avery machten es sich wieder unter den Decken gemütlich. Da sie nun nichts zu tun hatten, holten sie den Schlaf nach, den sie in der Nacht versäumt hatten. Dabei konnte ich ja selbst kaum die Augen offenhalten. Ich hätte wetten können, daß ich von uns dreien am schlechtesten geschlafen hatte.

Trotzdem trieb mich die Abenteuerlust. Ich brannte darauf, mit eigenen Augen zu sehen, wo unser Bach entsprang. War es wirklich so schön dort, wie die Leute behaupteten? War das Wasser so kühl und rein? Ich beschloß, einen Eimer mitzunehmen, damit ich den beiden anderen eine Kostprobe von dem berühmten Quellwasser mitbringen konnte.

Die Quelle

Obwohl ich, wie gesagt, von der Abenteuerlust gepackt war, tat es mir andererseits auch leid, allein zur Quelle gehen zu müssen. Ich weiß nicht mal, ob ich mir selbst oder ob die beiden anderen mir so leid taten. Versteht sich, daß die beiden nicht gerade glücklich darüber waren, im Lager herumsitzen zu müssen, während ihre Schuhe trockneten, aber mir würden sie schon deshalb fehlen, weil ich jetzt niemanden hatte, mit dem ich dieses Erlebnis teilen konnte.

Eine Spur mißmutig machte ich mich auf den Weg. Ich war aber noch nicht weit gegangen, als mir schon leichter ums Herz wurde. Die Sonne schien warm und hell. Wer kann schon bei so viel Sonnenschein lange schlechter Laune sein? Ein leichter Wind raschelte durch die Blätter, die sich standhaft geweigert hatten, ihren Platz an den Zweigen aufzugeben. Über mir flatterten zwitschernde Vögel. Trotz des warmen Wetters waren die meisten Zugvögel längst über alle Berge, aber ich sah ein paar Eichelhäher und Stieglitze und dergleichen. Auf einem Baumstumpf entdeckte ich sogar einen prächtigen Falken, dessen frisch geputztes Gefieder prächtig in der Sonne glänzte.

Wie ich schon gesagt hab', konnte kein Mensch an einem solchen Tag lange trübsinnig sein. Ich wanderte mitten durch die schönste Landschaft, die ich je gesehen hatte. So weit bachaufwärts war ich noch nie gekommen, und ich war regelrecht begeistert von dem, was es hier alles zu sehen gab.

Ich hatte keinen blassen Schimmer, wie weit es noch bis zur Quelle war. Eine Stunde Fußweg vielleicht? Oder zwei? Je tiefer ich aber in den Wald vordrang, desto weniger sorgte ich mich wegen der Entfernung. Ich wanderte einfach staunend und bewundernd durch Gottes herrliche Natur. Uropa fiel mir ein. Der hätte bestimmt seine helle Freude an allem, wenn er jetzt bei mir wäre.

Bevor ich's mich versah, hörte ich das Rauschen von Wasser und legte einen Schritt zu. Zwischen den Bäumen hindurch, am Bachufer entlang, dann um die Bachwindung – da blieb ich sprachlos stehen.

Dort am Hang vor mir sah ich einen kleinen Wasserfall. Mit den Augen folgte ich ihm bis an seinen Ursprung. Plötzlich begriff ich, daß unser Bach genau an dieser Stelle seinen Anfang nahm. Ich stand nur da und weidete mich an dem Anblick des silbernen Wassers, das, im Sonnenlicht funkelnd, hinabtanzte und mit tausend Spritzern in dem kleinen flachen Weiher aufgefangen wurde. Es stimmte, was ich gehört hatte: Um den Teich herum standen Bäume, deren lange, fingerartige Zweige das kühle, glitzernde Wasser berührten. Hier und dort spiegelte sich eine dunkle Kiefer oder Fichte in dem Teich, vom Schatten anderer Tannen umgeben und von unzähligen Büschen in ihrem Herbstkleid aus gesponnenem Rot und Gold. So einen prächtigen Anblick hatte ich noch nie erlebt. Ich stand einfach nur da und staunte.

Schließlich holte ich Luft und ging ein paar Schritte weiter. Ich kniete mich an dem Weiher nieder und tauchte eine Hand ins Wasser. Es war so eiskalt, daß es in meinen Fingern zu kribbeln begann. Danach setzte ich mich auf den Moosteppich am Ufer und ließ meinen Blick umherschweifen. Weiß nicht, wie lange ich so dagesessen bin. Später stand ich wieder auf und ging um den ganzen See herum, weil ich alles bis ins kleinste erforschen wollte.

Meine Güte, wie tat es mir leid, daß die beiden anderen Jungen jetzt nicht bei mir waren! Ihnen war wirklich etwas ganz Besonderes entgangen.

Widerstrebend dachte ich an den Rückweg zum Lager. Ich tauchte meinen Eimer in das klare Wasser des kleinen Sees, um den beiden eine Kostprobe von dem Wasser mitzubringen. Doch plötzlich kam mir eine bessere Idee, und ich goß das Wasser wieder in den Teich zurück, ging um den See herum und kletterte an der Felswand bis zu der Stelle hoch, wo das Wasser aus dem Gestein hervorbrach.

Jetzt wurde mir klar, warum man so etwas eine Quelle nennt. Sprudelnd und munter „quoll“ das Wasser förmlich aus der Felswand hervor.

Ich streckte den Arm mit dem Eimer weit in den silbrigweißen Wasserstrahl, um eine Kostprobe davon aufzufangen. Eiskalt spritzte mir das Wasser über die Hand.

So schnell wie möglich wollte ich es den beiden Jungen im Lager bringen, damit sie fühlen konnten, wie kalt es war, aber leicht fiel's mir nicht, diesem Ort den Rücken zu kehren.

„Ich komme wieder“, versprach ich flüsternd. „Ich komme wieder, wenn's sich nur irgend machen läßt. Und wenn ich komme, dann schlage ich mein Lager direkt hier am Seeufer auf und höre mir die ganze Nacht den Gesang des Wasserfalls an.“

Ich drehte noch eine letzte Runde um den See, dann machte ich mich auf den Rückweg, aber nicht, ohne einen letzten, langen Blick zurückzuwerfen.

Beim Abstieg kam ich viel schneller voran als beim Aufstieg. Als ich unseren Lagerplatz erreicht hatte, stand die Sonne schon hoch am Himmel und kletterte allmählich in Richtung Westen. Ich merkte erst, wie hungrig ich war, als mir Essensdüfte entgegenwehten.

Als ich mit meinem Wassereimer angelaufen kam, bevor die warme Nachmittagssonne das Wasser erwärmen konnte, machten Willi und Avery ein schuldbewußtes Gesicht. Ich war aber so darauf aus, ihnen von der Quelle und dem See zu erzählen, daß ich kaum Notiz von der ausgebrannten Feuerstelle nahm, obwohl ich mächtig hungrig war. Voll Begeisterung schilderte ich meinen beiden Kameraden in allen Einzelheiten, was ich gesehen hatte: den Wasserfall, den See, die dunklen Tannen und das Rot und Gold der Büsche. Dabei schob ich ihnen meinen Eimer mit dem Quellwasser zu und bestand darauf, daß sie einen Schluck davon kosteten. Ich erzählte ihnen, wie eiskalt das Wasser gewesen war, als ich von der Quelle aufgebrochen war, und hätte noch stundenlang weiterreden können, wenn mir der Magen nicht so heftig geknurrt hätte. Ich hatte einen riesigen Kohldampf, daran bestand kein Zweifel.

Schließlich warf ich einen Blick auf den rußgeschwärzten Kochtopf über der kalten Asche unserer Feuerstelle, kniete mich davor auf den Boden und streckte die Hände nach dem Topf aus.

Willi wollte eine Entschuldigung vorbringen, aber ich wehrte ab.

„Laß nur“, beschwichtigte ich ihn, „mir macht's nichts aus, kalte Reste zu essen.“

„Also, äh ...“, stotterte Willi, „ich fürchte, wir haben keine kalten Reste mehr.“

„Dann mach' ich schnell ein neues Feuer und koch' mir 'ne Portion von dem gleichen Essen, das ihr hattet“, erbot ich mich. „Was habt ihr denn gegessen?“

„Hm ... Willi hat Kartoffeln und Mohrrüben in den heißen Kohlen gebacken“, erklärte Avery betreten.

„Lecker!“ sagte ich. „Hat's lange gedauert, bis alles gar war?“

Keiner der beiden gab mir eine Antwort.

„Wir haben sämtliche Kartoffeln und Mohrrüben gebakken, die wir finden konnten“, gestand Avery schließlich. „Viel war's nicht. Irgendein Tier hat sich wohl über Nacht an unserem Proviant zu schaffen gemacht. Schien ein wahrer Liebhaber von Gemüse zu sein.“ Averys Eifer beim Erzählen lebte zusehends auf. „Wir mußten die ganze Gegend nach ein paar verstreuten Sachen absuchen, und bevor wir das Gemüse überhaupt in die Kohlen legen konnten, mußten wir erst mal die angebissenen Stellen rausschneiden.“

„Ach so“, sagte ich. Dann kam mir eine Idee: „Na, dann brat' ich mir halt ein Stück Speck!“

Willi rutschte unbehaglich auf dem Felsbrocken hin und her, der ihm als Stuhl diente.

„Der Speck ist auch alle“, sagte er mit tonloser Stimme, den Blick auf den Boden geheftet.

Allmählich dämmerte es mir. Wir hatten auch kein Brot mehr, keinen Käse, keine Äpfel und Birnen, keine Plätzchen und auch kein Pfannkuchenmehl.

„Was haben wir denn noch?“ fragte ich schließlich ungeduldig.

„Bohnen“, antworteten die beiden im Duett.

„Ich glaube, ich geh' angeln“, brummte ich und strengte mich mächtig an, mir meine Wut nicht anmerken zu lassen.

„Während du angelst, mache ich schon mal ein neues Feuer und wärme die Bohnen auf“, erbot Avery sich hastig. Ich bedankte mich und holte mir mein Angelzeug.

Willi schaute besorgt drein.

„Willst du wirklich mit dem Essen warten, bis du einen Fisch an der Angel hast?“ fragte er. „Es könnte schließlich ein Weilchen dauern, bis einer anbeißt, weißt du.“

Ich verkniff mir die Bemerkung, daß mir wohl kaum etwas anderes übrigblieb.

„Hab' unterwegs einen Apfel und eine Birne gegessen“, sagte ich statt dessen. „Ich halte schon durch, bis ich einen Fisch in die Pfanne bekomme.“ Mit mehr Mut im Gesicht als im Herzen machte ich mich auf den Weg. Wenn ich mich nicht irrte, hatte ich ungefähr eine Viertelmeile bachaufwärts eine vielversprechende Angelstelle gesehen.

Es dauerte tatsächlich länger, als ich gehofft hatte, bis ich einen Fisch am Haken hatte. Ich mußte mir zweimal eine andere Angelstelle suchen, bevor einer anbiß. Die Forelle, die ich dann aber aus dem Bach holte, konnte sich sehen lassen. Mein knurrender Magen konnte es kaum erwarten, bis sie endlich in der Pfanne lag.

Als ich mich dem Lager näherte, hing ein sonderbarer Geruch in der Luft. Ich hatte den würzigen, kräftigen Duft von Tante Lous gebackenen Bohnen erwartet, aber was ich jetzt roch, war etwas ganz anderes.

In der kleinen Lichtung, wo wir unsere Zweighütte gebaut hatten, sah ich mich suchend um. Unter der Decke hielt anscheinend wieder jemand ein Nickerchen. Beim näheren Hinschauen entdeckte ich, daß es zwei Jemande waren, die sich da unter der Decke ausruhten. Das Feuer war wieder erloschen, obwohl es offensichtlich frisch aufgeschichtet worden war, wie Willi versprochen hatte. Auf den drei Steinen stand ein völlig geschwärzter Kochtopf. Ich warf einen Blick hinein. Genau sagen konnte ich's zwar nicht, aber die verkohlten, übelriechenden Reste am Boden des Kochtopfs waren wohl die allerletzten gebackenen Bohnen von Tante Lou. Ich stöhnte auf.

Es dauerte eine Weile, bis das Feuer heiß genug für die Bratpfanne war. Ich war heilfroh, daß wir noch etwas Butter und die Dose mit Mehl, Salz und Pfeffer hatten, die Tante Lou uns zum Fischbraten mitgegeben hatte. Ich nahm die Forelle aus, wusch sie gründlich im Bachwasser und wendete sie in der Mehlmischung, bis sie auf allen Seiten damit bedeckt war. Dann legte ich ein Stück Butter in die heiße Pfanne, daß es nur so zischte, und gab die Fischstücke in das goldene Fett. Der Duft war einfach köstlich.

Für einen, der seit den Pfannkuchen zum Frühstück nur einen Apfel und eine Birne zu essen bekommen hatte, legte ich jetzt eine beachtliche Zurückhaltung an den Tag, während ich zuschaute, wie die Forelle zischend in der Pfanne garte. Eine Portion von den gebackenen Bohnen oder eine Scheibe Brot hätten bestimmt prima zu dem Fisch geschmeckt, aber das sollte mich jetzt nicht kümmern. Ich machte mich über die Forelle her, bevor sie auch nur halbwegs abgekühlt war.

Der Duft von gebratenem Fisch hing ziemlich schwer in der Luft. Da dauerte es nicht lange, bis sich die beiden Jungen im Schlaf zu regen begannen. Ich hörte Willi leise stöhnen. Bestimmt waren die beiden schon wieder hungrig. Nicht, daß ich einer von der geizigen Sorte war, aber was ist schon ein kleiner Fisch unter drei Jungen? Ich aß schneller.

Tatsächlich! Ich hatte mich nicht getäuscht. Ich war noch nicht mit dem Essen fertig, als Avery unter der Decke hervorkroch und sich die Lippen leckte. Willi folgte ihm auf den Fersen.

Den Rücken zu ihnen gewandt, aß ich hastig weiter. Die beiden hatten wahrscheinlich nicht weniger Hunger als ich vorhin gehabt hatte. So ganz selbstsüchtig wollte ich nun auch wieder nicht sein, weshalb ich mich halb umdrehte und zwischen zwei Bissen Fisch sagte: „Meine Angel steht da drüben, falls ihr sie borgen wollt."

Avery hatte noch nie viel fürs Angeln übriggehabt, obwohl er gern Fisch aß. Er nahm sich die Angel und machte sich mit Willi auf den Weg bachaufwärts.

„Eine Viertelmeile von hier ist eine brauchbare Angelstelle!" rief ich ihnen nach. „Viel Glück!"

Als ich mit dem Essen fertig war, wusch ich meine paar Utensilien im Bach wieder sauber, füllte den verkohlten Kochtopf mit Wasser zum Einweichen und ging zu unserem Unterstand. Endlich war ich mal an der Reihe mit Schlafen, fand ich. Besonders, weil wir uns heute nacht wohl oder übel wieder wie die Sardinen in der Dose in unser enges Lager zwängen mußten. Davor graute mir schon jetzt, und dabei war ich todmüde.

Mühsam zog ich mir die schweren Schuhe aus und stellte sie fein säuberlich unter das Zweigdach. Dann knöpfte ich mir die Jacke zu, kroch zu meinem Schlafplatz an der hinteren Wand und wickelte mich in die Decke. Kaum hatte ich mich auf dem Lager ausgestreckt, als mir auch schon die Augen zufielen. Ich hörte nicht einmal, wie die beiden zurückkamen.

Der Heimweg

Die kühle Morgenluft trieb uns zeitig am nächsten Morgen aus unserem Lager, und in aller Eile machten wir uns ein Feuer. Ich hatte schon einen Stapel Holz neben unserer Hütte bereitgestellt, und nachdem wir dazu auch noch trokkenes Laub, Baumrinde und Grasbüschel gesammelt hatten, brannte bald ein munteres Feuerchen.

Die Sonne kletterte gerade leuchtend am Himmel empor, um den neuen Tag zu begrüßen. Mir war, als prickelte jeder einzelne Lichtstrahl, der warm auf meinem Rücken landete, förmlich vor Lebensfreude. Mit vereinten Kräften hatten die Sonne und das Lagerfeuer bald unsere durchfrorenen Knochen wieder aufgewärmt.

Sobald wir halbwegs aufgetaut waren, kam uns der Gedanke an etwas Eßbares in den Sinn. Wir hatten alle einen riesigen Hunger, aber wie ich gestern entdeckt hatte, waren unsere Lebensmittel so gut wie aufgebraucht. Wir hatten zwar noch etwas Butter, Sirup, die Mischung aus Mehl, Salz und Pfeffer und ein paar andere Kleinigkeiten übrig, aber ein Frühstück konnten wir damit kaum zustande bringen.

„Was essen wir denn jetzt?“ fragte Avery, während er unsere kläglichen Reste an Proviant sortierte.

„Wir werden wohl mit der Angel losziehen müssen“, antwortete Willi.

„Gestern hatten wir aber nicht viel Glück damit“, brummte Avery.

„Habt ihr denn nichts gefangen?“ fragte ich überrascht. Ich war eingeschlafen, bevor die beiden zum Lager zurückgekehrt waren.

„Du sagst es“, bemerkte Avery mißgelaunt. Schon allein

der Gedanke an die erfolglose Angelpartie schien ihn ärgerlich zu stimmen.

„Vielleicht klappt's ja heute morgen besser", sagte ich so zuversichtlich, wie ich konnte.

„Hoffentlich", meldete Willi sich zu Wort. „Mir knurrt der Magen wie verrückt!"

Ohne weitere Worte nahmen wir meine Angel und machten uns auf den Weg zum Bach. Ich führte Willi zu dem Platz, wo ich gestern die Forelle gefangen hatte. Wir ließen uns am Ufer nieder und machten uns an die Arbeit. Avery blieb derweil am Lager zurück, um das Feuer in Brand zu halten und die Bratpfanne aufzuheizen.

Schweigend saßen wir eine Weile da. Wir wollten die Fische auf keinen Fall aufschrecken und uns damit jegliche Aussichten auf ein Frühstück verderben.

Dann fing Willi flüsternd ein Gespräch an.

„Diese Wanderung ist ein bißchen anders ausgefallen, als wir erwartet hatten, nicht?" sagte er.

Ich sah ihn nur wortlos an. Ich wußte zwar, daß er recht hatte, aber ich war mir nicht sicher, ob ich das eingestehen wollte – nicht mal mir selbst gegenüber. Vielleicht waren solche Wanderungen eben doch nicht so prima, wie ich immer geglaubt hatte.

„Eine reine Tortur war's zwar nicht gerade", fuhr Willi hastig fort, „aber du mußt zugeben, daß eine Menge schiefgelaufen ist."

Ich dachte an Avery, meinen besten Freund seit vielen Jahren, und wie er für allerhand Unannehmlichkeiten gesorgt hatte.

„Avery trifft keine Schuld." Willi schien meine Gedanken erraten zu haben. „Der ist schließlich auch nicht gerade auf seine Kosten gekommen. Wer ließe sich schon gern von einem wildgewordenen Bullen jagen? Und so ein Bad im eiskalten Bach ist auch kein Vergnügen. Er war nicht weniger hungrig als wir, und obendrein war er enttäuscht, daß er die Quelle nicht zu sehen gekriegt hat."

Ich nickte. Es war tatsächlich eine anstrengende Wanderung für Avery gewesen, und er machte sich obendrein nicht viel aus der freien Natur.

„Weißt du, ich hab' mir überlegt", fuhr Willi nachdenklich fort, „ob Gott das alles vielleicht mit Absicht so gedeichselt hat."

Jetzt hob ich den Kopf und sah Willi stirnrunzelnd an. Wie war er bloß auf diese Idee gekommen?

„Wußtest du, daß Avery echte Probleme hat?"

„Wie? – Avery?"

„Genau! Er sagt zwar nie viel darüber, aber gestern, als du zur Quelle unterwegs warst, sind wir ins Gespräch gekommen, und Avery hat mir erzählt, was so in ihm vorgeht. Du weißt doch, daß seine Mutter schwer krank ist und daß er schon einen Bruder verloren hat. Ich glaube, er wollte die Wanderung bloß machen, um ein bißchen Abstand zu gewinnen und in Ruhe nachzudenken. Er hat Angst, Josch, richtige Angst. Er bildet sich ein, Gott hätte es darauf abgesehen, ihm eins auszuwischen. Er rechnet voll und ganz damit, daß seine Mutter stirbt, und irgendwie meint er, er hätte Schuld an allem."

„Avery??" wiederholte ich, diesmal eine Spur zu laut. Ich schlug mir schnell die Hand vor den Mund. Hätte mir gerade noch gefehlt, daß ich unseren Frühstücksfisch so gedankenlos verscheuchte!

„Also, wir haben lange miteinander geredet, und dann haben wir zusammen gebetet. Wir müssen ihm helfen, Josch. Wir müssen ihm begreiflich machen, daß wir seine Freunde sind und daß er sich auf uns verlassen kann. Er muß einsehen, daß Gott ihn liebt."

Ich nickte wieder. Was Willi da gerade gesagt hatte, gab mir ganz schön zu denken. Wenn wir nicht so viel „Pech" gehabt hätten, wären Willi und Avery niemals miteinander ins Gespräch gekommen, und Willi hätte nicht mit ihm gebetet. Und wir hätten keine Ahnung gehabt, daß der arme Kerl gerade jetzt verläßliche Freunde brauchte.

Schweigend angelten wir weiter, aber es war zwecklos. Die Fische bissen einfach nicht an. Schließlich standen wir auf und suchten uns bachabwärts einen anderen Angelplatz, dann noch einen und noch einen. Immer noch nichts. Allmählich fragte ich mich, ob Gott es am Ende auf uns alle drei abgesehen hatte.

„Wir geben's wohl am besten auf“, meinte Willi. „Wenn wir nicht bald unsere Sachen packen und losgehen, schaffen wir's heute nicht mehr bis nach Hause.“

Ich wußte zwar, wie recht er damit hatte, aber mein Magen protestierte.

Nach einiger Zeit gingen wir doch zu unserem Lagerplatz zurück. Avery, dessen Miene sich bei unserem Anblick erhellte, zog schnell wieder ein enttäuschtes Gesicht, als er sah, daß wir unverrichteter Dinge wiedergekommen waren.

Wir fingen an, unsere Siebensachen zusammenzupakken. Ich wollte gerade den Rest der Mehlmischung wegwerfen, als Avery mich daran hinderte.

„He, Josch!“ rief er. „Schmeiß das nicht fort! Davon kann man noch einen Pfannkuchen machen!“

„Mit Pfeffer?“

„Versuchen kann man's wenigstens“, beharrte Avery. „Ich hab' so Kohldampf, daß mir alles recht ist.“

Darin sollte er sich allerdings getäuscht haben. Erst nahm er sich die Mehlmischung, verrührte unser letztes Ei darin, von dem wir ganz vergessen hatten, daß es noch da war, gab etwas Bachwasser dazu und briet das widerlich aussehende Ding dann in Butter. Riechen tat's zwar nicht schlecht, während es da in der Bratpfanne schmorte, aber es sah ziemlich absonderlich aus. Zum guten Schluß goß Avery den Rest von unserem Ahornsirup über das Ganze und setzte sich, um zu frühstücken. Inzwischen bedauerten Willi und ich es schon, uns nicht auch einen Teil gesichert zu haben. Avery nahm einen Bissen, spuckte ihn aber auf der Stelle in hohem Bogen quer über unseren Lagerplatz. Wieder ein Reinfall!

Wortlos packten wir unsere Rucksäcke. Insgeheim machte es mir dabei erheblich zu schaffen, daß Avery soeben mir nichts, dir nichts unser letztes Ei verschwendet hatte.

Unsere Rucksäcke waren jetzt viel leichter, und wir verteilten die Ladungen so gleichmäßig wie möglich. Tante Lous Kochtopf ließ sich trotz einiger Mühe nicht richtig reinigen. Ich war froh, daß sie uns nur einen alten Topf mitgegeben hatte. Die angebrannten Bohnen hatten ihm arg zugesetzt.

Wir beschlossen, am Südufer des Baches zu bleiben, um uns die Überquerung auf dem umgestürzten Baum zu ersparen. Wir wußten ja, wo es langging, und wenn wir dem Bach bis zu Turleys Weide folgten, konnten wir dort über die Brücke auf unsere Seite zurückgehen.

Es war wieder ein herrlicher Herbsttag, und der Rückweg nach Hause hätte ein wahrer Genuß werden können, wenn unsere Mägen nicht so laut geknurrt hätten. Bei einem solchen Hunger hat man kaum Augen für den blauen Himmel und das bunte Laub.

Es war früh am Nachmittag, als wir Turleys Weide erreichten. Wir hatten keinesfalls vor, dem Bach mitten durch die Weide zu folgen. An einer zweiten Begegnung mit dem Bullen lag uns ganz und gar nicht.

Gerade wollten wir an der Farm vorbei auf die Landstraße einbiegen, als Avery stehenblieb.

„Wie wär's, wenn wir reingingen?" schlug er vor.

„Wozu?" fragte Willi.

Ich befürchtete schon, daß Avery sich bei den Besitzern über den bösartigen Bullen beschweren wollte, und dann würden die Turleys uns bestimmt ausschimpfen, daß wir auf ihrer Weide sowieso nichts zu suchen gehabt hätten.

„Zu einem Schluck Wasser", antwortete Avery. „Nur ein Schluck Wasser, dann geht's meinem Magen bestimmt schon eine Spur besser."

Wir tauschten Blicke untereinander aus und nickten. Vielleicht war das gar keine schlechte Idee.

Als wir auf das Haus zugingen, wünschte ich mir schon, wir hätten einen großen Bogen um die Farm gemacht. Aus dem Küchenfenster strömte der köstlichste Duft, den man sich vorstellen kann, bis auf die Straße runter. Frau Turley backte gerade einen Apfelkuchen.

Wir sahen einander an, und unsere leeren Mägen knurrten noch lauter. Wir sagten keinen Ton, aber in unseren Gesichtern stand die reinste Seelenqual.

Avery stellte sich vor die Tür und klopfte zaghaft an. Die vierzehnjährige Mary öffnete uns und machte ein regelrecht verblüfftes Gesicht, als sie uns drei da stehen sah. Sie starrte uns nur sprachlos an.

„Wer ist denn da, Mädchen?“ rief Frau Turley, und es freute mich maßlos, ihre Stimme zu hören.

„Jungs!“ rief Mary zurück. Ich befürchtete schon, sie würde uns im nächsten Moment die Tür vor der Nase zuschlagen.

„Na, dann bitte sie doch rein!“ rief Frau Turley und steckte den Kopf zur Tür heraus, um mit eigenen Augen nachzuschauen, wer da geklopft hatte.

„Nur hereinspaziert!“ lud sie uns freundlich ein, und wir folgten ihr in die Küche. Frau Turleys blaukarierte Ärmel waren hochgeschlagen, und Mehlspuren klebten ihr an den Händen und an der Schürze.

„Was kann ich für euch tun, Jungs?“ erkundigte sie sich. Frau Turley galt als jemand, der nicht lange um den heißen Brei herumredet.

„Wir haben Durst“, antwortete Avery ohne jedes Zögern. „Könnten Sie uns bitte einen Schluck Wasser geben? Wir kommen gerade von einer Wanderung zurück. Unterwegs ist uns heiß geworden, und wir dachten, vielleicht könnten Sie uns einen Schluck Wasser zu trinken geben.“

„Mary, hol' kalte Milch für die Jungs!“ befahl Frau Turley und schob dabei ihr Nudelholz über einem Kuchenboden hin und her. Milch klang schon erheblich besser als Wasser.

„Milch allein schmeckt nicht“, erklärte Frau Turley mit Bestimmtheit. „Mary, schneide den Jungs ein paar Scheiben frisches Brot ab und hol' die Erdbeermarmelade!“

Mary beeilte sich zu tun, wie ihr aufgetragen war, während Frau Turley mit ihrem Nudelholz den nächsten Kuchenboden bearbeitete. Wir schauten einander an, als hätte man uns soeben eine Freifahrkarte nach New York in die Hand gedrückt. Ich fing schon an, meine Meinung von meinem besten Freund Avery zu seinen Gunsten zu ändern.

„Eine Wanderung habt ihr also gemacht?“ fragte Frau Turley.

Wir antworteten ihr zwischen riesigen Bissen von dem frischen Brot mit Erdbeermarmelade. Frau Turley verstand sich aufs Backen, das stand fest!

„Wo wart ihr denn?“

„An der Bachquelle.“

„Wozu denn das?“

Auf so eine Frage waren wir nicht gefaßt. Ja, warum waren wir eigentlich zur Quelle gewandert?

„Um die Quelle zu sehen“, erklärte Willi. „Wir waren noch nie dort oben gewesen.“

„Ich auch nicht“, sagte Frau Turley, „und ich hab’ auch nicht vor, meine Zeit mit so was zu vergeuden.“ Dann wurde ihre Stimme etwas sanfter, und sie lächelte sogar. „Aber junge Burschen, die kaum wissen, wohin mit ihrer Energie, sehen solche Dinge wohl ein bißchen anders als eine müde, alte Frau.“

Wir wußten nicht recht, was wir darauf antworten sollten. Es gehörte sich wohl kaum für uns, Frau Turley als eine müde, alte Frau zu bezeichnen, während wir in ihrer Küche saßen und mit Heißhunger ihr frisches Brot verschlangen.

„Mary, schneide noch eine Scheibe für jeden ab“, ordnete Frau Turley an, nachdem sie uns eine Weile zugeschaut hatte. „Und hol ihnen noch mehr Milch.“

„Mir schmeckt’s prima, Madam“, sagte Avery. „Wir hatten Pech und mußten heute morgen ohne Frühstück losmarschieren.“ Ich hielt die Luft an, aber Avery war klüger, als ich gedacht hatte. Die Sache mit dem Bullen, der unseren Proviant erheblich beschädigt hatte, verschwieg er wohlweislich.

„Dann probiert ihr am besten auch noch den Apfelkuchen", sagte Frau Turley, während sie mit geübter Hand das Nudelholz über den Teig führte. „Mary, schneid' ihnen ein Stück von dem Kuchen am Fenster ab. Sieh' dich aber vor! Der Kuchen ist noch heiß."

„Aber ...", wollte Willi protestieren, doch ich versetzte ihm blitzschnell einen Fußtritt unter dem Tisch.

„Der Kuchen duftet prima, Madam", warf ich hastig ein.

Mary legte jedem von uns ein großzügiges Stück auf den Teller. Das Mädchen stieg beträchtlich in meiner Achtung.

Der Kuchen schmeckte so gut, wie er geduftet hatte. Wir bekamen mehr Milch dazu, um uns die heißen Bissen damit abzukühlen. Das Ganze war einfach ein Hochgenuß.

„Frau Turley", sagte ich, nachdem ich den letzten Bissen mit Milch runtergespült hatte, „das war so ziemlich der beste Apfelkuchen, den ich je gegessen habe."

„Das hört man gern", antwortete sie nüchtern, ohne zu lächeln. „Bei meinen Männern hier weiß ich nie, ob's ihnen schmeckt oder nicht. Sie machen sich übers Essen her und stehen dann ohne ein Wort wieder auf."

Mit dieser Klage war Frau Turley bestimmt nicht allein auf der Welt. Ich nahm mir vor, von jetzt an das Essen auf dem Tisch öfter mal zu loben, ganz gleich, wer's gekocht hatte.

Schließlich bedankten wir uns bei Frau Turley und machten ihr zum Abschied noch ein paar ausgiebige Komplimente über das Brot und den Kuchen. Dann ging's weiter mit unserer Wanderung auf der staubigen Landstraße.

An der Tür drehte Willi sich zu Mary um, die gerade unser Geschirr abräumte.

„Und vielen Dank, Mary, fürs Bewirten!"

Reichlich verlegen schlossen Avery und ich uns an. Mary lächelte schüchtern.

Mit vollem Magen und frischem Mut betrachteten wir die Landschaft um uns her jetzt viel aufmerksamer als vorher. Unterwegs sahen wir Dinge, die uns auf dem Hinweg entgangen waren.

Wir fingen sogar an, eine Art Rückschau auf unseren Ausflug zu halten. Zuerst redeten wir von dem Schönen, das wir erlebt hatten: von dem bunten Herbstlaub, dem sonnigen Wetter, dem Bachwasser, das immer klarer und frischer wurde, je weiter wir bachaufwärts kamen. Danach kamen wir auch auf die weniger schönen Erlebnisse zu sprechen. Als wir an der Viehweide vorbeikamen, lief es uns bei dem Gedanken an die unliebsame Begegnung mit dem wilden Bullen jetzt noch heiß und kalt über den Rücken. Es dauerte aber nicht lange, bis uns auch die komische Seite daran aufging. Wir scherzten, schlugen uns gegenseitig auf die Schultern und konnten uns kaum noch halten vor Lachen. Ja, unsere Wanderung war ein voller Erfolg gewesen, daran gab's nichts zu rütteln. Jetzt brannten wir förmlich darauf, endlich nach Hause zu kommen und allen davon zu erzählen. Wir waren sogar einstimmig der Meinung, daß es nichts an dem ganzen Ausflug gab, was wir beim nächsten Mal ändern würden. Höchstens vielleicht genug zu essen zum Frühstück am letzten Tag.

Trotz alledem freute ich mich jetzt aber auf eine ungestörte Nacht in meinem Bett, wo mir niemand die Decke vom Leib ziehen oder mir mitten ins Gesicht atmen würde.

Das Ende unserer Freiheit ist in Sicht

Ich hätte es zwar niemals laut gesagt, aber ich vermißte die Schule. Die Leute in der Stadt bemühten sich, immer auf dem neuesten Stand der Dinge zu sein, was die Suche nach einer neuen Lehrkraft anging. Man hörte allerhand Gerüchte darüber, wem das Schulamt alles die Stelle angeboten hatte, wo er oder sie herstammte und wann der Unterricht wiederaufgenommen werden sollte, aber bis jetzt war die Schultür verschlossen geblieben. Allmählich hatte ich das lange Warten satt, und ich glaube, den meisten anderen Schülern ging es genauso. Ich fing sogar an, in meinen Schulbüchern zu lesen – natürlich nur, wenn ich allein in meinem Zimmer war.

Während dieser Zeit wohnte ich bei den drei Männern auf der Farm. Opa tat sein Bestes, um uns mit kleinen Arbeiten beschäftigt zu halten, aber es gab nun mal nicht allzuviel, was vor dem Winter noch erledigt werden mußte. Uropa schlug lachend vor, wir Männer sollten stricken lernen, aber Onkel Charlie fand, daß er beim Strümpfestopfen schon mehr als genug Umgang mit Nadeln hätte.

In Wirklichkeit war es noch gar nicht so lange her, daß unsere Lehrerin mit dem Unterricht aufgehört hatte; es kam mir halt nur wie eine halbe Ewigkeit vor.

Ich ließ keine Gelegenheit aus, um mit Opa in die Stadt zu fahren. Willi besuchte ich zweimal und Avery einmal. Ich ging sogar Mike Turley besuchen; der hatte seine Eltern dazu rumgekriegt, ihn von der Schule zu nehmen. Mike hätte nie im Leben Verständnis dafür gehabt, wie es mich wieder zur Schule drängte, weshalb ich auch tunlichst nichts davon erwähnte. Statt dessen erzählte ich ihm von unserer Wanderung bachaufwärts. Die Geschichte klang mit jedem Mal, wenn einer von uns dreien sie erzählte, besser.

Trotz allem gab es nichts daran zu rütteln: ich hatte Langeweile. Ich fürchte, ich ging den drei Männern auf der Farm allmählich auf die Nerven mit meiner Ungeduld. Eines Tages kam Opa nämlich vom Stall und schlug mir vor, ich sollte meine Sachen packen und mit ihm in die Stadt fahren, wo er mich bei Tante Lou absetzen würde. Den neuesten Gerüchten zufolge war man fast soweit, den Unterricht wieder anzusagen.

Das hatten wir zwar schon mehr als einmal gehört, ohne daß etwas passiert wäre, aber ich hatte trotzdem keine Einwände vorzubringen. So packte ich meinen kleinen Koffer, warf ihn in den Kutschwagen und ging in die Küche, um mich von Uropa und Onkel Charlie zu verabschieden. Dann packte ich Pixie, und los ging's.

„Spürst du auch, wie scharf der Wind ist, Junge?“ fragte Opa und schlug sich den Kragen hoch. Der Wind hatte tatsächlich etwas Eisiges an sich, wenn man hoch auf dem Kutschbock saß. Ich nickte und schlug mir auch den Kragen hoch.

„Langsam wird's wohl doch noch Winter. So einen Herbst wie diesen hatten wir noch nie.“

Wieder nickte ich und guckte mir die Bäume rechts und links von der Straße an. Die Zweige schaukelten im Wind, und die Blätter tanzten am Boden umher, als suchten sie ein gemütliches Bett, bevor der erste Schnee sie unter sich zudeckte.

Opa trieb die Pferde zur Eile an, und ich sah, wie er prüfend den Himmel betrachtete.

Mein Blick folgte seinem. Tatsächlich: es sah nach Schnee aus! Ich wollte jetzt nicht an die Berge von Brennholz und die zusätzliche Stallarbeit denken, sondern lieber an die Schlittenpartien auf den schneebedeckten Abhängen und an den zugefrorenen Teich, auf dem man Schlittschuh laufen konnte.

Als wir bei Tante Lou anklopften, machte uns niemand

auf. Opa störte sich nicht daran, sondern ging unbekümmert ins Haus, wie immer, wenn er mich wieder in die Stadt brachte, und machte sich dabei durch Hallorufe bemerkbar.

„Lou ist wohl gerade nicht daheim ..." Er unterbrach sich blitzschnell, als wir ein Geräusch vom Schlafzimmer her hörten.

Opa legte den Kopf schräg und horchte.

„Lou?" rief er dann.

„Hier bin ich, Pa!" kam die schwache Antwort.

Wir gingen zu ihr. Mit roten Wangen lag Tante Lou in ihrem Bett. Die Vorhänge am Fenster waren zugezogen.

„Bist du etwa krank?" fragte Opa leise. Ich fand die Frage restlos überflüssig. Tante Lou war kein Mensch, der sich am hellichten Tag ins Bett legt.

Ihr Lächeln fiel etwas gequält aus.

„So schlimm ist's eigentlich gar nicht", antwortete sie, „aber der Doktor meint, ich soll ein paar Tage im Bett bleiben."

Opa trat an Tante Lous Bett. Wie selbstverständlich streckte er seine große, von der Arbeit schwielige Hand aus und fühlte Tante Lou die Stirn.

„Du hast den Doktor kommen lassen?" fragte er. Das machte Opa sichtlich besorgt. Man holte den Doktor nicht bloß wegen einer Erkältung oder Bauchweh.

„Mir geht's gut, Pa, wirklich", beteuerte Lou ihm eilig. „Ich fühl' mich eigentlich gar nicht so krank, aber der Doktor sagt, in meinem Alter gehört man mit so etwas ins Bett. Die Röteln könnten sonst böse Folgen haben."

„Röteln?" Opa und ich sagten es gleichzeitig.

Tante Lou schaute ein wenig verlegen drein.

„Die kleine Sarah Smith hatte die Röteln, und dann hat ihre Mama sie auch bekommen. Da hab' ich ihnen ein paar Bücher und eine Hühnersuppe gebracht, und ... und das hätte ich wohl besser nicht getan. Jedenfalls habe ich mich dort angesteckt, und jetzt habe ich auch die Röteln. Der Doktor hat mir Bettruhe verordnet, und Nat meint auch, ich soll im Bett bleiben. Da werd' ich mich wohl fügen müssen."

Man konnte ihr anmerken, daß es ihr nicht leichtfiel, den lieben langen Tag im Bett zu liegen.

„Du hättest uns holen lassen sollen, Liebes", sagte Opa.

„Ich bin doch gar nicht krank, Pa. Wirklich nicht! Das hätte gerade noch gefehlt, daß ich euch mit meinem Wehwehchen Unannehmlichkeiten beschere!"

„Jetzt ist Josch ja hier", sagte Opa. „Der kann dir zur Hand gehen. Du schickst ihn los, wenn du was brauchst. Er kann auch kochen. Charlie hat ihm ein paar Sachen beigebracht, als er diese Woche Langeweile hatte."

Tante Lou warf mir ein Lächeln zu.

„Freut mich, daß du wieder da bist, Josch", sagte sie. „Ich habe dich vermißt!" Das sagte sie nicht nur, weil ich Besorgungen für sie erledigen konnte. Ich wußte genau, daß Tante Lou mich wirklich vermißte, wenn ich nicht da war, und Pixie fehlte ihr auch.

Kurz entschlossen legte ich ihr Pixie in die ausgestreckten Arme, und das Hündchen leckte ihr mit flinker Zunge das Gesicht. Einen Moment hatte ich plötzlich Angst. Ob Hunde wohl auch die Röteln bekommen konnten? Nein, wahrscheinlich nicht, dachte ich und schob meine Befürchtungen beiseite.

Als ich meine paar Habseligkeiten ausgepackt und eingeräumt hatte, hörte ich den Wasserkessel pfeifen. Opa machte sich gerade in der Küche zu schaffen, um Tante Lou frischen Tee zu kochen. Als wir vorhin angekommen waren, hatte ich im Garten Wäsche an der Leine gesehen. Die holte ich am besten schnell ins Haus, bevor es anfing zu schneien. Als ich das letzte Wäschestück von der Leine genommen hatte, waren mir die Finger taub vor Kälte. Ja, der Winter stand vor der Tür, daran gab's nichts zu rütteln.

Auf dem Weg ins Haus hörte ich Tante Lou lachen. Ich weiß nicht, was Opa ihr gerade erzählt hatte, aber die beiden schienen ihren Spaß miteinander zu haben. Ich faltete die Wäschestücke zusammen, die so gut nach frischer Luft rochen, und legte sie in den Korb. Inzwischen hatte ich wieder Gefühl in den Fingern.

„Josch", rief Tante Lou mir zu, „in der Dose auf dem Tisch sind Plätzchen. Frau Brown hat sie gerade heut' morgen gebracht. Nimm dir welche, wenn du magst, und gib Pa auch ein paar!"

„Brauchst du noch etwas, bevor ich mit dem Holzspalten anfange?" erkundigte ich mich zwischen zwei Bissen bei Tante Lou und reichte Opa die Plätzchendose.

„Holst du mir wohl schnell beim Metzger ein paar Koteletts zum Abendessen?" bat sie mich. Ich nickte, schob mir das letzte Stück Plätzchen in den Mund und knöpfte mir die Jacke zu.

Im Metzgerladen ging's immer geschäftig zu. Manchmal hatte ich dort schon eine Viertelstunde angestanden, bis ich endlich drangekommen war. Mein Lieblingsladen war die Metzgerei nicht gerade. Es roch nach einer Mischung von Sägemehl und frischem Fleisch. Auch den Anblick von Fleischstücken von Kühen oder Schweinen, die einmal auf irgendeiner Weide gestanden hatten, fand ich alles andere als appetitlich. Lieber hätte ich draußen gewartet, aber der Wind war so eisig, daß ich reinging und mich anstellte. Diesmal war die Schlange ausnahmsweise kurz.

Der Metzger bediente jeden Kunden einzeln, und als er Frau Olaf ihr in braunes Papier eingewickeltes Gehacktes gereicht und die Summe auf ihrem Zettel vermerkt hatte, kam ich an die Reihe.

„Tag, Josua. Hast die freudige Nachricht sicher schon gehört, was?"

Ich wußte von keiner Neuigkeit, ob erfreulich oder nicht, und schüttelte den Kopf.

„Nein, Sir", antwortete ich.

„Was, du hast's noch nicht vernommen? Also, mit dem Faulenzen hat's demnächst ein Ende, mein Junge. Die neue Lehrkraft ist heute mit dem Zug eingetroffen."

Er hatte wohl damit gerechnet, daß ich ein langes Gesicht ziehen oder mich beschweren würde. Allem Anschein nach wollte er sich gründlich auf meine Kosten lustig machen. Statt dessen muß er aber so eine Art Aufleuchten oder Grinsen in meinem Gesicht gesehen haben. Zuerst schaute er verblüfft und dann regelrecht enttäuscht drein, als hätte ich ihm den ganzen Spaß verdorben.

„Ärgerst du dich denn gar nicht?“ fragte er verwundert.

„Nein, Sir“, antwortete ich ehrlich.

„Gehst du etwa gern zur Schule?“ fragte er ungläubig.

Diesmal war ich nicht so schnell mit einer Antwort bei der Hand. Schließlich wollte ich nicht schief angeguckt werden. Ich schluckte.

„Eigentlich schon“, antwortete ich.

Er schüttelte den Kopf, als dächte er, er träumte, und dann sagte er etwas Seltsames: „Alle Achtung, Josch. Vielleicht brauchst du dann nicht dein ganzes Leben lang an der Theke stehen und übelriechendes Fleisch verkaufen.“

Er reichte mir mein Päckchen mit den Koteletts und suchte das Blatt für Onkel Nats Einkäufe hervor, um den Betrag darauf einzutragen.

Ich wußte nicht genau, was ich sagen sollte.

„Vielen Dank“, murmelte ich und zog die Tür auf. Plötzlich hatte ich's sehr eilig, nach Hause zu kommen. Ich hatte nämlich eine echte Neuigkeit loszuwerden!

Als ich, vom Laufen noch ganz atemlos, zu Hause ankam, war Onkel Nat schon da. Er saß bei Tante Lou und war sichtlich erleichtert darüber, daß sie folgsam im Bett geblieben und Opa zu Besuch gekommen war.

„Die neue Lehrerin ist da!“ keuchte ich allen dreien entgegen.

„Ach, wirklich?“ sagte Opa und lächelte. „Dann stimmt das Gerücht ja diesmal tatsächlich.“

„Lehrer“, berichtigte Onkel Nat sanft.

Wir sahen ihn verständnislos an. Dann wandte Opa sich wieder an mich.

„Seit wann ist sie denn hier, Junge?“

„Er“, korrigierte Onkel Nat wieder.

Endlich begriffen wir, zumindest Opa.

„Ein Mann also?“

„So ist es“, antwortete Onkel Nat.

„Wie alt ist er denn?“ wollte Opa wissen. Er fragte sich bestimmt, ob der neue Lehrer auch mit den älteren Jungs umgehen konnte.

„Mittleren Alters, vermute ich“, antwortete Onkel Nat.

„Mittleren Alters also“, wiederholte Opa nachdenklich. „Ist er allein gekommen?“

„Nein, er hat Frau und Kind.“

„Kind?“ Auch diese Frage kam von Opa.

„Ein Mädchen“, sagte Onkel Nat. Damit war für mich der Fall erledigt. Bei einem Jungen hätte mich vielleicht interessiert, wie alt er war, aber es war ja bloß ein Mädchen.

„Bestens!“ Opa freute sich. „Dann ist ja für alles gesorgt. Bald kannste wieder die Schulbank drücken, Junge.“

Ich nickte. Erst jetzt merkte ich, daß ich die Koteletts in dem braunen Papier noch immer in der Hand hielt.

Opa stand auf und räumte die Tassen beiseite.

„Ich mach' mich am besten gleich auf den Heimweg, bevor's schneit“, sagte er. „Josch, haste Milch und Butter ins Haus gebracht?“

„Ja, hab' ich“, antwortete ich.

„Dann fahre ich gleich los. Werd' schnell wieder gesund, Lou, hörst du? Josch ist hier, und er nimmt dir gern deine Besorgungen ab.“

„Ehrenwort“, versprach Tante Lou mit einem Lächeln. „Obwohl ich mich eigentlich gar nicht mehr krank fühle.“

„Ich hatte meine liebe Mühe, sie am Aufstehen zu hindern“, bemerkte Onkel Nat.

„Sicher ist nun mal sicher“, meinte Opa, „mit solchen Sachen ist nicht zu spaßen.“ Dann fügte er nachdenklich hinzu: „Und ich hab' immer geglaubt, du hättest schon als Kind die Röteln gehabt.“

„Der Doktor sagt, das waren die Masern“, erklärte Tante Lou. „Was ich jetzt habe, sind die Röteln. Ausschlag kriegt man bei beiden, aber die Röteln sind nicht so schlimm wie die Masern; nur ab und zu gibt's schwerere Fälle von Röteln."

„Werd' mir nur schnell wieder gesund!" sagte Opa und beugte sich über Tante Lou, um ihr einen Kuß auf die Wange zu drücken und Pixie über die Ohren zu streichen. Dann drehte er sich zu mir um.

„Freut mich, die Sache mit deiner Schule, Junge!" Er klopfte mir kurz auf die Schulter.

Dann wandte er sich an Onkel Nat.

„Wann soll's denn losgehen mit dem Unterricht?"

„Nächsten Montag, wenn ich richtig gehört habe", antwortete Onkel Nat.

Nächsten Montag erst? Heute war Mittwoch. Ich hatte gehofft, daß ich gleich morgen wieder in die Schule gehen könnte. Auf den neuen Lehrer war ich riesig gespannt. Bisher hatte ich noch nie einen Mann zum Lehrer gehabt.

„Er wird wohl ein paar Tage zum Einleben brauchen", meinte Opa gerade.

Er legte mir die Hand auf die Schulter und ruckelte leicht daran, wie er's immer tat, wenn er sich von mir verabschiedete. Onkel Nat begleitete ihn bis vor die Haustür.

Endlich legte ich das Päckchen mit den Koteletts auf den Küchentisch.

„Du darfst dir's aussuchen, Josch", sagte Onkel Nat zu mir, als er wieder ins Haus gekommen war. „Möchtest du lieber das Abendessen kochen oder Holz reinholen?"

Ich zögerte keine Sekunde lang.

„Ich hol' das Holz", antwortete ich und vertauschte schnell meine gute Jacke mit meiner Arbeitsjacke, bevor ich aus der warmen Küche nach draußen ging.

Schnee lag in der Luft.

Der neue Lehrer

Während der nächsten Tage kam ich kaum dazu, ungeduldig auf den Schulanfang zu warten. Tante Lou lag im Bett, und Onkel Nat war mit seiner Arbeit in der Gemeinde beschäftigt, so daß ich alle Hände voll zu tun hatte. Der erste Schnee kam mit Macht, weshalb ich zusätzlich Kohle und Holz ins Haus schleppen mußte. Menschenskinder, draußen herrschte eine klirrende Kälte! Der Winter wollte wohl an einem einzigen Tag das aufholen, was der Herbst versäumt hatte. Genug warme, sonnige Tage hatte er uns ja gegönnt! Über Nacht lag plötzlich hoher Schnee, und der scharfe Nordwind häufte ihn an den Hausecken zu Schneewehen auf. Ich mußte mir einen kleinen Pfad zu der Kohlenkiste und dem Holzhaufen freischaufeln, aber davon abgesehen fand ich eigentlich, daß die Welt richtig hübsch aussah.

Ab und zu kam einer von meinen Schulkameraden mit dem neuesten Gerücht über den neuen Lehrer vorbei. Weil unser Haus unter Quarantäne stand, mußten wir uns durch ein offenes Fenster oder über den Gartenzaun unterhalten. Sie würden es kaum für möglich halten, was alles in der Stadt über unseren neuen Lehrmeister geredet wurde.

Einer Version zufolge war er auf der Flucht vor dem Gesetz, während eine andere besagte, nicht vor dem Gesetz, sondern vor der Armee, aber eine dritte Version besagte, daß nicht er selbst auf der Flucht sei, sondern seine Frau. Dann wiederum behaupteten einige Leute, er sei an seiner letzten Schule seines Amtes enthoben worden, weil er einem Jungen eine derartige Tracht Prügel verpaßt hatte, daß der um ein Haar auf dem Friedhof gelandet wäre. Nein, so hieß es wieder einer anderen Geschichte zufolge, nicht deswegen sei ihm gekündigt worden, sondern wegen einer eifersüchtigen Frau, die es ihm heimzahlen wollte, nicht ihretwegen seine Ehefrau verlassen zu haben.

Es gab sogar Gerüchte über seine finanziellen Verhältnisse. Die einen behaupteten, seine Gläubiger seien ihm dicht auf den Fersen, während die anderen sagten, er hätte Haus und Hof an die Bank seiner Heimatstadt verloren.

Niemand schien genau zu wissen, wo er nun eigentlich bisher unterrichtet hatte. Überhaupt schien niemand erwiesene Tatsachen zu kennen, aber der Klatsch ergoß sich über Zäune und Tore in die Häuser der Stadtbewohner. Onkel Nat war regelrecht empört und meinte, man sollte eine Stadtversammlung einberufen, um dem liederlichen Tratsch ein Ende zu bereiten. Es war einfach ungerecht, einem Mann, den man gar nicht kannte, so viele Märchen anzuhängen, fand er.

Die ganze Sache war recht geheimnisvoll. Ich war gespannt wie ein Flitzebogen auf den Mann und war mir ziemlich sicher, daß ich auf den ersten Blick sagen konnte, welches von den Gerüchten, die ich gehört hatte, einen wahren Kern besaß.

Am Montag durfte Tante Lou endlich wieder aufstehen. Sie konnte es kaum erwarten, wieder selbst in ihrem Haushalt zu wirtschaften, und Onkel Nat und ich überließen ihn ihr nur zu gern, glaube ich.

Mit meinen Pausenbroten, die Tante Lou mir eingepackt hatte, machte ich mich voller Spannung auf den Schulweg. Avery, Willi, Jack und ich hatten uns an der Ecke zur Hauptstraße verabredet, von wo aus wir dann zusammen zur Schule gehen wollten. Keiner von uns hätte dem anderen den allerersten Blick auf den neuen Lehrer gegönnt.

Willi und Avery warteten schon an der Ecke, als ich angerannt kam. Bei dem klirrenden Frost, der in der Morgenluft lag, schmerzte mir die Lunge von meinem Dauerlauf. Ich fühlte mich wie von innen vereist, als ich jetzt auf die beiden zugelaufen kam.

Jack ließ noch auf sich warten. Wir drei stampften mit

den Füßen im Schnee und rieben uns die Hände vor Kälte. Wir wollten schon ohne Jack aufbrechen, als er um die Ecke gekeucht kam. Seine Wangen waren rot – wohl von dem kalten Wind, dachte ich. Dann packte er mich beim Arm und drückte ihn fest.

„Ihr werdet's kaum glauben", keuchte er und schnappte nach Luft. „Hätte es ja selbst nicht für möglich gehalten, wenn ich's nicht mit eigenen Augen gesehen hätte!"

„Was denn?" fragte Willi. Avery und ich waren auch neugierig geworden.

„Also, der neue Lehrer wohnt gleich gegenüber von uns."

Wir waren mächtig gespannt auf das, was Jack uns nach all den aufregenden Gerüchten, die wir schon gehört hatten, zu berichten hatte.

„Also, stellt euch vor, am Samstag hat meine Mutter mich einkaufen geschickt, und wie ich gerade losgehen will, sehe ich sie auf einmal, wie sie zum Gartentor rausgeht."

„Wen?" fragten wir im Chor. „Wen denn?" Wir konnten uns beim besten Willen nicht vorstellen, worauf Jack hinauswollte.

„Seine Tochter natürlich", sagte er. „Wen denn sonst?"

„Seine Tochter!" riefen wir verächtlich.

„Menschenskinder", sagte Avery, „ich dachte, du hättest was Interessantes auf Lager gehabt."

„Seine Tochter wird wohl zum Gartentor rausgehen können, wenn sie will", sagte ich spöttisch und wandte mich von Jack ab.

„Los, jetzt machen wir aber, daß wir zur Schule kommen!" meldete sich auch Willi zu Wort. „Sonst frieren wir noch hier auf dem Bürgersteig fest."

Jack machte ein enttäuschtes Gesicht. Mir wollte einfach nicht in den Kopf, was er an der lächerlichen Begebenheit so aufregend fand.

„Wartet doch!" rief er uns nach, als wir losgingen. „Wartet ..."

Aber wir betrachteten die Sache als erledigt.

„Warum habt ihr's denn so eilig?" versuchte Jack es wieder. „Wollt ihr denn gar nicht wissen, wie ..."

„Was geht's uns an, wenn er ein Kind hat, das auch mal aus dem Haus will?" sagte Avery. „Was ist denn daran so Besonderes?"

Jack packte mich, bis ich stehenblieb, und die anderen Jungen sahen sich nach ihm um.

„Habt ihr sie noch nicht gesehen?" Jack blieb hartnäkkig.

Wir schüttelten den Kopf, und ich versuchte, mich aus Jacks Griff zu befreien.

„Habt ihr schon von ihr gehört?" fragte Jack weiter.

„Hab' gehört, daß er ein Kind hat", sagte ich achselzukkend.

„Ja, ich auch", sagte Willi. „Na wenn schon!" Damit wandte er sich um. „Los, beeilt euch, bevor's gleich zur ersten Stunde läutet!"

Endlich ließ Jack mich los, aber er zog ein merkwürdiges Gesicht dabei.

„Na, wartet nur. Ihr werdet euer blaues Wunder erleben!" sagte er nur.

Wir drängelten uns in den schmalen Flur und schüttelten uns den Schnee von den Jacken, bevor wir sie an unsere Haken hängten. Ich spähte hin und her, um unauffällig nach dem neuen Lehrer Ausschau zu halten.

Andere Schüler kamen zur Tür herein. Wir tauschten ein paar Bemerkungen mit den Jungen aus und ließen die Mädchen wortlos an uns vorbeigehen. Ein paar von ihnen sahen zu uns herüber und fingen kichernd an zu tuscheln. Mädchen waren schrecklich albern; das war jedenfalls meine Meinung.

Wir Jungen hätten nie im Leben das Klassenzimmer vor dem Schulgong betreten. Das hätte irgendwie komisch ausgesehen. Trotzdem brannten wir darauf, endlich den Mann zu sehen zu kriegen, der uns dieses Schuljahr unterrichten sollte. Den Gerüchten zufolge, die mir zu Ohren gekommen waren, wußte ich nicht, ob ich einen langen, schwarzgelockten Schnurrbart und einen zwielichtigen Blick an ihm vermuten sollte oder gar Hörner und einen roten Schwanz.

Jedenfalls standen wir noch auf dem Flur und bemühten uns, durch die Tür zu schielen, die aber nur einen Spaltbreit geöffnet war, als die andere Tür aufging und ein Windstoß eine Handvoll Schnee hereinwirbelte. Hinter den Schneeflocken stand das hübscheste Geschöpf, das wir je gesehen hatten. Wir sperrten Mund und Augen auf. Da war sie nun, bloß ein paar Meter von uns entfernt, und klopfte sich den Schnee von einem grünen Mantel aus so einer Art Samt, die Wangen rosig und die Augen, aus denen sie uns unter ihrer weißen, flauschigen Mütze ansah, von tiefstem Blau. Als sie sich die Mütze abnahm und den Schnee davon runterschüttelte, fielen ihr kastanienbraune Locken auf die Schultern.

Avery fand als erster Worte.

„Wer ist denn das?" hörte ich ihn heiser flüstern.

Ich war viel zu sehr mit Starren beschäftigt.

Wieder sah sie zu uns herüber, und anstatt den Blick zu senken und vor Verlegenheit rot zu werden oder albern zu kichern wie die anderen Mädchen, warf sie uns aus ihren blitzblauen Augen einen freundlichen Blick zu, und in ihrem Gesicht stand eine Spur von Belustigung. Dann war sie auch schon durch die Tür ins Klassenzimmer gegangen.

„Wer war denn das?" krächzte Avery wieder.

„Och", antwortete Jack mit einem altklugen Grinsen, „nichts weiter. Bloß die Tochter von dem neuen Lehrer."

„Warum haste uns denn nichts von ihr gesagt?" fragte Avery.

„Ihr wolltet ja nichts von ihr wissen, falls ihr euch erinnert."

Ich warf Jack einen vernichtenden Blick zu und boxte mich an den Jungen vorbei in unser Klassenzimmer. Die Glocke hatte zwar noch nicht geläutet, aber ich wollte mich vergewissern, daß ich vorhin nicht geträumt hatte.

Irgendwie gelangte ich, ohne über jemanden zu stolpern, an die Bank, an der ich meinen Platz hatte, und setzte mich. Achtlos warf ich meine Bücher auf mein Pult und ließ den Blick durch das Klassenzimmer schweifen.

Richtig, da war sie. Sie hatte ihren grünen Mantel ausgezogen und trug ein blaues Kleid, das ihre blauen Augen um so leuchtender erscheinen ließ. Jedes Augenpaar im Raum war auf sie geheftet.

Von irgendwoher läutete ein Gong, und wie durch dichten Nebel sah ich, wie die anderen Schüler aufmerkten. Eine Stimme vorn am Pult redete mit uns. Ich muß wohl halbwegs aufgepaßt haben und befolgte die Anweisungen, die ich bekam.

Ich las, wenn ich dazu aufgerufen wurde, antwortete auf Fragen, löste meine Rechenaufgaben, machte beim Wettbuchstabieren mit, und brachte den Vormittag irgendwie hinter mich, ohne aber recht bei der Sache zu sein.

Als wir zur Mittagspause entlassen wurden, hockten wir älteren Jungen beieinander und unterhielten uns. Ein guter Teil des Gesprächs drehte sich um die Tochter des Lehrers. Ich hörte zwar zu, sagte aber nicht viel. Mir paßte es nicht, wie da über sie geredet wurde.

Paul Williams packte Jack Berry beim Kragen.

„Wie heißt sie? Sag schon, wie heißt sie?" quetschte er ihn aus. Jack schaute plötzlich ziemlich selbstzufrieden drein, weil er der einzige von uns war, der das neue Mädchen vor Schulbeginn zu sehen bekommen hatte.

Er gab's zwar nur ungern zu, aber er wußte es nicht.

„Carmen heißt sie", verriet Andy Johnson mit einem wissenden Ausdruck im Gesicht.

„Wer hat dir das denn gesagt?" forderte Jack ihn heraus. Daß jemand anders mehr über das Mädchen wußte als er selbst, ging ihm gegen den Strich.

„Der Lehrer – ihr Vater – hat sie so genannt. Hast du's etwa nicht gehört?"

Das hatte Jack nicht. Ich auch nicht. Ich hatte überhaupt nicht viel von dem gehört, was der Lehrer heute vormittag gesagt hatte.

„Carmen", sagte Avery hingerissen. „Das bedeutet doch Musik oder so was Ähnliches, nicht?"

Allgemeines Kopfnicken und Schwärmen. Ich drehte mich um und ging weg. Die Jungen benahmen sich beinahe so albern wie kichernde Mädchen. Irgendwie paßte mir das ganze Gerede nicht.

Avery kam mir nach. Ich ging über den hartgefrorenen Schulhof und trat gegen festgestampfte Schneeklumpen, trockenes Gras und alles, was sonst noch am Boden lag.

„Was ist, Josch?" wollte Avery wissen, als er mich eingeholt hatte. „Bist du sauer wegen was?"

„Nee", sagte ich. „Bin nicht sauer."

„Du kriegst doch nicht etwa auch die Röteln, oder?"

Mein Kopf fuhr in die Höhe.

„Quatsch!" fuhr ich ihn an. „Wie kommst du bloß auf so 'ne komische Idee?"

„Na, weil du auf einmal so still bist. Sonst machst du doch immer mit, wo's lustig zugeht."

„Lustig?" sagte ich bissig. „Lustig sollte das sein?"

Avery sah mich überrascht an.

Er überlegte sich gerade eine Anwort, aber ich ließ ihn nicht zu Wort kommen.

„Ich find's alles andere als lustig, wie ihr da rumsteht und über ... über Leute redet, die sich noch nicht mal verteidigen können!"

„Wir haben doch nichts Schlimmes gesagt", wehrte sich Avery.

„Das kommt ganz drauf an", fuhr ich fort. „Ich meine, wenn sie ein nettes Mädchen ist, hat sie es vielleicht nicht gern, wenn wir hinter ihrem Rücken über sie reden, als ... als wäre sie 'ne Zirkusnummer oder so."

Avery schluckte.

„Ich finde", redete ich hitzig weiter, „also, ich finde, wir sollten das Mädchen einfach in Ruhe lassen."

„Du magst sie also nicht besonders? Was hat sie bloß getan, daß du sie nicht ..."

Ich schaute ihn vorwurfsvoll an. Am liebsten hätte ich

ihm gesagt, er sei ein Schafskopf, aber immerhin war er ja mein bester Freund. Unter meinem Blick wurde ihm sichtlich unwohl zumute. Verlegen trat er von einem Fuß auf den anderen.

„Das hat gar nichts mit mögen oder nicht mögen zu tun", erklärte ich ihm schließlich. „Ich kenne sie ja gar nicht – jedenfalls noch nicht. Und du auch nicht. Und keiner von den anderen Jungs. Aber hinter ihrem Rücken über sie reden finde ich gemein. Wir sollten lieber ein Spiel machen."

„Ich geh' die anderen holen", sagte Avery bereitwillig, aber bevor er sich umdrehte, machte er noch eine messerscharfe, mit Todesverachtung geflüsterte Bemerkung: „Du wirst deinem Pastorenonkel jeden Tag ähnlicher. Hat dir das schon mal jemand gesagt? Die ganze Stadt weiß doch, daß der kein Gerede über andere Leute duldet." Damit fuhr er auf dem Absatz herum und ging.

Ich wußte sehr wohl, daß Onkel Nat nichts von Klatsch und Tratsch hielt. Als Junge hatte er eine Menge davon über sich ergehen lassen müssen, weil er in schwierigen Verhältnissen aufgewachsen war. Mir war allerdings neu, daß seine Abneigung gegen solches Gerede stadtbekannt war.

Mag schon sein, daß ich von meinem Onkel Nat gelernt hatte. Gerüchte waren mir auch zuwider. Und deswegen schämte ich mich kein bißchen.

Avery holte die anderen Jungen zusammen. Wir markierten einen Kreis im Schnee für Fuchs und Gans. Bald war ein lebhaftes Spiel im Gange, wenn ein paar von den Jungen auch hin und wieder zu der Mädchenseite hinübersahen, wo Carmen, das neue Mädchen, mit den anderen Fangen spielte. Sie machte das gut und war fast so schnell wie Mary Turley, die für ein Mädchen ziemlich gut in Sport war.

Die Glocke läutete zum Unterricht, und wir gingen in das warme Klassenzimmer zurück. Aus dem Augenwinkel sah ich, wie hübsch Carmen ausschaute mit ihren vom Laufen geröteten Wangen und den kupfrigen Locken, die der Wind zerzaust hatte.

Nach der Schule gingen wir älteren Jungen zusammen

vom Schulhof, und es brauchte nicht viel, um zu erraten, um was – oder besser gesagt um wen – sich das Gespräch drehte. Ich wollte einfach nicht zuhören. Irgendwie fand ich's nicht richtig, wie die anderen über sie redeten und lachten und Witze rissen. Ich löste mich von ihnen und sagte bloß, ich müßte mich beeilen, weil Tante Lou mich womöglich brauchte.

Ich bin wohl den ganzen Heimweg gerannt; genau weiß ich's nicht mehr.

Als ich aber in die warme Küche kam, wo der Duft von frischgebackenem Brot noch in der Luft hing, war Tante Lou gesund und munter.

„Na, wie war denn dein erster Schultag, Josch?" erkundigte sie sich.

„Gut", antwortete ich.

„Bist du froh, daß der Unterricht wieder läuft?"

Ich nickte.

„Und was ist euer neuer Lehrer denn nun für ein Mann?"

Ich fing eine Antwort an, geriet aber ins Stottern und hielt schließlich verlegen inne. Plötzlich wurde mir klar, daß ich nicht die geringste Ahnung hatte. Ich konnte mich nicht einmal darauf besinnen, wie der Mann überhaupt ausgesehen hatte.

Der Schneesturm

Am nächsten Tag nahm ich unseren neuen Lehrer gründlich in Augenschein. So etwas Peinliches wie gestern abend, als ich keine Antwort auf Tante Lous Frage gewußt hatte, sollte mir nicht wieder passieren. Wenn's sein mußte, würde ich sogar seine Schuhgröße ausfindig machen!

Mit Nachnamen hieß er Foggelson, soviel hatte ich schon mitgekriegt. Demnach hieß Carmen mit Nachnamen wohl auch Foggelson. Carmen war ein Einzelkind. Alle sagten, daß sie ihrer Mutter sehr glich, woraus ich schloß, daß Frau Foggelson eine gutaussehende Frau sein mußte.

Aber jetzt komme ich vom Thema ab. Zurück zu Herrn Foggelson, unserem Lehrer: er war mittelgroß, weder ein Hüne noch ein Zwerg. Er hatte weder einen langen, schwarzgelockten Schnurrbart noch einen zwielichtigen Blick oder gar Hörner und Schwanz. Er war glattrasiert und hatte blaue Augen – nicht so leuchtendblaue wie Carmen, sondern eher graublau. Seine Haare waren mittelbraun, weder regelrecht dunkel noch hell, und sie hatten nicht so einen rötlichen Schimmer wie Carmens. Sein Kinn ragte weder eigenwillig in die Luft, noch verschwand es spurlos im Kragen wie bei mausgesichtigen Männern. Kurz gesagt, an seinem Aussehen gab es nichts Besonderes zu vermerken.

Er hatte eine angenehme Stimme, weder zu hoch noch zu tief. Er besaß Autorität, ohne dabei allzu streng zu sein. Er schien sich auf seine Sache zu verstehen. Mit den schlechteren Schülern ging er geduldig um, und die guten Leistungen der Klassenbesten lobte er voller Anerkennung. Insgesamt würde ich sagen, daß wir an ihm wohl den besten Lehrer hatten, den ich je in meiner bisherigen Schulzeit erlebt hatte.

Nachdem ich meine Beobachtungen für Tante Lou und überhaupt jeden, der mich danach fragte, abgeschlossen hatte, ließ ich meine Gedanken schweifen. Ob Carmen wohl Lust hatte, auf dem zugefrorenen Teich Schlittschuh zu laufen oder die steilen Hügel herab Schlitten zu fahren? Ich malte mir aus, wie der Wind ihr die Locken zerzauste und die Wangen rötete.

Ob sie wohl gern mal mit mir auf die Farm zu Besuch kommen würde? Uropa hatte bestimmt noch nie so ein hübsches Mädchen gesehen. Er würde mir sicher nicht glauben, wenn ich ihm schilderte, wie hübsch sie war, bis er sie mit eigenen Augen gesehen hatte.

Ob sie Hunde mochte? Was würde sie wohl von meiner Pixie halten? Irgendwie sah ich sie schon mit Pixie im Arm vor mir, wie sie mit ihren langen, schmalen Fingern durch das weiche, flauschige Fell fuhr. Ich brannte darauf, die beiden einander vorzustellen. Sie würden einander bestimmt auf den ersten Blick mögen.

Eins machte mir große Sorgen: Würde ich ins Stottern geraten und in sämtliche Fettnäpfchen treten, bevor ich ihr überhaupt klarmachen konnte, daß ich anders als die anderen Jungen war? Daß ich sie wirklich gern hatte, und zwar nicht nur wegen ihres hübschen Gesichts?

Dann machte ich mir klar, daß ich im Grunde genommen überhaupt noch nichts über Carmen wußte – außer eben, daß sie ein hübsches Gesicht hatte. Nun, ich würde mich eben bemühen, sie näher kennenzulernen.

Wie im Flug verging die Woche – voller Tagträume und verstohlener Blicke und „zufälliger" Begegnungen. Ich fragte mich, wie ich das lange Wochenende bloß hinter mich bringen sollte, ohne sie ein einziges Mal zu sehen. Viele von meinen Klassenkameraden wohnten mitten in der Stadt und würden ihr beim Gemischtwarenhändler mit ihrer Mutter begegnen oder beim Spaziergang mit ihrem Vater oder was weiß ich. Aber ich, ich würde draußen bei den Männern auf der Farm herumsitzen. Ganz allein.

Zu Hause erzählte ich nichts von Carmen. Nicht, daß ich

sie vergessen hätte; ich wußte einfach nicht, was ich hätte erzählen sollen. Deshalb flüsterte ich nur Pixie etwas über sie ins Ohr, aber im nächsten Moment spürte ich auch schon, wie mir vor Verlegenheit die Wangen brannten.

Irgendwie brachte ich den Samstag hinter mich, wenn ich auch bei der Stallarbeit nicht so richtig bei der Sache war. Um so mehr freute ich mich auf Sonntag. Ich war mir ganz sicher, daß Carmen und ihre Eltern zum Gottesdienst in Onkel Nats Kirche gehen würden, denn eine andere Kirche gab's ja nicht am Ort. Ich brannte darauf, Carmen meinem Uropa vorzustellen. Sie würde ihm bestimmt schon von fern auffallen, und dann würde er mich fragen, wer das neue Mädchen war, und dann würde ich sagen können: „Das ist Carmen Foggelson, die Tochter von unserem neuen Lehrer." Ich konnte es mir ersparen, ihm zu sagen, daß sie die blauesten Augen auf der Welt hatte und das hübscheste rotbraune Haar. Das konnte Uropa ja leicht selbst sehen.

Als ich aber zeitig am Sonntag aufstand, um mich für die Kirche fertig zu machen, da braute sich draußen ein Schneesturm zusammen, wie ich noch keinen erlebt hatte. Der Wind fegte heulend um die Ecken, und das Schneegestöber war so dicht, daß man nicht mal die Scheune erkennen konnte.

„Kaum zu glauben!" bemerkte Onkel Charlie mit einem Blick aus dem Fenster. „Hört euch bloß das Geheul da draußen an!"

„Das wird eine ungemütliche Fahrt zur Kirche werden", murmelte ich vor mich hin.

„Heute können wir nicht zur Kirche fahren", stellte Opa mit Bestimmtheit fest. „Nicht mal die Leute in der Stadt werden sich bei diesem Wetter vor die Tür wagen."

Daß ich maßlos enttäuscht war, brauche ich wohl nicht erst zu erwähnen. Plötzlich streckte sich der lange, stille Tag endlos und leer vor mir aus. Was in aller Welt sollte ich jetzt bloß damit anfangen?

Das einzig Aufregende an dem ganzen Tag war unsere

Stallarbeit, die bei dem Wind zu einem wahren Abenteuer wurde. Die Kühe, Schweine und Hühner freuten sich mächtig, uns zu sehen. Wieder im Haus angekommen, bis auf die Knochen durchgefroren und die Hände taub, waren wir alle froh, bei dieser Kälte einen reichlichen Vorrat an Brennholz zur Hand zu haben.

Nach dem Mittagessen half ich Onkel Charlie beim Abwasch. Bei heißem Kaffee und Tante Lous Plätzchen saßen wir dann am Tisch, um Mühle zu spielen und dem Schneesturm beim Toben zuzuschauen. Uropa spielte gegen Opa, und Onkel Charlie nahm's mit mir auf. Ich war aber nicht recht bei der Sache und spielte schlechter als sonst.

„Ich glaube, ich halte gleich ein Mittagsschläfchen", sagte Uropa dann. Er legte sich oft nachmittags schlafen.

„Ich auch", sagte ich und stand gähnend von meinem Platz auf. Alle Blicke flogen auf mich.

„Haste in letzter Zeit zu fleißig gelernt, Junge?" fragte Opa teilnahmsvoll.

„Zu fleißig nicht gerade", stotterte ich, „aber ich muß mich schon ganz schön ranhalten, um den Stoff aufzuholen, den wir versäumt haben."

Das schienen die Männer gern zu hören.

Um ganz ehrlich zu sein, hatte ich mir tatsächlich viel Mühe bei den Schulaufgaben gegeben. Ich hatte mir wohl vorgenommen, dem neuen Lehrer zu beweisen, daß ich nicht auf den Kopf gefallen war; der freute sich nämlich über gute Schulleistungen. Wie Carmen darüber dachte, wußte ich zwar nicht, aber es konnte immerhin nicht schaden, wenn ich mich mit ihrem Vater gut stellte.

„Dann leg' dich nur schlafen!" meinte Onkel Charlie. „Etwas Besseres gibt's heute sowieso nicht zu tun."

Ich ging in mein Zimmer und legte mich ins Bett, aber schlafen konnte ich nicht. Ich lag einfach nur da und kraulte Pixie unter dem Kinn. Zwischendurch versprach ich ihr, daß wir ganz bestimmt bald in die Stadt zurückfahren würden.

Allerdings glaube ich kaum, daß Pixie auch nur halb so

ungeduldig war wie ich. Ich machte mir Sorgen, daß Carmen und ihre Eltern nicht genug Brennholz hatten oder in sonstige Schwierigkeiten wegen des Schneesturms gerieten. Womöglich gingen ein paar von meinen Schulkameraden zu den Foggelsons, um ihre Hilfe anzubieten, und machten dabei einen guten Eindruck. Wenn ich jetzt in der Stadt wäre, würde ich auf der Stelle zu Carmen gehen und fragen, ob ich irgendwie behilflich sein könnte.

Das Grübeln machte mir das Einschlafen alles andere als leichter. Schließlich holte ich eins von meinen alten Büchern aus einer Truhe, die mir als „Schatzkiste“ diente, und versuchte zu lesen. Entweder hatte sich die Geschichte verändert oder ich mich selbst; jedenfalls interessierte sie mich plötzlich nicht mehr. Und dabei war das früher einmal mein Lieblingsbuch gewesen!

Schließlich gab ich's auf und hörte nur noch auf das Heulen des Sturmes. Ob Tante Lou und Onkel Nat sich um uns sorgen würden, daß wir vielleicht bei dem schweren Sturm zur Stadt unterwegs sein könnten? Nein, dazu kannten sie meinen Opa zu gut. Der hatte viel zuviel gesunden Menschenverstand, um sich bei dem Wetter auf die Landstraße zu wagen.

Von unten hörte ich Männerstimmen, darunter auch die von Uropa. Demnach war er wieder von seinem Mittagsschlaf aufgestanden. Dann hörte ich Geschirrklappern; einer von ihnen fing wohl an, unser Abendessen zu kochen. Daraus schloß ich, daß es Zeit für die Stallarbeit sein mußte. Ich war froh, einen Grund zum Aufstehen zu haben.

Noch zwei Tage lang heulte der Wind. Manche Schneewehen vor dem Haus gingen mir bis über den Kopf. So einen Schneesturm hatte ich noch nie erlebt. Wir hatten alle Hände voll zu tun, uns einen Weg zu den Tieren freizuschaufeln, Holz zu spalten und Kohle ins Haus zu tragen. Trotzdem war ich ungeduldig.

Am Mittwoch schlug das Wetter endlich um, und die Sonne schien wieder. Wegen der hohen Schneewehen war aber nicht daran zu denken, mit dem Pferdeschlitten in die Stadt zu fahren.

Die ganze Woche lang mußte ich in der Schule fehlen. Ich lernte zu Hause. Auf diese Art und Weise hatte ich wenigstens etwas zu tun, und außerdem wollte ich um keinen Preis hinter meine Schulkameraden zurückfallen.

Am Sonntagmorgen zogen wir uns dann warm an und machten uns auf den Weg zur Kirche. Opa sorgte sich, ob Tante Lou und Onkel Nat genug zu essen im Haus hatten. Sie bekamen ihre Farmerzeugnisse wie Milch, Eier und Sahne immer von uns. Ihr Gartengemüse und Obst lagerte bei uns auf der Farm im Gemüsekeller, und Opa brachte den beiden auch frisches Fleisch und Geflügel, das entweder gerade geschlachtet worden war oder auf großen Eisblöcken in unserer mit Sägemehl ausgelegten Eiskiste gelagert war.

„In der Stadt gibt's auch Geschäfte für solche Sachen, weißt du", erinnerte ihn Onkel Charlie.

„Wozu Geld ausgeben, wenn's nicht nötig ist?" hatte Opa geantwortet, und so beluden wir den Schlitten mit Lebensmitteln, wickelten uns in Decken und fuhren los in die Stadt.

Als wir bei Tante Lou ankamen, brachte ich Pixie in ihre Kiste und half dann beim Abladen des Schlittens, bevor wir in die Kirche gingen. Onkel Nat war schon dort und machte ein Feuer, um den eiskalten Raum aufzuheizen.

Tante Lou und Onkel Nat hatten den Sturm gut überstanden, aber Onkel Nat hatte sich Sorgen um seine Gemeindemitglieder gemacht, besonders um die älteren Leute. Er hatte befürchtet, daß sie unvorbereitet von dem Schneesturm überrascht worden waren.

Er hatte sogar den alten Tom zu sich ins Haus geholt und ihm auf dem Sofa im Wohnzimmer ein Bett gemacht, aber Freitag nacht hatte Tom sich still und leise wieder verkrümelt. Onkel Nat vermutete, daß er sich auf die Suche nach einer Flasche gemacht hatte.

Der alte Tom war unser Stadtsäufer. Man könnte es bestimmt auch höflicher ausdrücken, aber es war nun mal die Wahrheit.

Er wohnte schon seit Urzeiten hier in der Stadt. Ich wüßte nicht, je seinen Nachnamen gehört zu haben. Alle nannten ihn nur Tom oder Tippel-Tom.

Früher, als er noch nicht restlos der Flasche verfallen war, hatte er sich hier und da Arbeit gesucht, aber das Arbeiten hatte er längst aufgegeben. Hab' keine Ahnung, woher er das Geld für seinen Schnaps hatte. Für Lebensmittel hatte er jedenfalls keins. Hin und wieder gab ihm jemand aus Mitleid etwas zu essen. Für Kleidung hatte er auch keinen Pfennig übrig. Onkel Nat hielt ein Auge auf ihn und versuchte, ihm hin und wieder etwas zum Anziehen zu besorgen, damit er den Leuten nicht anstößig wurde oder bei dem kalten Wetter erfror.

Der alte Tom gehörte zu unserer Stadt wie der Metzger oder der Gemischtwarenhändler. Die Leute zogen ihn immer als Beispiel für ein Dasein heran, das keinen Pfifferling wert war. Die Mütter sagten zu ihren Söhnen: „Du willst doch wohl nicht so einer werden wie Tom, oder?" Die Männer sagten ihren faulen Angestellten nach: „Der ist so unnütz wie der alte Tom!" Leute, die böse aufeinander waren, schimpften: „Ach, geh doch zu dem alten Tom, wo du hingehörst!" Oder: „Du stinkst ja wie der alte Tom!" Bis jetzt war es noch keinem gelungen, aus Tom einen anständigen Menschen zu machen.

Onkel Nat hatte es ja versucht. Mächtig angestrengt hatte er sich sogar wegen Tom. Ständig versuchte er, den Alten von der Gosse aufzulesen und ihm etwas Nahrhaftes einzuflößen. Noch mehr Mühe verwandte er darauf, ihm begreiflich zu machen, daß seine einzige Hoffnung auf ein besseres Leben darin bestand, Jesus als seinen Heiland anzunehmen. Ich hatte oft gehört, wie Onkel Nat mit ihm geredet hatte, aber Tom wimmerte dann immer bloß, daß es dazu jetzt zu spät sei. Was passiert sei, sei passiert. Und dann versuchte Onkel Nat es weiter: „Jesus kann dir helfen, Tom! Er kann einen neuen Menschen aus dir machen, wenn du ihn nur läßt. Keine Sünde ist so schwarz, daß Gott sie nicht so weiß wie Schnee machen könnte. Es gibt nichts, was er dir nicht vergeben kann." Aber Tom schüttelte dann nur den Kopf, hielt seine Flasche umklammert und winselte wie ein Hund.

Ohne erst zu fragen, wußte ich, daß Onkel Nat wahrscheinlich überall nach Tom gesucht hatte: im Mietstall, hinter dem Gemischtwarenladen, im Holzschuppen auf dem Schulhof und in dem kleinen Stall hinter dem Rathaus. Ich wußte auch jetzt schon, daß Onkel Nat gleich nach dem Gottesdienst wieder losziehen würde, um weiter nach Tom zu suchen.

Als wir die kleine Kirche betraten, sah ich mich blitzschnell um, aber die Foggelsons waren nicht gekommen. Das war ein schwerer Schlag für mich. Ich hoffte nur, daß keinem von ihnen durch den Schneesturm etwas Schlimmes passiert war.

Avery und Willi kamen auf mich zu und erzählten mir, was der Sturm hier in der Stadt alles angerichtet hatte: bei den Smiths hatte das Kaminrohr einen Dachbrand verursacht, die Bases hatten ein paar von ihren Möbeln verheizt, weil ihnen das Brennholz ausgegangen war, und Mike Turley hatte eine Erfrierung an der Nasenspitze und war deshalb sogar beim Doktor gewesen.

Das alles interessierte mich aber gar nicht so besonders. Ich hatte immer noch die Foggelsons im Kopf.

Von Willi und Avery erfuhr ich, daß ich gar nicht viel in der Schule versäumt hatte. Erst am Donnerstag war der Unterricht wiederaufgenommen worden, aber nur eine Handvoll Schüler waren dazu erschienen. Außerdem gingen die Röteln noch in der Stadt um. Die Leute hatten gehofft, daß das kalte Wetter die Krankheit eindämmen würde. Nur das kleine Williams-Mädchen hatte einen schlimmen Fall von Röteln gehabt. Der Doktor hoffte aber, daß sie jetzt über den Berg war; nur wegen ihrer Augen sorgte man sich noch, wenn wir auch nicht richtig begriffen, was ihre Augen damit zu tun hatten.

Nach dem Gottesdienst aßen wir bei Tante Lou zu Mittag. Kaum hatten wir ein paar Sätze miteinander geredet, als Onkel Nat auch schon aufstand und sich entschuldigen ließ. Ich wußte genau, daß er sich wieder auf die Suche nach dem alten Tom machen wollte. Auch ich stand auf und holte mir meine Winterjacke.

„Ich helfe dir", erbot ich mich. „Ich nehme die Strecke an der Schule vorbei."

Onkel Nat nickte dankbar. Wir gingen zusammen aus dem Haus, während die drei älteren Männer gemütlich mit Tante Lou Kaffee tranken und ihr dann beim Aufwasch halfen.

Ich hatte Onkel Nat nicht erst groß erklärt, daß die Foggelsons in der Straße hinter der Schule wohnten. Hier hatte ich nun die beste Gelegenheit dazu, bei ihnen nach dem Rechten zu sehen.

Als ich bei den Foggelsons ankam, sah ich zu meiner Erleichterung, daß es aus beiden Schornsteinen rauchte. Das Haus selbst hatte allem Anschein nach den Sturm unbeschadet überstanden, aber ich ging trotzdem zur hinteren Tür und klopfte an. Dabei legte ich mir zurecht, was ich sagen wollte, je nachdem, wer an die Tür kam. Es war Frau Foggelson. Jedenfalls schloß ich haarscharf, daß sie es sein mußte. Sie hatte die gleichen blauen Augen wie Carmen und auch eine so klare Haut und fast so hübsche Haare, nur daß sie die ihren hoch auf dem Kopf aufgetürmt trug.

„Ja, bitte?" sagte sie etwas zögernd.

„Ich heiße Josua Jones", erklärte ich schnell, bevor sie mir die Tür wieder vor der Nase zumachen konnte. „Ich bin ein Schüler von Ihrem Mann, und ich wollte nur nachfragen, ob Sie irgendwas brauchen ... nach dem Sturm, meine ich, und ich dachte ..."

„Wie nett von dir", unterbrach sie mich. Jedes Wort zog sie in die Länge und setzte dabei ein freundliches Lächeln auf.

Jetzt geriet ich hoffnungslos ins Stottern. Die kleine

Rede, die ich mir zurechtgelegt hatte, war wie weggeblasen, und mir fiel einfach nichts Gescheites ein.

„Uns fehlt nichts, Josua", sagte Frau Foggelson gerade. „Hab trotzdem herzlichen Dank für deine Nachfrage. Das war ein arger Schneesturm, nicht wahr?"

„Dann ist's ja gut", stammelte ich und spürte, wie ich rot wurde. „Ich meine natürlich, daß Ihnen nichts fehlt."

„Aber bitte komm doch herein!" lud sie mich ein und schob die Tür ein Stück weiter auf.

Das hätte ich nur zu gern getan, aber statt dessen hörte ich mich sagen: „Nein, danke. Ich muß weiter. Ich meine ... Ich bin gerade dabei, Onkel Nat zu helfen. Wir suchen nämlich den alten Tom. Er macht sich immer Sorgen, daß er erfrieren könnte ... ich meine, Onkel Nat macht sich Sorgen um den alten Tom, nicht umgekehrt." Dann redete ich hastig weiter und brachte eine Erklärung vor, die eigentlich ganz überflüssig war: „Er ist nicht mit uns verwandt oder dergleichen; es ist nur, daß Onkel Nat sich halt Sorgen um andere Leute macht ... ich meine, weil er doch der Pastor hier ist und schon deshalb ..." Ich geriet ins Stocken und schwieg verlegen. Das Ganze wurde mir von Sekunde zu Sekunde peinlicher.

„Aha, ich verstehe", sagte die hübsche Frau Foggelson und schenkte mir noch ein Lächeln. Ich wußte zwar nicht, ob sie wirklich verstand oder nicht, aber eins wußte ich mit Sicherheit: ich mußte machen, daß ich wegkam, bevor ich mich noch dämlicher aufführte.

Also murmelte ich: „Auf Wiedersehen", setzte mir die Kappe wieder auf den kalten Kopf und sauste los.

Zum guten Schluß war ich derjenige, der den alten Tom fand. Er saß zusammengekauert in dem Holzschuppen hinter dem Stadthotel. Mit klappernden Zähnen und verfilztem Bart saß er in der Ecke und verbreitete einen üblen Geruch. Seine Flasche hielt er noch umklammert, obwohl sie leer war. Ich wunderte mich, warum er überhaupt noch am Leben war. Vielleicht hatte ihn der Alkohol konserviert, wie in Essig eingelegte Gurken oder so. Jedenfalls wußte ich, daß ich ihn allein nicht vom Fleck bekommen würde, und suchte deshalb Hilfe.

Onkel Nat war noch unterwegs, weshalb Onkel Charlie und Opa die Pferde anspannten und sich auf den Weg zu dem Hotel machten. Als sie mit Tom zurückkamen, machten sie ihm auf der Liege im Wohnzimmer ein Bett, und Tante Lou kochte ihm eine heiße Suppe. Ich ließ sie machen und ging in mein Zimmer. Schließlich hatte ich mein Teil getan. Aus dem verlausten Tippelbruder machte ich mir ohnehin nicht viel. Onkel Nat würde allerdings erleichtert sein, wenn er sah, daß Tom noch lebte. Und das freute mich ja auch, wenn ich ehrlich bin.

Carmen

Sämtliche Burschen in unserer Schule, die genug Grips im Kopf hatten, mochten Carmen gern. Ich brauche wohl nicht zu betonen, daß ich da keine Ausnahme war. An manchen Tagen hatte ich so viel Mühe, im Unterricht bei der Sache zu sein, daß ich kaum mitkriegte, um was es ging. Das war mir ungewohnt; eigentlich galt ich als guter Schüler, der gern lernte.

Irgendwie gelang es mir, nicht hinter den anderen in der Klasse zurückzufallen, aber ich muß den Stoff wohl mit dem Unterbewußtsein aufgenommen haben; ans Lernen kann ich mich jedenfalls nicht erinnern.

Jede Pause benutzten wir Jungen dazu, uns vor Carmen wichtig zu machen, obwohl keiner von uns das je zugegeben hätte. Ein paar führten sich ziemlich schlimm auf. Ich hielt mich eher im Hintergrund und bemühte mich, nicht allzu naseweis zu wirken, aber ständig dachte ich mir aus, was ich wohl zu Carmen sagen würde, wenn sich die Gelegenheit dazu bot.

Die Gelegenheit bot sich in recht unerwarteter Form.

Aus Gründen, die mir nicht klar waren, schien Carmens Vater mich zu mögen. Er unterhielt sich oft mit mir und bat mich auch hin und wieder, nach dem Unterricht noch ein paar Minuten länger zu bleiben, um mit mir über ein Buch oder neue wissenschaftliche Forschungsergebnisse zu reden. Mehr als einmal lobte er dabei meinen „hellen Kopf".

Wie dem auch sei, jedenfalls erlebte ich die Überraschung meines Lebens, als Herr Foggelson mich eines Tages wieder bat, nach dem Unterricht noch einen Moment zu bleiben. Das war zwar nichts Neues, wie ich gerade erklärt habe; die anderen Jungen hänselten mich ja schon deswegen, aber was Herr Foggelson jetzt sagte, traf mich wie ein Blitz aus heiterem Himmel:

„Josua", fing er an – er nannte mich immer Josua, ganz steif und korrekt –, „Josua, ich hätte gern gewußt, ob du Zeit hast, um mir zu helfen."

Den Foggelsons würde ich gern helfen, wenn ich konnte, aber was die Zeit dazu betraf, war ich mir nicht so sicher. Ich hatte jede Menge Arbeit zu Hause, und bevor ich eine Antwort gab, würde ich Tante Lou um Erlaubnis bitten müssen. Bestimmt brauchte Herr Foggelson jemanden, der ihm Holz spaltete oder dergleichen, und das erforderte tatsächlich jede Menge Zeit.

„Carmen hat Schwierigkeiten mit der neuen Geometrie-Lektion", fuhr Herr Foggelson fort. „Du dagegen verstehst genau, worum es geht. Ich meine, Carmen wird es vielleicht besser verstehen, wenn es ihr von einem ihrer Klassenkameraden anstatt von ihrem Vater erklärt wird. Ich bin nicht immer sehr geduldig mit ihr, fürchte ich. Glaubst du, daß du die Zeit dazu aufbringen könntest?"

Klar hatte ich Zeit dazu! Ich nickte schon, bevor ich überhaupt Worte gefunden hatte.

„Bestens!" sagte Herr Foggelson erfreut. „Wäre dir Mittwoch nach dem Unterricht recht?"

Wieder nickte ich eifrig, doch dann lichtete sich der Nebel in meinem Kopf, und ich wußte, daß ich am besten zuerst einen klaren Gedanken faßte, was die ganze Sache betraf.

„Da muß ich meine Tante Lou erst fragen", brachte ich schließlich hervor. Dann besaß ich sogar die Geistesgegenwart, um hinzuzufügen: „Mittwochs paßt's mir eigentlich nicht so gut. Ich habe viel Arbeit, und die muß bis zur Gebetsversammlung am Abend erledigt sein."

„Aha", sagte Herr Foggelson langsam und runzelte die Stirn.

„Ach, aber es wird schon gehen", fügte ich hastig hinzu. „Wir werden uns schon einigen, ich und Tante Lou ... ich meine, Tante Lou und ich."

„Also gut", sagte er, und das Stirnrunzeln wich einem abwesend wirkendem Lächeln.

„Ich frage sie gleich heute abend und sag' Ihnen dann morgen früh Bescheid", versprach ich.

Er nickte kurz; und ich nahm an, daß ich damit entlassen war.

So beherrscht, wie ich nur konnte, verließ ich das Klassenzimmer und bemühte mich dabei, bloß nicht meine Mütze aufzusetzen, laut „Juchu!" zu schreien oder loszulaufen, bevor ich auf dem Schulhof war.

So schnell mich meine Beine trugen, rannte ich den ganzen Weg nach Hause, und als ich ankam, war ich so außer Atem, daß ich Tante Lou nicht einmal von meinem Glück erzählen konnte. Ich saß nur da, das Gesicht rot von dem Frost, und schnappte nach Luft.

Tante Lou lachte und stellte mir Milch und Plätzchen auf den Tisch. Sie wußte, daß ich aufregende Neuigkeiten hatte, die ich unbedingt loswerden mußte.

„Immer mit der Ruhe, Josch!" sagte sie und klopfte mir auf die Schulter. „Ich bin auch noch da, wenn du wieder Puste hast."

Pixie drängte sich an mein Bein, weil sie auf meinen Schoß wollte. Ich tat ihr den Gefallen und gab ihr auch ein Stück von meinem Plätzchen ab. Pixie würde meine Neuigkeiten sicher auch gern hören, aber soweit war ich noch nicht.

Tante Lou ging auf die hintere Veranda, um mehr Brennholz zu holen. Sie blieb länger als sonst; vielleicht wollte sie mir genug Zeit lassen, um wieder zu Atem zu kommen.

Als sie zurückkam, fing sie gleich an zu reden – bestimmt, weil sie mir noch mehr Zeit zur Beruhigung geben wollte.

„Weißt du, Josch, ich habe gerade gedacht, bis Weihnachten sind's nur noch drei Wochen. Komisch, nicht? Mir ist noch gar nicht nach Weihnachten zumute, obwohl wir schon fleißig für die Weihnachtsfeier in der Kirche geübt haben. Ja, bald wird's Weihnachten, daran gibt's nichts zu rütteln."

Ich nickte und spülte mein Plätzchen mit einem Schluck kalter Milch runter.

„Wünschst du dir eigentlich etwas Besonderes zu Weihnachten, mein Junge?"

Darüber hatte ich noch gar nicht nachgedacht. Ich schüttelte den Kopf und überlegte gleichzeitig krampfhaft, was Tante Lou mir wohl schenken könnte, um mir damit einen Wunsch zu erfüllen. Doch es wollte mir einfach nichts einfallen. Ich hatte doch schon alles, was ich mir wünschen konnte. Höchstens eine besondere Freundschaft mit Carmen, aber die konnte Tante Lou mir wohl kaum zu Weihnachten schenken. Darum würde ich mich schon selbst bemühen müssen.

Ich leerte mein Milchglas. Tante Lou setzte sich zu mir an den Tisch.

„Kannst du jetzt wieder sprechen?" fragte sie mit einem leichten Augenzwinkern.

„Herr Foggelson hat mich gefragt, ob ich ihm helfen würde", platzte ich mit meiner Neuigkeit heraus.

„Helfen?" fragte Tante Lou gespannt.

„Ja, in Geometrie."

„Du sollst ihm in Geometrie helfen? Kann er's denn nicht selbst?" spaßte Tante Lou, aber ich wußte, daß sie darauf keine Antwort erwartete.

„Ich soll jemandem aus meiner Klasse etwas erklären", fuhr ich fort.

„Ach, wirklich?" Tante Lou lächelte mir so strahlend zu, wie sie's immer tat, wenn sie sich über mich gefreut hatte.

„Da mußt du aber ein guter Schüler sein, Josch, wenn der Lehrer dich dazu ausgesucht hat, einem Klassenkameraden Nachhilfe zu geben. Ich bin richtig stolz auf dich!" Sie strich mir mit der Hand über den Kopf.

„Dann darf ich also?"

„Natürlich. Ist doch eine Ehre – und außerdem wirst du selbst daraus lernen."

„Er hat Mittwoch abend vorgeschlagen“, fuhr ich fort, „aber ich hab’ ihm gesagt, daß ich mittwochs keine Zeit hätte, weil ich bis zur Gebetsversammlung mit meiner Arbeit hier fertig sein müsse.“

„Geht’s nicht vielleicht an einem anderen Abend?“ fragte Tante Lou. „Wenn nicht, könnte ich dir vielleicht bei deiner Arbeit helfen, oder ...“

Ich stand schnell auf. Um ein Haar hätte ich Pixie auf meinem Schoß ganz vergessen. Energisch schüttelte ich den Kopf und nahm Pixie auf den Arm.

„Bestimmt läßt sich eine andere Zeit einrichten“, sagte ich. Tante Lou sollte bloß nicht meine Arbeit tun, solange ich da war.

„Rede doch mit deinem Lehrer!“ schlug Tante Lou vor. „Wir werden natürlich tun, was wir können.“ Ja, ich wußte genau, daß Onkel Nat und sie alles tun würden, damit ich „Nachhilfe geben“ konnte.

Ich wollte gerade aus der Küche gehen, um die guten Schulsachen auszuziehen, als Tante Lou mich zurückrief.

„Wer ist denn dein Klassenkamerad, Josch?“

Ich drehte mich um, ohne gleich zu begreifen.

„Wer ist denn dein armer Klassenkamerad, dem du Nachhilfestunden geben sollst?“

Gegen die heiße Röte, die mir jetzt ins Gesicht stieg, war ich machtlos. Am liebsten hätte ich Tante Lou den Rücken gekehrt, um meine Verlegenheit vor ihr zu verbergen, aber das wäre eine grobe Unhöflichkeit gewesen. Ich gab mir große Mühe, meiner Stimme einen gelassenen Ton zu geben, aber mein Herzklopfen war alles andere als normal.

„Carmen“, sagte ich so beiläufig, wie’s ging, und vermied es, den Namen besonders zu betonen.

„Carmen?“ fragte Tante Lou.

„Carmen Foggelson“, stotterte ich weiter.

„Ach, die Tochter des Lehrers! Das ist ja wirklich eine große Ehre, Josch. Wenn der Lehrer ausgerechnet dich gebeten hat, seiner Tochter Nachhilfestunden zu geben, dann scheint er große Stücke auf dich zu halten.“

Mit meinem roten Gesicht stand ich da und wußte nicht, was ich sagen sollte. Am liebsten hätte ich mich in mein kleines Zimmer geflüchtet, um allein zu sein.

„Ist sie denn so schlecht in der Schule?“ wollte meine Tante wissen.

„Sie ist eine von den Klassenbesten“, platzte ich eine Spur zu eifrig heraus. „In Englisch und Gemeinschaftskunde ist sie den anderen meilenweit voraus. In Kunst und Rechtschreibung und den anderen Fächern ist sie auch gut. In Algebra ist sie sogar besser als ich, und ...“ Betreten fing ich mich und schwieg. Ich redete ja gerade so, als hätte Tante Lou sie beleidigt. Plötzlich machte ich mir klar, daß Carmen ja eine gute Schülerin war, eine ausgezeichnete sogar. Sie war uns in fast allen Fächern überlegen. Warum war ausgerechnet ich dann gebeten worden, ihr Nachhilfestunden zu geben? Darüber hatte ich vor lauter Begeisterung noch gar nicht nachgedacht. Und wenn ich ihr tatsächlich bald Nachhilfestunden gab, würde ich mich überhaupt lange genug auf die Geometrieaufgaben konzentrieren können, um ihr eine Hilfe zu sein? Das Ganze war schon ein bißchen merkwürdig, wenn ich's mir recht überlegte. Ich drehte mich um und ging in mein Zimmer.

Vielleicht hatte Tante Lou mir angemerkt, daß bei mir etwas nicht stimmte. Jedenfalls stellte sie mir keine weiteren Fragen, sondern ließ mich gehen.

Während ich mich für die Arbeit umzog, zerbrach ich mir den Kopf über diese Angelegenheit. Warum wollte Herr Foggelson, daß ich seiner Tochter Nachhilfestunden gab, obwohl sie zu den Klassenbesten zählte? Haperte es vielleicht eher bei mir selbst in Geometrie? War der ganze Plan womöglich ein kleines Manöver, um mir in Geometrie zu helfen, ohne daß ich's merkte oder mich deshalb schämte? Nein, das konnte eigentlich nicht sein. Ich kam gut mit dem Lehrstoff zurecht. Gerade in der letzten Klassenarbeit hatte ich doch noch eine 1-2 gehabt. Hatte Carmen wirklich Schwierigkeiten, unsere Lektion in Geometrie zu verstehen? Vielleicht schon. Vielleicht hatte sie bei der letzten

Klassenarbeit nicht ihre übliche gute Note geschafft. Herr Foggelson erwartete bestimmt nur die allerbesten Zensuren von ihr. Vielleicht fand er tatsächlich, daß sie Nachhilfestunden brauchte.

Ich versuchte, das ganze Durcheinander abzuschütteln und an etwas anderes zu denken, aber es wollte mir nicht so recht gelingen.

Schließlich schnappte ich Pixie und ging durch die Küche, um mir meine warme Jacke zu holen.

„Du bleibst am besten im Haus!" befahl ich Pixie. „Draußen ist's heute viel zu kalt für so ein winziges Ding wie dich."

Tante Lou sah kurz von dem Gemüse auf, das sie gerade fürs Abendessen schälte, und warf mir ein Lächeln zu, sagte aber nichts mehr über meine Nachhilfestunden. Wie gut! Ich wollte nicht mehr darüber reden. Erst mal mußte ich in Ruhe darüber nachdenken. Anfangs war ich vor Stolz beinahe geplatzt und konnte es kaum abwarten, meinen Kameraden alles zu erzählen. Jetzt war ich mir meiner Sache aber nicht mehr so sicher. Vielleicht behielt ich's erst mal für mich – jedenfalls, bis ich selbst ein bißchen klarer sah.

Die erste Nachhilfestunde

Am nächsten Morgen, als ich unser Klassenzimmer betrat, sah Herr Foggelson mich fragend an. Ich konnte ihm nicht ausweichen, ohne unhöflich zu erscheinen, weshalb ich eine Art Lächeln zustande brachte und kurz mit dem Kopf nickte. Er nahm es als Zeichen, daß ich mit meiner Tante Lou und meinem Onkel Nat geredet hatte.

Um ehrlich zu sein, war unsere Unterhaltung sogar ziemlich lang ausgefallen. Nach dem Abendessen, als wir unsere kleine Andacht gehalten hatten, hatte Tante Lou die Sprache darauf gebracht.

„Josch hat heute etwas ganz Besonderes erlebt“, hatte sie Onkel Nat erzählt. „Der Lehrer hat ihn gebeten, seiner Tochter Carmen Nachhilfestunden in Geometrie zu geben.“

Onkel Nat sah von der Bibel auf, die er gerade wieder auf den kleinen Ecktisch zurücklegte.

„Tatsächlich? Alle Achtung, Josch!“ Er klopfte mir anerkennend auf die Schultern.

Ich wurde ein bißchen rot und trat von einem Fuß auf den anderen.

„Wann denn?“ wollte Onkel Nat wissen.

„Das steht noch nicht fest“, stotterte ich, als Tante Lou nichts sagte, so daß ich selbst antworten mußte. „Mittwochs, hat er vorgeschlagen, aber ich habe ihm gesagt, daß ich nicht rechtzeitig mit meiner Arbeit fertig würde. Ich müßte mich schon so genug sputen, um rechtzeitig zur Gebetsversammlung fertig zu sein, und da bliebe mir kaum noch Zeit für etwas anderes ...“

„Wenn das der einzige Tag ist, an dem es den Foggelsons paßt, dann könnten wir uns zusammen eine Lösung überlegen", meinte Onkel Nat. „Wenn du jeden Tag ein paar zusätzliche Holzscheite spaltest und ich mittwochs versuche, früher nach Hause zu kommen ..."

„Hat doch keinen Zweck, wenn du dir noch mehr Arbeit aufhalst!" hörte ich mich sagen. Ich wußte doch genau, daß Onkel Nat sowieso viel zuviel zu tun hatte. Er kam kaum dazu, sich zu Hause mal auszuruhen.

„Es wird sich schon eine andere Zeit finden lassen", sagte ich. „Ich spreche gleich morgen mit Herrn Foggelson."

„Wir werden natürlich tun, was wir nur können", versprach Onkel Nat, und die beiden lächelten. Ich wußte, daß ich mich auf sie verlassen konnte.

Doch auf einmal wurde Onkel Nat ernst. Langsam und besonnen fing er an zu reden.

„Das könnte die Antwort auf meine Gebete sein, Josch", sagte er. „Als die Foggelsons gerade hier eingezogen waren, besuchte ich sie, um sie zu unseren Gottesdiensten einzuladen." Onkel Nat machte eine Pause, und ich wußte, daß er sich jedes Wort genau überlegte. „Herr Foggelson hat mir erklärt, daß sie die Kirche nicht nötig hätten. Die Kirche sei für die Armen und Ungebildeten da – als Krücke gewissermaßen –, gebildete Menschen hätten kein Interesse an Legenden und Fabeln. Er fügte auch hinzu, daß seine Frau und seine Tochter ihre Entscheidung selbst treffen könnten, aber als seine Frau dann aufsah, hatte ich den Eindruck, als wäre ihr diese Entscheidung soeben abgenommen worden."

Einige Sekunden schwiegen wir.

„Vielleicht kann Gott dich ja irgendwie dazu benutzen, Josch, um dieser Familie sein Licht zu bringen."

Ich erschrak. Ich war doch kein Pastor! Wenn es Onkel Nat nicht gelungen war, den Mann zu überzeugen, dann brauchte ich es eigentlich gar nicht erst zu versuchen. Der Gedanke, sozusagen die Verantwortung für das ewige Los eines anderen Menschen aufgeladen zu bekommen, machte mir Angst. Eines Tages würde ich diese Verantwortung vielleicht auf mich nehmen. Ich dachte nämlich im stillen daran, später einmal Pastor zu werden wie Onkel Nat. Ich hatte große Achtung vor ihm, und die Leute hier in der Stadt auch. Überall, wo er auftauchte, grüßten ihn die Leute, zogen die Mützen vor ihm und hörten sich an, was er zu sagen hatten. Und er war auch derjenige, der zu den Leuten nach Hause gerufen wurde, wenn Not am Mann war – bei Krankheiten, Unfällen oder sonstigen Sachen. In der ganzen Stadt gab's wohl niemanden, der so häufig wie Onkel Nat zu Hilfe gerufen wurde; höchstens der Doktor vielleicht. Bei solchen Gelegenheiten gaben sich die beiden dann meistens die Klinke in die Hand, der Doktor mit seiner schwarzen Arzttasche und Onkel Nat mit seiner schwarzen Bibel.

Wie gesagt, ich hegte zwar die Hoffnung, eines Tages selbst einmal Pastor zu werden und von den Leuten geachtet und geehrt zu werden, aber zu einer solchen Verantwortung war ich jetzt noch nicht bereit. Eine Familie am Ort zu der Einsicht zu bringen, daß sie Jesus und die Kirche sehr wohl brauchten, wenn sich's obendrein auch noch um die Familie meines Lehrers handelte – also, ich wußte nicht, ob ich das schaffen könnte. Trotzdem entgegnete ich nichts, sondern rutschte nur ein bißchen auf meinem Stuhl hin und her.

„Kommt, wir beten!" schlug Onkel Nat vor.

Wir hatten zwar gerade erst gebetet, aber ein Blick auf Onkel Nat und Tante Lou genügte, daß auch ich den Kopf zum Gebet neigte.

„Lieber Vater und Herr", begann Onkel Nat, „wir danken dir für die Gelegenheit, daß Josch Familie Foggelson besuchen kann. Hilf doch, daß er sich von dir führen läßt, um ein Zeugnis für dich zu sein. Gebrauche du ihn dazu, dieser Familie klarzumachen, daß Bildung zwar eine gute Sache ist, aber nicht ausreicht, um uns auf das Leben nach dem Tod vorzubereiten. Daß man den Geist nicht so weit verfeinern kann, um die Seele damit zu retten. Daß allein durch den Tod und die Auferstehung unseres Herrn Jesus

Christus unsere Sünden vergeben werden können und wir neues Leben bekommen. Amen."

Ich dachte lange über Onkel Nats Gebet nach. Eigentlich hätte ich nie bedacht, daß jemand wie Herr Foggelson etwa nicht in den Himmel kommen könnte. Immerhin war er ein rechtschaffener, gelehrter Mann, ein richtiger Gentleman. Alle Leute nickten ihm zu und grüßten ihn voller Hochachtung. Und dabei glaubte er nicht an Gott und konnte nicht in den Himmel kommen. Wenn ihm ein Unfall oder eine schlimme Krankheit zustoßen sollte ... ich wollte es mir nicht einmal ausmalen. Bei dem alten Tom war mir alles klar. Der war wirklich ein hoffnungsloser Fall. Immer betrunken, total verwahrlost. Der wusch sich nie und zog sich nie frische Sachen an. Meistens aß er nicht mal vernünftig. Onkel Nat mußte ständig nach ihm sehen und ihm Suppe einflößen, sonst würde er es nie von einer Woche bis zur nächsten schaffen. Aber Herr Foggelson? Irgendwie konnte ich die beiden Männer nicht unter der gleichen Überschrift einordnen: „Verloren".

So erschien ich also am nächsten Morgen in der Schule und tat mein Bestes, um mir Herrn Foggelson gegenüber bloß nicht anmerken zu lassen, daß ich über ihn Bescheid wußte: ein Sünder war er und würde nicht in den Himmel kommen, es sei denn, er tat Buße und bekehrte sich. Diese Regel hatte nicht ich erfunden, sondern Gott. So sah es nun mal aus, kurz und bündig. Einen Mittelweg gab es nicht, nur den Himmel und die Hölle. Der Himmel wartete auf solche, die Gott um Vergebung für all das Schlechte baten, das sie getan hatten. Wer aber nicht nach Gott fragte oder leugnete, daß Gott ein Anrecht auf sein Leben hatte, der würde keinen Einlaß in den Himmel finden, ganz egal, ob die Leute ihn für einen rechtschaffenen Menschen hielten oder nicht.

Ich war froh, als die Geschichtsstunde anfing und ich den Blick auf mein Buch auf dem Pult senken konnte.

In der Pause und beim Mittagsbrot verriet ich den anderen Jungen nichts von den Nachhilfestunden, die ich Carmen geben sollte. Nicht mal Willi oder Avery. Ich versuchte, bei den Spielen auf dem Schulhof mitzumachen, aber das fiel mir heute schwer. Ich hatte einfach zu viele andere Dinge im Kopf. Ich glaube, die anderen merkten mir an, daß bei mir etwas nicht stimmte; ein paar von ihnen warfen mir hin und wieder einen erstaunten Blick zu, aber keiner sagte ein Wort, worüber ich froh war.

Ich sah auch, wie Carmen mir Blicke zuwarf. Sie sah sich ein paarmal zu mir um und lächelte mir sogar einmal zu, bevor ich schnell woanders hingucken konnte. Mein Herz machte einen Satz, und ich rannte beim Staffellauf geradewegs an Avery vorbei. Ich tat so, als wäre ich ausgerutscht, damit die Jungen nicht merken sollten, was in Wirklichkeit passiert war, aber sehr geschickt stellte ich mich dabei nicht an.

Ich war darauf gefaßt, daß Herr Foggelson nach dem Unterricht mit mir sprechen wollte, und ersparte mir deshalb die sonst übliche Eile beim Zusammenpacken meiner Bücher und Hefte.

Mit einem breiten Lächeln trat er an mein Pult.

„Nun, Josua, hast du die Erlaubnis deiner Tante und deines Onkels erhalten?“

„Jawohl, Sir“, antwortete ich, schluckte mühsam und zwang mich dazu, zu Herrn Foggelson aufzusehen.

„Bestens!“ freute er sich. „Wann kannst du anfangen?“

„Donnerstags paßt’s am besten, Sir. Gleich nach der Schule, wenn Ihnen das recht ist.“

„Gewiß, gewiß. Auch Carmen wird das sehr recht sein. Sie wird gern hören, daß du ihr helfen wirst.“

Ich wurde rot und hätte mich deswegen selbst auf den Mond schießen können.

Heute war Mittwoch, und ich mußte mich beeilen, nach Hause zu laufen und meine Arbeit zu tun. Ich war froh, einen Grund zu haben, um mich gleich auf die Socken zu machen.

Ich nahm meine Bücher und nickte Herrn Foggelson zu. „Morgen also. Gleich nach der Schule.“

„Einverstanden“, sagte er und legte mir die Hand auf die Schulter. Es war das erste Mal, daß er mich oder überhaupt einen aus unserer Klasse anfaßte. Nicht mal bei Carmen machte er das, obwohl er es zu Hause sicher ab und zu tat. Ich war verlegen, konnte mir aber nicht erklären, warum. Ich war es eigentlich gewöhnt, von anderen angefaßt zu werden. Bei uns daheim umarmte man sich des öfteren, klopfte sich auf die Schultern, zerzauste einander die Haare, drückte die Hände und dergleichen mehr, was man eben als Familie so macht.

Trotzdem ist es etwas ganz anderes, wenn einem der Lehrer die Hand auf die Schulter legt, als ob man jemand Besonderes wäre – dabei wußte ich absolut nicht, was an mir so „besonders“ sein sollte. Ich hatte keine Ahnung, was ich sagen oder tun sollte, weshalb ich mich nur räusperte und den Blick auf meine Bücher senkte.

„Bis morgen also!“ sagte ich unbeholfen und machte, daß ich zur Tür hinauskam. Mit gemischten Gefühlen sah ich dem nächsten Tag entgegen.

Nach dem Unterricht am folgenden Tag besaß ich sogar die Geistesgegenwart, mein Geometriebuch unter der Bank hervorzusuchen. Ich machte mir an meinem Pult zu schaffen, schob Bücher hin und her, sortierte und kramte, bis alle Schüler das Klassenzimmer verlassen hatten.

Endlich wagte ich es, von meiner Bank aufzusehen, und erwartete schon, Herrn Foggelson vor mir zu sehen, der mir Anweisungen für die Nachhilfestunde erteilen wollte. Statt dessen sah ich geradewegs in Carmens leuchtend blaue Augen. Sie lächelte ihr hübsches Lächeln, so daß ich um ein Haar mein Geometriebuch, das ich in der Hand hatte, fallen gelassen hätte. Ich senkte schnell den Blick, machte mir an dem Buch zu schaffen und hätte mich beinahe verschluckt.

„Bist du soweit?“ fragte sie freundlich, und ich nickte. Dann sah ich zur Tafel, die Herr Foggelson gerade gewissenhaft reinigte.

„Papa kommt später nach“, beantwortete sie meine unausgesprochene Frage. „Er bleibt immer nach dem Unterricht in der Schule, bis die Tafel sauber ist und er die Lektionen für den nächsten Tag vorbereitet hat."

Wieder nickte ich, blieb aber wie angewachsen stehen.

„Dann laß uns gehen!" drängte sie. „Papa sagt, du hast nach der Schule immer viel Arbeit zu Hause, und ich darf deine Zeit nicht verschwenden."

Ich zwang meine bleischweren Beine, sich in Bewegung zu setzen, und folgte ihr aus dem Klassenzimmer. Wir hatten den Schulhof schon zur Hälfte überquert, als mir auffiel, daß sie ihren Bücherstapel trug. Ich murmelte eine lahme Entschuldigung und erbot mich, ihr die Bücher zu tragen.

„Danke, Josua!" sagte sie mit einer Spur von Schüchternheit und senkte ihre langen, dunklen Wimpern. Es warf mich nahezu um. So hatte mich noch nie ein Mädchen angesehen, jedenfalls keins wie Carmen.

Als wir bei ihr zu Hause ankamen, begrüßte uns ihre Mutter freundlich und winkte uns zu dem Tee und dem feinen Gebäck, das auf dem Tisch wartete. Ich trank eigentlich sonst nie Tee, weil ich mir einfach nichts aus dem Zeug machte. Außerdem war ich immer dazu angehalten worden, Milch zu trinken, weil ein Junge in meinem Alter viel Milch für gesunde Zähne und Knochen braucht, aber ich hätte mir lieber die Zunge abgebissen, als Carmen oder ihrer Mutter das zu sagen.

„Nimmst du Zucker und Sahne?" fragte Carmen höflich und schickte sich an, mir eine Tasse einzuschenken.

Ich überlegte blitzschnell, wie Tante Lou oder Opa ihren Tee tranken, aber ich kam einfach nicht drauf.

„Nein danke", murmelte ich schließlich; „ich trinke ihn einfach nur so."

Carmens Wimpern flatterten sanft auf und ab, als sie mich ansah, und ich ahnte, daß ich gerade etwas Dummes gesagt hatte. Wie hieß das richtige Wort beim Tee auch wieder? Uropa trank seinen Kaffee immer „schwarz", aber Tee war doch nicht schwarz. Welche Farbe hatte er denn eigentlich?

„Ich mag meinen am liebsten mit Sahne“, sagte Carmen da gerade. „Papa neckt mich oft deswegen. Eines Tages würde ich noch dick, warnt er mich immer, aber ich störe mich nicht daran, was er sagt.“ Sie stieß ein helles Lachen aus.

Ich konnte sie mir beim besten Willen nicht dick vorstellen, war mir aber nicht sicher, ob ich ihr das sagen sollte oder nicht.

Dann reichte sie mir den Teller mit dem Gebäck. Die Kekse waren nicht größer als ein einziger Happen, aber ich hütete mich, mir zwei zu nehmen. Außerdem hatte ich keine Ahnung, um was es sich eigentlich handelte und wie man so etwas aß. Daher legte ich meinen auf den kleinen geblümten Teller, der da auf dem weißen Tischtuch stand, und wartete darauf, daß Carmen zu essen anfing.

Sie hob ihr Plätzchen geschickt mit den Fingern vom Teller und nahm einen winzigen Bissen davon. Ich wollte es ihr nachmachen, aber irgendwie funktionierte es bei meinem Keks nicht so wie bei ihrem. Ich weiß nicht, ob ich einen kaputten erwischt hatte oder was sonst damit los war, aber als ich gerade ein kleines Stückchen abbeißen wollte, wie Carmen es bei ihrem gemacht hatte, zerbrach mir das Ding in der Hand und fiel in Form von tausend Krümeln auf die Tischdecke. Mit leerer Hand und rotem Gesicht saß ich da und hätte im Boden versinken mögen. Ich kam mir wie der ärgste Tölpel vor, aber Carmen ließ sich nicht anmerken, wie lachhaft sie das Ganze fand.

„Ich habe Mama schon immer gesagt, daß dieses zierliche Gebäck nichts für Männerhände ist“, bemerkte sie. „Sie sind es gewöhnt, schweres Werkzeug mit festem Griff zu bedienen.“ Damit lehnte sie sich zu mir herüber, fegte die Krümel mit ein paar Handbewegungen auf ihren eigenen Teller und trug ihn dann aus dem Zimmer. Als sie zurückkam, reichte sie mir eine kleine Gabel mit einem winzigen Griff und noch ein Gebäckstück.

„Mit einer Gabel lassen sie sich allerdings auch nur schwer essen“, flüsterte sie mir vertrauensvoll zu, „aber vielleicht geht es doch etwas besser damit.“

Irgendwie gelang es mir, das Plätzchen ohne weitere Zwischenfälle in den Mund zu befördern. Als ich endlich damit fertig war, konnte ich nur von Glück sagen, daß es nicht noch größer gewesen war. Ich schwitzte ja jetzt schon von der Anstrengung, und dabei hatte ich noch die ganze Tasse Tee vor mir stehen.

Die Teetasse mit ihrem winzigen Henkel war nicht einfacher zu bewältigen als das zerbrechliche Gebäck. Sie war wohl für ein Geschöpf mit nur einem Finger und einem Daumen entworfen worden. Ich wußte einfach nicht, wohin mit den anderen drei Fingern. Sie waren mir allesamt im Weg, wie ich die Tasse auch hielt.

Carmen bemühte sich, mir die Nervosität zu nehmen, was ich ihr hoch anrechnete. Sie war nicht nur hübsch, sondern auch nett und teilnahmsvoll, dachte ich. Das machte sie noch sympathischer.

„Wir halten den Unterricht im Wohnzimmer ab“, teilte sie mir mit, als wir endlich mit dem Tee und dem Gebäck fertig waren. Erleichtert stand ich von dem Tisch mit der weißen Tischdecke und den Porzellantassen auf.

Das Wohnzimmer war recht elegant ausgestattet. Wir setzten uns auf ein Sofa vor dem Fenster und breiteten die Bücher auf dem kleinen Tisch davor aus. Irgendwie hatte ich das Gefühl, als wäre der Tisch extra für uns dort hingestellt worden.

„Mit welcher Lektion möchtest du anfangen?“ fragte ich und schlug mein Buch auf.

„Mit überhaupt keiner!“ antwortete sie. Ich konnte nicht mal so überrascht dreinschauen, wie mir zumute war, aber sie fing an zu kichern, leicht und sprudelnd wie unser Bach, dessen Wasser über die Kiesel auf der Sandbank spritzt.

Ich hatte das Gekicher von Mädchen noch nie ausstehen können, aber Carmens Kichern war anders. Am liebsten hätte ich auch gekichert und mußte mich arg zusammenreißen, damit mir nichts Albernes entfuhr. Statt dessen lächelte ich nur, während mir das Gesicht heiß wurde.

Irgendwie war hier ein Scherz im Gange, aber ich hatte keine Ahnung, um was es ging.

„Man soll schließlich ehrlich sein, nicht wahr?“ sagte Carmen keß, und in ihren blauen Augen funkelte es vor Belustigung.

Ich nickte. Ehrlich sollte man schon sein, soviel stand fest.

„Also, dann bin ich jetzt ehrlich. Am liebsten würde ich überhaupt keine Lektion lernen.“

„Tut mir leid“, stammelte ich. „Ich wußte nicht, daß dein Vater dich zwingt ...“

Weiter kam ich nicht.

„Ach Josua“, unterbrach sie mich und legte mir ihre weiche Hand sanft auf meine, „das Ganze war doch gar nicht Papas Idee!“

Jetzt begriff ich überhaupt nichts mehr. Wenn ihr Vater diese Nachhilfestunden nicht vorgeschlagen hatte und Carmen sie auch nicht nehmen wollte, wozu war ich dann überhaupt gekommen?

„Ich habe Papa darum angebettelt, dich als Nachhilfelehrer zu bekommen“, antwortete sie unverblümt, als sie sah, wie verwirrt ich dreinschaute.

„Wirklich?“ stotterte ich.

„Aber ja“, sagte sie und warf ihre kupferglänzenden Locken in die Luft. „Das habe ich.“

„Aber warum denn?“

„Warum?“ Meine Frage schien sie eine Spur ärgerlich zu stimmen.

„Ja, warum, wenn du gar nicht Geometrie lernen willst?“

Sie warf mir einen Blick zu, als wäre ich ein kleines Kind, aber dann schob sie sich die Locken wieder aus dem Gesicht und ließ ihre langen Wimpern flattern.

„Ich wollte dich nur näher kennenlernen und mich mit dir unterhalten.“

Jetzt war ich vollends verwirrt. Mit offenem Mund starrte ich sie an. Mein Herz klopfte wie verrückt. „Warum?“ hätte ich um ein Haar wieder gefragt, verbiß es mir aber im letzten Moment. Carmen erwartete bestimmt von mir, daß ich die Antwort auch so wußte, aber da irrte sie sich, jedenfalls vorläufig noch.

Ich schluckte mühsam und fing wieder an, in dem Buch zu blättern.

„Also, äh ...“, stotterte ich, „vielleicht können wir lernen und uns gleichzeitig dabei unterhalten.“

Sie belohnte mich mit einem strahlenden Lächeln und rückte ein Stück dichter an mich heran, um mit mir in mein Buch zu schauen. Ihr eigenes lag zugeschlagen auf dem Tisch.

Seite für Seite arbeiteten wir uns durch das Kapitel vor. Eins stand fest: Carmen brauchte nicht viel an Erklärungen. Sie konnte die Aufgaben so gut lösen wie ich.

Es war fast an der Zeit für mich, nach Hause zu gehen, als sie von dem Buch aufsah.

„Hast du eigentlich Geschwister, Josua?“ fragte sie plötzlich.

Ich schüttelte den Kopf.

„Ich auch nicht.“ Einen Moment sagte keiner von uns etwas. Wir hingen wohl jeder unseren eigenen Gedanken nach.

„Bist du böse deshalb?“ fragte sie dann leise.

„Böse?“ Ich hätte zwar gern Geschwister gehabt, aber ob ich böse war, keine zu haben? Das war mir noch nie in den Sinn gekommen.

„Ja, böse.“

„Nee, eigentlich nicht. Warum?“

Sie legte die Stirn in Falten, aber ich wußte nicht, ob aus Nachdenklichkeit oder Bestürzung.

„Manchmal bin ich schon arg böse deshalb“, vertraute sie mir an. „Früher war ich sogar furchtbar wütend. Ich fand es einfach ungerecht. Jeder Mensch hat eigentlich ein Recht auf mehr Angehörige als bloß die Eltern, meinst du nicht auch?“

Ich tat die Sache nur mit einem Achselzucken ab. Daß ich nicht einmal Eltern hatte, behielt ich lieber für mich, jedenfalls vorläufig.

„Aber jetzt rege ich mich deshalb nicht mehr so sehr auf wie früher“, sagte Carmen. „Ein Einzelkind zu sein hat nämlich auch seine Vorteile.“

„Was denn für welche?“ wollte ich wissen.

„Also“, sagte sie gedehnt, „dich zum Beispiel.“

„Mich?“

„Klar. Wenn ich kein Einzelkind wäre, könnte ich wahrscheinlich meinen Willen nicht immer durchsetzen, und Mama und Papa hätten es womöglich nicht erlaubt, daß du mir Nachhilfestunden gibst.“

Wieder fiel mir die Kinnlade herunter.

„Papa wickele ich mit Leichtigkeit um den kleinen Finger. Der gibt mir alles, was ich haben will“, erklärte Carmen, „aber Mama führt sich manchmal furchtbar dickköpfig auf.“

Ich hatte noch niemanden so respektlos über die eigenen Eltern reden gehört, und ich muß zugeben, daß ich einigermaßen erschrocken war. Carmen hatte es aber so unschuldig, so munter dahingesagt, daß ich es ihr nicht übelnehmen konnte.

„Und du, Josua? Setzt du immer deinen Willen zu Hause durch?“ fragte sie mich.

„Ich ... ich weiß nicht“, antwortete ich. „Hab’ noch nie darüber nachgedacht. Um ehrlich zu sein, hab’ ich’s wohl noch nie drauf ankommen lassen.“

„Wie? Wirklich nicht?“ Das schien sie vollkommen lächerlich zu finden.

„Äh ... Das heißt, ich durfte einen eigenen Hund haben. Pixie heißt er, und ...“

„Du hast einen eigenen Hund?“

Ich nickte.

„Oh, da hast du aber Glück gehabt! Ich wollte immer schon einen Hund haben, aber Mama sagt: ‚Das kommt nicht in Frage!‘ Sie ist allergisch gegen Hunde, und außerdem ist sie manchmal geradezu ... geradezu ...“

„Dickköpfig“, flüsterte ich, und wir mußten beide lachen.

Das Lachen hat mich wohl wieder zur Besinnung gebracht. Ich sah auf die Uhr über dem Kamin.

„Jetzt muß ich aber los!“ sagte ich und sprang auf. „Ich werde ja nie mit meiner Arbeit fertig, wenn ich mich jetzt nicht beeile!“

Sie machte ein Gesicht, als wollte sie mich zum Dableiben drängen, biß sich aber dann auf die Lippen.

„Dank’ dir, Josua, für deine Hilfe!“ sagte sie statt dessen. „Bis nächsten Donnerstag also!“

Ich runzelte die Stirn und überlegte, was ich sagen sollte.

„Carmen“, begann ich, „du kommst mit der Lektion so gut zurecht wie ich. Ich habe dir eigentlich überhaupt nicht geholfen.“

„Hast du wohl!“ widersprach sie. „Bitte, Josua. Du hast es doch versprochen. Bitte sag’, daß du wiederkommst!“

Da hatte sie allerdings recht: versprochen war versprochen. Irgendwie verstand ich plötzlich die Welt nicht mehr. Nicht, daß ich nicht gern wiedergekommen wäre; und vielleicht hatte ich ihr tatsächlich ein klein bißchen geholfen.

Ich lächelte.

„Also gut“, gab ich nach. „Bis nächsten Donnerstag dann!“

„Josua?“ sagte sie und strahlte mich an, „würdest du mir irgendwann einmal deinen Hund zeigen?“

„Sicher, gern sogar. Pixie kann die tollsten Kunststücke vorführen.“

„Aber du kannst ihn nicht hierher mitbringen“, seufzte sie und zog die Stirn wieder in Falten. „Mama ist doch allergisch gegen Hunde.“

„Dann kommst du mich halt daheim besuchen. Frag deine Eltern um Erlaubnis! Tante Lou würde dich auch gern kennenlernen.“

Wieder lächelte sie mich an, und dieses Lächeln nahm ich mir mit bis nach Hause.

Alltag mit Hindernissen

Als ich am nächsten Morgen zur Schule ging, hatte die ganze Welt schon erfahren, daß ich dabei gesehen worden war, wie ich Carmen die Schulbücher nach Hause getragen hatte. Ich hatte zwar keine Ahnung, wer mich gesehen und die Neuigkeit unters Volk gebracht hatte, aber beim Weitersagen war anscheinend ein ganzer Roman daraus geworden.

Am Pfad zur Schule, unter den kahlen, knorrigen Ästen des alten Ahornbaums, den die Stadtväter lange vor unserer Zeit gepflanzt hatten, wartete Avery schon auf mich.

„Stimmt das etwa?“ waren seine ersten Worte.

„Was denn?“ fragte ich unschuldig zurück.

„Na, die Sache mit dir und Carmen.“

Das Gesicht lief mir rot an. Ich wußte zwar nicht, was er gehört hatte, aber ich hatte das unbestimmte Gefühl, daß ein wahrer Kern daran sein könnte.

„Weiß nicht“, sagte ich zögernd. „Was haste denn gehört?“

„Daß du mit Carmen nach Hause gegangen bist.“

Ich nickte. Soviel stimmte ja.

„Ihr Vater hat mich gebeten, ihr Nachhilfe in Geometrie zu geben.“ Das klang durchaus einsichtig, fand ich, aber Avery schien da anderer Meinung zu sein.

„Carmen?“ schnaubte er. „Ausgerechnet Carmen? Die ist doch die letzte, die Nachhilfestunden nötig hätte!“

In dem Moment kamen auch Willi und Jack dazu.

„Hört euch das an, Jungs!“ rief Avery ihnen entgegen. „Josch ist mit Carmen nach Hause gegangen, um ihr Nachhilfe in Geometrie zu geben!“ Dabei betonte er „Nachhilfe“ und „Geometrie“, und die beiden anderen blieben wie angewurzelt stehen und gröhlten vor Lachen.

„Carmen?“

„Nachhilfe in Geometrie?“

„Sehr witzig, Josch!“

„Ehrlich“, verteidigte ich mich, während ich Kniffe und Seitenhiebe über mich ergehen lassen mußte und mein Gesicht von Sekunde zu Sekunde röter wurde. „Ihr Vater hatte mich darum gebeten.“

„Ach komm, Josch!“ sagte Jack zornig. „So dumm sind wir doch nicht, daß wir dir das abnehmen!“

„Was war denn nun wirklich los?“ wollte Avery wissen.

Bevor ich auch nur dazu kam, ihm zu antworten, redete Jack schon weiter: „Deshalb hast du ihr wohl auch die Bücher getragen und Händchen gehalten.“

„Hab’ ich gar nicht!“ leugnete ich hitzig.

„Und deshalb bist du wohl auch bei ihr daheim gewesen, bis es fast dunkel war“, meldete sich auch Tom Foster zu Wort, der eben dazugekommen war.

„Und dabei hast du die ganze Zeit so getan, als machtest du dir überhaupt nichts aus ihr!“ stieß Jack hervor. „Immer wenn wir von ihr geredet haben, hast du uns dazwischengefunkt oder bist weggegangen oder hast von was anderem zu reden angefangen. Es gehört sich nicht, über andere Leute hinter deren Rücken zu reden, hast du uns gepredigt. Und alles bloß, weil du sie ganz für dich haben wolltest!“ Jacks Stimme klang so bitter, daß ich ihn nur entgeistert anstarren konnte.

Willi dagegen lachte aus vollem Hals. Ihm stand der Sinn danach, sich gründlich auf meine Kosten zu amüsieren.

„Und dann hast du mit ihrer Mutter Tee getrunken!“ sagte er. Dabei führte er die Hand mit abgespreiztem kleinen Finger an den Mund und gab vor, aus einer von diesen zerbrechlichen Tassen zu trinken.

„Hab’ ich nicht!“ leugnete ich, bis mir die winzigen Teetassen und das hauchdünne Gebäck wieder einfielen. Na, wenigstens war’s nicht mit ihrer Mutter gewesen.

„Und dann hat ihr Papa gesagt: ‚Jo-su-a, mein Sohn, sind deine Ab-sich-ten auch ehr-lich?'" sagte Tom und unterstrich dabei jede Silbe.

Er äffte Herrn Foggelson so gelungen nach, daß ich selbst gern losgelacht hätte, wenn der Scherz nicht ausgerechnet auf mich gemünzt gewesen wäre. Willi und Avery brüllten vor Lachen. Dann fiel mir auf, daß Jack nicht mit einstimmte. Sein Gesicht war so rot wie meins. Es dauerte einen Moment, bis mir klar wurde, warum.

Jack war sauer. Er hatte zwar ein riesiges Aufheben um Carmen gemacht, aber daß er sich jetzt so verbissen aufführen würde, hatte ich nicht erwartet.

Mein Gesicht wurde noch röter, hauptsächlich weil in mir die helle Wut hochkam. Ich wußte nicht, wo ich mit dem Leugnen anfangen sollte; immerhin war an dem, was gesagt wurde, etwas Wahres dran, und es war gar nicht so einfach, das Gelogene von dem Wahren zu trennen. Jetzt begriff ich auch, warum Uropa immer sagte, wie gefährlich Halbwahrheiten seien. Eine Lüge läßt sich ziemlich einfach als solche abtun, aber sobald ein Körnchen Wahrheit darin steckt, wird die Sache schwierig.

Ich war noch nie im Leben so erleichtert gewesen, die Schulglocke zu hören, wie jetzt. Wir rannten zur Schule, aber als wir den Schulhof überquerten, spürte ich immer noch Jacks wütenden Blick auf mir. Als wir aus der Jungengarderobe auf den Flur kamen, begegnete uns Carmen vor der Mädchengarderobe, ihre kupfrigen Locken um die Schultern und die Wangen rosig vom Frost. Wieder warf Jack mir einen vernichtenden Blick zu. Um alles aber noch schlimmer zu machen, als es schon war, lächelte Carmen mir freundlich zu und sagte leise: „Guten Morgen, Josua!", doch nicht leise genug, als daß es den anderen entgangen wäre.

Willi und Avery wären beinahe vor Vergnügen geplatzt. Sie stießen mich mit den Ellbogen in die Seite und kicherten hinter vorgehaltener, frostroter Hand. Tom stellte mir blitzschnell ein Bein, so daß ich um ein Haar der Länge nach hingeschlagen wäre. Aber am meisten machte mir Jack zu schaffen. Er starrte mich feindselig an, bis ich vor Verwirrung rot wurde. Was hatte das alles bloß zu bedeuten?

Der Rest des Tages verlief auch nicht besser. Die Jungen ließen keine Gelegenheit ungenutzt, um sich über mich lustig zu machen. Carmen warf mir mit flatternden Wimpern lächelnde Blicke zu. Mir lief es heiß und kalt über den Rükken, und ich hoffte inständig, daß keiner der anderen etwas von Carmens kleinen Gesten merkte.

Bis zum Mittag zogen nicht nur die Jungen, sondern auch die Mädchen über mich her. Sie führten sich zwar nicht so ausgelassen dabei auf, aber bei ihrem Kichern, Tuscheln und Augenrollen wurde mir regelrecht unbehaglich zumute. Allmählich wünschte ich mir, nie im Leben einer gewissen Carmen Foggelson begegnet zu sein.

Aber halt! Das war ungerecht von mir, und es stimme auch nicht. Sooft ich sie verstohlen ansah, war mir das glasklar.

Gegen Unterrichtsschluß nickte Herr Foggelson mir kurz zu, womit er mir – wie so oft in letzter Zeit – bedeuten wollte, nach der Schule noch kurz dazubleiben. Ausgerechnet heute! Die Jungen würden mich in der Luft zerreißen, wenn sie das sahen.

Endlich waren alle weg. Ich kramte noch immer unter meiner Bank und gab vor, irgend etwas zu suchen. Herr Foggelson kam auf mich zu. Ich wußte, daß ich ihn jetzt ansehen mußte, aber das war leichter gesagt als getan.

„Nun, wie klappt es mit dem Nachhilfeunterricht, Josua?“

Er betonte meinen Namen tatsächlich auf jeder Silbe. Das war mir noch nie aufgefallen.

„Gut, Sir“, antwortete ich so deutlich, wie es mir mit meiner trockenen Kehle möglich war.

Er nickte.

„Carmen scheint schon Fortschritte mit der Lektion gemacht zu haben.“

Was sollte ich nur darauf erwidern? Wir schwiegen beide. Es kam mir wie eine halbe Ewigkeit vor.

„Dann braucht sie meine Hilfe wohl nicht mehr, oder?" fragte ich und wußte nicht, ob ich darüber froh oder traurig sein sollte.

„O doch", sagte er eilig. „Ich bin sicher, daß sie etwas mehr von deiner Zeit gebrauchen könnte – falls du sie erübrigen kannst."

Ich befürchtete schon, er könnte mein Herz pochen hören. Dann trieb mir der Gedanke an die Scherze meiner Klassenkameraden wieder die Röte ins Gesicht. Ich schluckte und nickte mühsam.

Herr Foggelson setzte sich auf das Pult vor mir, etwas, was uns Schülern streng verboten war. Umständlich rieb er sich den Kreidestaub von den Fingern. Dann zog er ein weißes Taschentuch hervor und wischte sich die Hände daran ab. Er hatte einen merkwürdigen Ausdruck im Gesicht, eine Art Ekel oder Abscheu, ich weiß nicht genau.

„Widerlicher Staub!" brummte er. „Überall erwischt er einen. An den Händen, an der Kleidung – sogar in der Nase."

Ich wußte nicht, was ich darauf antworten sollte, und schwieg deshalb.

„Werde nur kein Lehrer, Josua!" seufzte er und betonte dabei wieder jede Silbe meines Namens einzeln. Ich war überrascht, wie scharf seine Stimme klang, als er jetzt über mich hinweg auf die hintere Wand unseres Klassenzimmers sah. „Erbärmliches Entgelt, langer Arbeitstag, mühsames Vorankommen. Tag für Tag trichtert man unfähigen, ungezogenen Kindern ein paar lächerliche Schulweisheiten ein."

Ob er vergessen hatte, daß ich noch im Klassenzimmer war? Er schien eher ein Selbstgespräch zu führen, und es hörte sich bitter und mutlos an, was er da sagte.

Ich verhielt mich noch immer still.

Plötzlich sah er mich wieder an und steckte das Taschentuch sorgsam in die Tasche zurück. Der Ausdruck in seinem Gesicht wechselte, und seine Augen leuchteten wieder auf.

„Du besitzt einen hellen Verstand, Josua. Den schärfsten, der mir in meiner bisherigen Laufbahn je unter Schülern begegnet ist. Ich kann dir ansehen, wie schnell du den Unterrichtsstoff erfaßt. Du hast eine vielversprechende Zukunft vor dir. Es gibt keinen Beruf, der dir verschlossen bleiben muß."

Ich hatte schon von Anfang an das Gefühl gehabt, daß Herr Foggelson sich über meine gute Auffassungsgabe irgendwie freute. Zwar hatte ich nie genau gewußt, warum das so war, aber es hatte mir ausgereicht, daß er an meinen Leistungen Gefallen hatte. Gerade hatte er mir ein hohes Lob gespendet, und ich wußte nicht, was ich darauf antworten sollte.

„Was würdest du davon halten, selbst die Gelegenheit zu einer besonderen Art von Nachhilfestunden zu bekommen?"

Ich fuhr mir mit der Zunge über die Lippen und schluckte. Was meinte er nur mit dieser Frage? Wollte er etwa vorschlagen, daß Carmen mir jetzt Unterricht erteilte anstatt umgekehrt? Bloß das nicht, damit würde ich zum größten Gespött der ganzen Schule werden!

„Ich habe eine recht umfangreiche Büchersammlung, Josua. Sie mag zwar nicht allzu beeindruckend sein, aber sie enthält allerhand an Klassikern und Standardwerken – Bücher, die dir ein beträchtliches Wissen vermitteln könnten. Es käme mir genausowenig in den Sinn, meine Bücher in die Schule mitzubringen, wo unbedarfte Schüler sie verschmutzen und mit Eselsohren versehen, als ... als meine Tochter den Löwen zum Fraß vorzuwerfen. Bei dir wäre ich aber zu einer Ausnahme bereit. Ich würde dir gern die Gelegenheit dazu geben, sie zu lesen – bei mir zu Hause, versteht sich – und den Inhalt mit mir zu besprechen, wenn du magst. Nun? Was meinst du?"

Wie so oft in letzter Zeit stand mir auch jetzt der Mund sperrangelweit offen. Ich wußte nicht, was ich denken sollte. Zugegeben, ich las gern, und ich lernte gern – aber aus Herrn Foggelsons privater Büchersammlung? Würde ich behutsam genug damit umgehen können? Würde ich die Bücher überhaupt verstehen? Hatte ich Zeit dazu? In meinem Kopf überstürzten sich die Gedanken. Und dann meine Klassenkameraden! Wenn ich noch mehr Zeit bei den Foggelsons zubrachte, würde ich die erbarmungslosen Scherze meiner Klassenkameraden über mich ergehen lassen müssen.

Herr Foggelson schien auf meine Antwort zu warten, aber ich wußte einfach nicht, was ich sagen sollte.

Ich schluckte mühsam und zwang mich dazu, eine Antwort anzufangen, auch wenn ich nicht wußte, wohin sie führen würde.

„Das ist sehr nett, Sir. Sehr nett von Ihnen. Ich weiß gar nicht richtig, was ich dazu sagen soll. Ich meine, also, ich ... ich ..."

Ich geriet ins Stocken, und Herr Foggelson kam mir zu Hilfe.

„Du liest doch gern, oder nicht?"

„Ja, Sir. Sehr gern sogar." Diese Antwort fiel mir leicht.

„Warum dann das Zögern?"

„Also, das ist so: Ich ... ich ... ich hab' noch nie so viele Bücher auf einmal zu lesen gehabt, und ... und es sind doch Ihre eigenen, besonderen Bücher. Ich möchte sie nicht kaputtmachen."

„Deswegen brauchst du dir keine Sorgen zu machen, Josua", tröstete mich mein Lehrer. „Ich weiß, daß du behutsam mit ihnen umgehen wirst."

„Gewiß, Sir", versicherte ich hastig.

„Nun?"

„Ich muß erst zu Hause fragen. Ich meine, ich hab' ..." Wieder suchte ich nach den richtigen Worten.

„Deine Arbeit. Ich weiß. Trotzdem läßt sich gewiß eine Lösung finden. Vielleicht hast du sonntags nachmittags Zeit."

Ich muß die Augen wohl vor Überraschung weit aufgerissen haben. Bei uns daheim wurde sonntags nicht gelernt, nicht einmal aus lauter Freude an der Sache.

„Doch nicht am Tag des Herrn, Sir!“ platzte ich heraus, bevor ich mir die Worte überlegt hatte.

Herr Foggelson sah mich aus verdunkelten Augen an.

„Aha, ich verstehe“, sagte er, aber ich war mir nicht sicher, ob er mich tatsächlich verstand.

„Samstags?“

„Ich fahre immer freitags nachmittags nach der Schule nach Hause auf die Farm, manchmal auch samstags. Opa holt mich immer ab. Dann bleibe ich bis Sonntag abend bei den Männern.“

„Und jeden Abend hast du deinen Teil der Arbeit im Haus zu verrichten?“ forschte mein Lehrer weiter.

Ich nickte.

Herr Foggelson stand auf. Noch immer rieb er sich den unsichtbaren Kreidestaub von den Händen.

„Dann wird es also schwierig werden, nicht wahr?“

„Ich frage zu Hause“, sagte ich schnell. „Ich rede mit Tante Lou. Viel Zeit hab’ ich nicht, aber ich frage trotzdem.“

„Ich möchte nicht aufdringlich sein, Josua. Es ist nur, daß ich in all den Jahren als Lehrer noch nie einen solch begabten Schüler wie dich hatte. Es wäre ... es wäre jammerschade, eine solche Begabung verkümmern zu lassen.“

Ich hatte zwar keine Ahnung, was Herr Foggelson damit sagen wollte, aber ich nickte trotzdem. Ich rechnete es ihm hoch an, daß er sich um meinetwillen soviel Mühe machte. Er wollte mir dabei helfen, meinen Verstand zu gebrauchen, den Gott mir gegeben hatte. Wieder nickte ich ihm meinen Dank zu und machte mich daran, meine Bücher einzusammeln, aber Herr Foggelson war noch nicht fertig.

„Hast du schon klare Berufsvorstellungen, Josua? Welches Lebensziel strebst du an? Möchtest du Rechtsanwalt werden? Chirurg? Architekt?“

Von diesen Berufen hatte ich noch keinen je in Erwägung gezogen, aber was ich mit meinem Leben einmal anfangen wollte, wußte ich schon ziemlich genau.

Ich lächelte meinen Lehrer vertrauensvoll an und antwortete: „Pastor möchte ich mal werden, Sir."

„Pastor?" Herr Foggelson schüttelte den Kopf, als hätte er sich verhört.

„Ja, Pastor – wie mein Onkel Nat", erklärte ich ihm.

„Nat? Ach, richtig. Nathaniel Crawford ist dein Onkel, nicht wahr? Das war mir im Augenblick entfallen."

„Jawohl, Sir", sagte ich nicht ohne Stolz. „Das ist er."

Ich hatte ein anerkennendes Wort von Herrn Foggelson erwartet, aber ich sollte mich getäuscht haben. Er schien sich keine Spur für meine Berufswahl zu begeistern. Das war mir rätselhaft. Plötzlich fiel mir ein, daß Herr Foggelson ja nicht zur Kirche ging. Wahrscheinlich wußte er gar nicht viel über den Beruf eines Pastors. Vielleicht konnte ich ihm ein paar von Onkel Nats wertvollen Büchern zeigen, wenn ich zu ihm zum Lesen kam.

Ich sah auf. Herr Foggelson räusperte sich gerade. Dann sagte er eher zu sich selbst als zu mir: „Nun, wir werden sehen. Mit der Zeit wird es sich herausstellen."

Blutige Rache

Nach wie vor mußte ich eine Menge an Hänseleien in der Schule über mich ergehen lassen. Die Jungen machten sich über mich lustig, aber sie meinten es nicht böse. Bei Jack Berry war das anders. Er war mein Freund gewesen, ein guter Freund sogar, aber jetzt redete er kaum noch mit mir. Höchstens über mich, und was er sagte, war gemein und bissig.

Das tat mir wirklich sehr leid. Der Gedanke, einen Feind zu haben, war mir schrecklich. Ich hatte noch nie einen gehabt. Verübelte er es mir vielleicht auch, ohne ihn zu unserem Ausflug losgezogen zu sein? Mir war einfach nicht klar, was ich tun sollte.

Ich wußte dagegen nur zu genau, was die Bibel über Feinde sagt. Daß man sie lieben soll, steht darin, und daß man ihnen Gutes tun soll. Jack Berry gegenüber nett zu sein fiel mir allerdings nicht leicht, gelinde gesagt. Er schien die ganze Nacht damit zuzubringen, sich neue Gehässigkeiten gegen mich auszudenken, und sie mir tagsüber dann an den Kopf zu werfen.

Ich tat mein Bestes, um mich nicht an seinen bissigen Bemerkungen zu stören, aber das wurde immer schwieriger. Sogar ein paar von meinen Klassenkameraden schlugen sich auf meine Seite und meinten, ich sollte mir von Jack nichts mehr gefallen lassen. Ich bemühte mich, mir nicht anmerken zu lassen, wie schwer mir das Ganze zu schaffen machte.

Willi war der einzige, der wirklich begriff, was ich durchmachte.

„Du hast's nicht leicht, Josch", sagte er. „Da hast du eine harte Nuß zu knacken, wenn du's so machen willst, wie

Jesus handeln würde. Die andere Wange bieten, nennt die Bibel so etwas.“ Er gab zwar zu, daß es nicht einfach war, sich nicht zu verteidigen, aber genau das erwartete Willi von jemandem, der Jesus nachfolgte.

Dann brach an einem Donnerstag plötzlich ein Unheil über mich herein. Ich war wieder zu Carmen gegangen, und nach dem Tee und dem hauchdünnen Gebäck, das mir immer noch allerhand Schwierigkeiten beim Essen bereitete, lernten wir eine Zeitlang zusammen aus dem Geometriebuch. Ich hätte noch länger mit ihr gelernt, aber nach ein paar Minuten fing Carmen an, über andere Dinge zu reden.

Sie war munter, lebhaft und übersprudelnd vor guter Laune, und ich hörte ihr gern zu. Mein Buch ließ ich unbeachtet auf den Tisch rutschen. Als ich mich endlich von der Musik ihrer Stimme losriß, meine Bücher und meine Jacke schnappte und mich verabschiedete, hatte ich's furchtbar eilig. Es war später als sonst geworden, und zu Hause wartete noch ein Berg Arbeit auf mich.

Ich lief über den stockdunklen Schulhof, und mein Atem flog mir als weiße Nebelfetzen in der frostklaren Luft voraus. Mit einem Mal hörte ich hinter mir ein Geräusch. Bevor ich mich auch nur umwenden konnte, packte mich jemand. Eine Faust sauste auf mich zu und traf mich mitten ins Gesicht.

Vor Schreck schrie ich auf. Mein Buch landete irgendwo im Gebüsch.

Wieder schlug die Faust zu, und diesmal schnitt der Schmerz mir durch das rechte Auge. Tränen strömten mir über das Gesicht, so daß ich meinen Gegner nicht einmal erkennen konnte.

Ich hatte noch nie einen Boxkampf ausgetragen, aber jetzt wehrte ich mich, als ginge es um mein Leben. Vielleicht war es ja tatsächlich so; wer konnte das schon sagen?

Schlag um Schlag rangen wir miteinander. Mein Gegner mußte etwa so groß und so schwer sein wie ich. Ich konnte noch immer nichts sehen, so daß ich ihn mit einer Hand packte und mit der anderen zuschlug. Die meisten meiner Hiebe gingen ins Leere, aber ein paar waren Volltreffer. Dem Burschen entfuhr vor Schmerz ein Aufschrei. Ich schlug um so heftiger zu.

Der hartgefrorene Boden war glatt, und beim Ringen, Zerren und Zuschlagen ging mir bald die Luft aus. Ein paarmal hörte ich ein Reißen, aber ich scherte mich nicht darum, wessen Kleidung es war, die da zerfetzt wurde. Ich war viel zu sehr damit beschäftigt, mit allen meinen Kräften zu kämpfen.

Mir war längst egal, gegen wen ich kämpfte und warum. Ich schlug nur zu, immer wieder und so fest, wie ich nur konnte. Plötzlich traf mich ein zerschmetternder Kinnhaken. Die Knie wurden mir so weich wie Pudding.

An das, was danach geschah, konnte ich mich erst mehrere Wochen später wieder erinnern. Es mußte sich so zugetragen haben: Nachdem ich von dem Kinnhaken getroffen worden war, versuchte ich, mich auf den Beinen zu halten, aber durch den hartgefrorenen Schnee unter mir und weil meine Beine in die meines Gegners verkeilt waren, verlor ich das Gleichgewicht. Langsam und wehrlos sank ich zu Boden.

„Hoffentlich war dir das 'ne Lektion!“ hörte ich eine bekannte Stimme atemlos keuchen. Jetzt wußte ich, mit wem ich's zu tun hatte: Jack Berry war der Angreifer.

Ein ohnmächtiger Zorn packte mich. Ich wollte mich zu einem letzten Hieb hochreißen, aber ich schaffte es nicht. Mein Kopf stieß auf etwas Hartes, und dann wurde alles um mich schwarz.

Als ich wieder zu mir kam, schlug ich mit Mühe die Augen auf. Ich hatte keine Ahnung, wo ich war und was passiert war. Es war stockdunkel. Ich wußte nicht, wie lange es schon her war, seitdem ich von den Foggelsons weggegangen war. Eins wußte ich allerdings ziemlich genau: es tat mir überall weh, an den Knöcheln, im Gesicht und am schlimmsten im Kopf.

Ich hob die Hand an mein Gesicht. Heftige Schmerzen

durchfuhren mich. Ich spürte etwas Nasses, Klebriges an meinen Fingern. Über meinem Auge klaffte eine Wunde, und meine Nase blutete auch. Ansonsten schien ich nichts abgekriegt zu haben; nur in meinem Kopf dröhnte der Schmerz. Wenn ich doch bloß wieder auf die Beine kommen könnte! Aber sie wollten mir einfach nicht gehorchen.

Die Kälte des hartgefrorenen Bodens drang durch meine dünne Schuljacke. Ich zitterte vor Kälte und fror entsetzlich. Wenn ich doch nur meine gute alte Stalljacke angehabt hätte.

„Ich muß nach Hause. Ist ja höchste Zeit für meine Arbeit. Tante Lou macht sich sicher schon Sorgen um mich", dachte ich wie durch dicken Nebel.

Ich lag noch am Boden und versuchte, mir mit taubgefrorenen Fingern die Jacke zuzuknöpfen, als ich plötzlich ein Scharren und Schlurfen hörte. Ich nahm meine ganze Kraft zusammen, um wieder aufzustehen. Plötzlich erkannte ich den alten Tom an seinem lallenden Murmeln. Er war stockbetrunken wie immer. Er hatte einen lauten Schluckauf, stolperte schließlich über mich und landete auf dem frostharten Boden.

Er stieß ein paar gepfefferte Kraftausdrücke aus, die ich hier nicht wiederholen kann, und schickte sich an, wieder auf die Beine zu kommen. Diese schienen ihm aber nicht besser zu gehorchen als die meinen mir, weshalb er diesmal mitten auf mir landete und mir das schmerzende Gesicht mit seinem knochigen Ellbogen rammte.

„Au!" stöhnte ich. „Paß doch auf, Tom, ja?"

„Joschsch?" fragte Tom in die Dunkelheit hinein. „Joschsch?" lallte er ein zweites Mal, worauf ein geräuschvolles Aufstoßen folgte. „Joschsch, bist du's?"

„Ja, ich bin's."

Ich versuchte, Tom von mir wegzuschieben, um aufstehen zu können. Keins von beiden gelang mir. Tom rührte keinen Finger, um mir zu helfen. Er lag nur einfach wie ein Sack Kartoffeln auf mir.

„Tom", stieß ich hilflos hervor, eine Spur von Ungeduld

in der Stimme, „steh endlich auf! Geh wenigstens von mir runter! Nun mach schon!"

Mit einem vernehmlichen „Hicks!" rollte Tom von mir weg und brummte dabei allerhand vor sich hin. Sein ständiges Gemurmel war das Gespött der ganzen Stadt. Kein Mensch wußte, ob es Singen oder Selbstgespräche darstellen sollte.

Dann kroch er auf den Knien in der Dunkelheit umher, und ich ahnte, daß ihm seine kostbare Flasche abhanden gekommen sein mußte.

Endlich gelang es mir, mich aufrecht zu setzen. In meinem pochenden Kopf drehte sich alles. Aufstehen konnte ich noch immer nicht, wußte nicht mal genau, wo meine Füße überhaupt waren.

Der alte Tom kroch noch in der Dunkelheit umher. Ich hörte ihn etwas von einem „verflixten Buch" brummen.

„He, das ist mein Buch!" sagte ich schnell, bevor der alte Tom es auf Nimmerwiedersehen ins Dunkle werfen konnte.

Er schob mir das Buch zu und tastete sich auf Händen und Knien weiter. Er mußte wohl gefunden haben, was er suchte. Schließlich seufzte er vernehmlich und brummte seinen Singsang vor sich hin; dann hörte ich ein glucksendes Geräusch.

Jetzt schien die Flasche leer zu sein; er fing nämlich an, mit mir zu reden.

„Biste verletzt, Joschsch?"

Das war eigentlich nicht schwer zu erraten, fand ich, aber für jemanden wie Tom, der sich recht häufig am Boden aufhielt, war's vielleicht gar keine dumme Frage.

„Ja", sagte ich und bemühte mich, nicht laut zu stöhnen. „Ja, ich bin verletzt."

„Was is' denn passiert?"

„Weiß nicht; bin wohl mit dem Kopf aufgeschlagen."

Ich hoffte inständig, daß Tom es damit bewenden lassen würde.

„Ich bring' dich heim."

Ich hätte beinahe gelacht. In seinem Zustand hatte Tom bestimmt keinen blassen Schimmer, in welche Richtung wir überhaupt gehen mußten.

„Wenn du mir bloß aufstehen hilfst", sagte ich zu ihm, „dann schaffe ich's schon selbst bis nach Hause."

Damit hatte ich mir allerdings zu große Hoffnungen gemacht. Selbst mit Toms Hilfe gelang es mir nur mühsam, mich auf meine Beine zu stellen. Einen Fuß vor den anderen zu setzen war aber ein noch größeres Kunststück. Zudem war Toms Hand nicht die festeste, die einem je als Halt geboten wurde. Beim ersten Versuch landeten wir beide wieder am Boden. Der alte Tom besaß aber ein beträchtliches Maß an Ausdauer, das mußte man ihm lassen. Er zog und zerrte unablässig, bis wir beide wieder auf den Füßen standen. Ich wußte nicht mal, wer eigentlich wen stützte.

Mit zitternden Fingern nahm ich mein Buch und steckte es unter meine Jacke. Dann torkelten wir los, die Arme untergehakt. Das einzige Licht, das uns die Richtung wies, kam als trüber Schimmer aus den kleinen Fenstern der Häuser.

Ich zitterte vor Kälte und Schwäche. Tom schien die Kälte nicht einmal wahrzunehmen, obwohl die Jacke, die Onkel Nat ihm besorgt hatte, nicht viel wärmer als meine Schuljacke sein konnte.

So stolperten wir gemeinsam vorwärts, ich vor Schmerzen wie betäubt und Tom auf der Suche nach einer neuen Flasche.

Auf einmal fiel mir auf, daß es schneite. Große, blütenleichte Flocken setzten sich uns auf Kopf und Schultern. Trotz allem, was ich durchgemacht hatte, freute ich mich an dem Schnee.

„Gleich sin' wir da", brummte der alte Tom, und durch die Schneeflocken hindurch konnte ich erkennen, daß er recht hatte. Irgendwie war's ihm in seinem benebelten Zustand gelungen, den Weg zu finden.

Ich kann mich jetzt noch genau daran erinnern, wie uns das gelbe Lampenlicht und ein Schwall warmer Luft entgegenströmten, als Tom mit dem Fuß gegen die Tür getreten hatte und sie sich öffnete. Ich weiß noch, wie Tante Lou laut „Josch!“ schrie, doch danach weiß ich nichts mehr.

Als ich wieder zu mir kam, war ich in meinem Bett. Der Doktor saß über mich gebeugt, und Tante Lou und Onkel Nat waren auch in der Nähe.

Aus dem Wohnzimmer hörte ich ein Schnarchen, wie ich es schon oft gehört hatte. Der alte Tom war mit Suppe und einem Nachtlager versorgt worden. Wenigstens diese Nacht würde er nicht draußen in der Kälte verbringen müssen.

Rätselraten

Am nächsten Morgen wachte ich mit schlimmen Kopfschmerzen auf. Mein Mund war trocken und tat weh, und das eine Auge war zugeschwollen.

Tante Lou machte sich in meinem Zimmer zu schaffen. Auf der Konsole brannte noch die Lampe. Ich konnte nicht einmal klar genug denken, um zu überlegen, ob Tante Lou wohl die ganze Nacht an meinem Bett zugebracht hatte.

Sie kam näher und beugte sich über mich. Von nebenan drang lautes Schnarchen an mein Ohr, und ich hörte, wie jemand – sicher Onkel Nat – im Feuer stocherte.

„Wie fühlst du dich denn?" fragte Tante Lou leise, als ob mir schon allein der Klang ihrer Stimme wehtun könnte.

Ich wollte den Kopf schütteln, um ihr zu bedeuten, daß ich nicht reden konnte, aber vor Schmerzen konnte ich mich nicht rühren.

„Möchtest du etwas?" fragte Tante Lou, und irgendwie gelang es mir, ihr zu bedeuten, daß ich Durst hatte.

„Aber nur einen kleinen Schluck", sagte sie. „Du hast eine Gehirnerschütterung, und der Doktor will nicht, daß du viel zu dir nimmst – falls es dir nicht bekommen sollte."

Ich nahm einen Schluck. Das Wasser hatte meine trockenen Lippen kaum berührt, als Tante Lou die Tasse wieder wegnahm. Ich wollte mich beschweren, konnte aber keinen Ton hervorbringen.

„Der Doktor meint, in ein paar Tagen bist du wieder auf den Beinen", sagte Tante Lou.

Es gelang mir nicht mal, mit dem Kopf zu nicken.

„Nat ist gestern abend noch zur Farm geritten, um dort Bescheid zu sagen, was passiert ist", erzählte Tante Lou.

„Sie wollten gleich auf der Stelle herkommen, aber Nat hat ihnen begreiflich gemacht, daß der Doktor dich gut versorgt hatte und daß sie genausogut heute morgen herkommen könnten."

„Welcher Tag ist heute?" brachte ich durch meine geschwollenen Lippen hervor.

„Weißt du es nicht mehr? Heute ist Freitag."

Freitag. Dann gehörte ich doch in die Schule! Am Nachmittag würde Opa kommen, um mich abzuholen. Ich war mir aber nicht sicher, ob ich bis dahin wieder auf den Beinen sein konnte.

„Unterwegs macht Nat bei der Schule halt und sagt deinem Lehrer, daß du heute fehlst", erklärte Tante Lou. „Wir hoffen, daß du bis Montag wieder gesund bist."

Sollte das etwa bedeuten, daß ich heute nicht auf die Farm konnte? Daß ich das ganze Wochenende im Bett bleiben mußte?

„Was ist denn passiert?" murmelte ich.

„Das haben wir gehofft, von dir zu erfahren", antwortete Tante Lou. „Kannst du dich denn an nichts mehr erinnern?"

Ich versuchte, mich zu besinnen.

Alles war verschwommen. Das Denken war mühsam. Mein Kopf tat schon allein vom Liegen weh.

„Der Doktor hat dir noch eine Tablette hiergelassen", sagte Tante Lou. „Hier, ich helfe dir!" Sie legte mir die Tablette zwischen die geschwollenen Lippen und hob mir den Kopf etwas, damit ich sie mit einem Schluck Wasser hinunterschlucken konnte.

Wieder schlief ich ein. Als ich dann wach wurde, tat mir der Kopf schon nicht mehr so schlimm weh wie vorher. Uropa saß mit einem Buch auf dem Schoß bei mir und sah zum Fenster hinaus. Es schneite noch immer.

Ich regte mich, um den Schnee besser sehen zu können, aber bei der kleinsten Bewegung fuhr mir ein messerscharfer Schmerz durch den Kopf. Ich stöhnte, und im nächsten Moment stand Uropa auch schon an meinem Bett.

„Ist es sehr schlimm, Josua?“ fragte er und sah mich besorgt dabei an.

Ich wartete einen Moment, bis der Schmerz nachgelassen hatte.

„Es geht schon“, murmelte ich. Ich versuchte, mir mit der Zunge über die Lippen zu fahren. Sie brannten wie Feuer.

„Hier, trink einen Schluck Wasser!“ sagte Uropa und hielt mir das Wasserglas an den Mund. Er ließ mich eine Sekunde länger trinken als Tante Lou vorhin.

Von der Küche her kamen leise Stimmen; der Rest der Familie wartete darauf, daß ich wieder aufwachte.

„Du hast lange geschlafen, Josua“, sagte Uropa. „Fühlst du dich schon besser?“

Besser? Mein Kopf tat immer noch schrecklich weh, aber es war eigentlich auszuhalten, solange ich ihn nicht bewegte.

„Gleich ist es Zeit für deine Tablette“, sagte Uropa.

„Es schneit“, murmelte ich. „Wieviel?“

Uropa lächelte. Ich glaube, meine Frage freute ihn mächtig.

„Ungefähr drei Zoll hoch liegt der Schnee, Josua, und es sieht nach mehr aus.“

„Prima“, sagte ich. „Dann kann's ja jetzt Weihnachten werden.“

Der alte Schnee war schon ganz braun von den Schmutzspuren der Fußgänger und Wagenräder. Es widerstrebte mir, bei solchem Schnee Weihnachten zu feiern, obwohl selbst der schmutzigste Schnee das Weihnachtsfest nicht am Kommen hindern konnte. Zu einem richtigen Weihnachten, einem Weihnachten, wie's im Buche steht, gehört aber nun mal das frische Weiß von Neuschnee; jedenfalls ist das meine Meinung.

Uropa hatte meine Gedanken wohl erraten; jedenfalls sah er mich strahlend an.

„Das kann es, Josua“, sagte er. „Das kann es!“

Die Tür wurde einen Spaltbreit geöffnet, und Opa spähte

herein. Das gleiche hatte er wohl alle paar Minuten gemacht. Als Uropa ihm zunickte, kam er ins Zimmer.

Er stand da und sah mich lange an. In seinem Hals arbeitete es, und sein grauer Schnurrbart zuckte fast unmerklich. Seine Augen glänzten vor Feuchtigkeit.

„Wie geht's dir, Junge?“ fragte er endlich.

„Schon besser“, sagte ich, und er legte mir seine von der Arbeit schwielige Hand sachte auf die Stirn.

„Hab' vergessen, die Tür zuzumachen“, brummte Opa zur Entschuldigung und streckte die Hände nach Pixie aus, um sie von meinem Bett zu heben.

„Laß nur, das macht nichts!“ sagte ich schnell und strich ihr über das seidige Fell am Kopf. Selbst diese Bewegung tat weh, und ich kniff die Augen vor Schmerz zusammen.

Pixie war vor Freude ganz aus dem Häuschen und leckte mir die Finger, die Hand und sogar mein zerschundenes Gesicht.

Plötzlich stand Tante Lou an meinem Bett.

„Wie kommt der Hund ...?“ wollte sie fragen, aber Opa beeilte sich mit seiner Erklärung: „Hab' vergessen, die Tür zuzumachen, da ist sie blitzschnell durch den Spalt reingesaust.“

Pixie von meinem Zimmer fernzuhalten muß ein wahres Kunststück gewesen sein, vermutete ich.

„Wie fühlst du dich, Josch?“ fragte Onkel Nat dann.

„Schon besser“, antwortete ich auch ihm und tat mein Bestes, Pixie durch ein leichtes Streicheln zu beruhigen, damit sie mir bloß nicht weggenommen wurde.

„Gut“, sagte Onkel Nat. „Du hast uns nämlich ganz schöne Sorgen gemacht. Hast ja fast den ganzen Tag nur geschlafen!“

„Zeit für deine nächste Tablette, Josch!“ Tante Lou kam und stützte mir den Kopf, damit ich die Tablette und das Wasser zusammen runterschlucken konnte.

Danach steckte Onkel Charlie den Kopf zur Tür herein. Er sah aus, als wollte er eine Frage stellen, sagte aber statt dessen nur: „Strengt ihn nicht zu sehr an!“

Schließlich gingen alle wieder an den Küchentisch zurück, damit ich mich ausruhen konnte. An den Geräuschen im Haus konnte ich genau feststellen, wo sie waren und was sie gerade taten.

Ich lag still da, die Hand auf Pixies Kopf. Sie schlief neben mir und hob nur ab und zu den Kopf, um mir die Finger mit ihrer warmen Zunge zu lecken.

Bald wirkte die Tablette, aber anstatt einzuschlafen, kam ich ins Nachdenken, nachdem die Schmerzen nachgelassen hatten. Wie war dieses Unglück bloß passiert? Warum lag ich hier im Bett? Ich grübelte und grübelte.

Jack Berry. Jack Berry. Der Name schoß mir im Kopf herum, aber ich hatte keine Ahnung, warum. Was hatte Jack Berry damit zu tun, daß ich hier im Bett lag? Alles kam mir wie dichter Nebel vor, und ich fand keine Antwort.

Ich hob eine Hand an mein Gesicht und tastete den Verband über meinem Auge ab. Dann fuhr ich mit dem Finger über meine geschwollene Nase und berührte meine wunden Lippen mit der Zunge.

„Jack Berry. Jack Berry", hämmerte es in meinem Kopf.

Jack hatte sich mir gegenüber in letzter Zeit ziemlich gemein benommen. Er hatte vor Wut darüber gekocht, daß Carmen mich anstatt ihn zu sich nach Hause eingeladen hatte. Aber kein Mädchen, das seine Sinne halbwegs beieinander hatte, würde ausgerechnet Jack Berry um Nachhilfestunden in Geometrie bitten – oder auch in den übrigen Fächern. Jack hatte ja Mühe, selbst im Unterricht mitzukommen.

Verzweifelt versuchte ich, die Ereignisse von gestern wie Puzzlestücke zu einem Ganzen zusammenzusetzen.

Ich war zur Schule gegangen. War wie gewöhnlich gehänselt worden, weil die Jungen genau wußten, daß ich donnerstags nach der Schule zu Carmen ging. War ich aber bei Carmen gewesen? Ich konnte mich nicht daran erinnern.

Langsam, Stück für Stück fiel mir der Verlauf des Tages wieder ein. Ich ließ jede Schulstunde einzeln an mir vorüberziehen. Da war die Englischstunde; wir hatten die Weihnachtsnovelle von Charles Dickens gelesen, weil es ja bald Weihnachten ist. Dann hatten wir Rechtschreibung gehabt, und um ein Haar hätte ich das Wort „Kompagnon" falsch buchstabiert. Nach Rechtschreibung war immer Pause. Wir wollten eigentlich Fuchs und Gans spielen, aber auf dem Schulhof war der Schnee viel zu zertreten, um einen Kreis darin zu ziehen. Wir brauchten frischen Schnee dafür.

Ich konnte mich an sämtliche Schulstunden bis zum Unterrichtsschluß erinnern. Ich wußte sogar noch, daß Herr Foggelson vor kurzem nach dem Unterricht mit mir gesprochen und mir angeboten hatte, mir die Bücher aus seiner privaten Sammlung zu leihen.

War ich nach der Schule bei Carmen gewesen? Ja ... ja, allmählich kam mir die Erinnerung wieder. Wir hatten zusammen Tee getrunken und dazu eins von den komischen kleinen Gebäckstückchen mit einer Füllung darin gegessen. Meins war mir beinahe auf den Schoß gefallen. Dann hatten wir Geometrie gelernt – aber nicht lange; die meiste Zeit hatten wir uns einfach nur unterhalten. Und dann war ich nach Hause gegangen. Ich hatte es eilig gehabt, weil es schon so spät gewesen war.

Hatte es geschneit, als ich weggegangen war? Ich konnte mich nicht daran erinnern. Ich war allein losgegangen ... gerannt war ich, so schnell ich konnte ... und jetzt lag ich hier im Bett mit den schlimmsten Kopfschmerzen meines Lebens und mit zerschundenem Gesicht.

Jack Berry. Jack Berry.

Ach was! Ich schob den Gedanken an ihn vorerst beiseite. Klar hatte ich mich über ihn geärgert. Er hatte sich ja geradezu ekelhaft benommen. Aber er war es nicht wert, daß ich mich seinetwegen anstrengte. Ich sah wieder zum Fenster hinaus, wo der Schnee wie federleichte Blüten aus dem Himmel fiel. „Fein, daß wir rechtzeitig zu Weihnachten frischen, sauberen Schnee kriegen!" dachte ich schläfrig.

„Fühlst du dich besser?“ fragte eine sanfte Stimme. Tante Lou stand wieder neben mir.

Vorsichtig drehte ich den Kopf zur Seite. Es tat nicht mehr so arg weh wie vorher.

„Ja“, antwortete ich. „Viel besser.“

„Gut! Bist du zu einem kleinen Schwatz mit zwei Besuchern aufgelegt?“

„Klar.“

Herr Foggelson und Carmen betraten mein Zimmer. Kaum hatte sie mich gesehen, als sie auch schon bleich wurde, aber sie kam trotzdem näher.

„Was ist nur passiert, Josua?“ fragte sie, die Augen vor Entsetzen weit geöffnet. „Weiß nicht. Ich kann mich an nichts erinnern“, sagte ich wahrheitsgemäß.

„An überhaupt nichts?“ fragte Herr Foggelson, als zweifle er an meinen Worten.

„Der Doktor sagt, er sei hingefallen und mit dem Kopf auf einen Stein aufgeschlagen“, erklärte Tante Lou. „Tom hat dem Doktor die Stelle gezeigt, wo er Josch gefunden hat. Inzwischen liegt aber überall frischer Schnee, so daß nicht viel zu sehen war, aber unter dem Ahornbaum liege ein großer Stein am Boden, sagt der Doktor.“

Tom? Der alte Tom? So mußte es wohl gewesen sein. Ich erinnerte mich noch undeutlich daran, daß der alte Tom mich nach Hause gebracht hatte, aber mehr wollte mir einfach nicht einfallen.

„Aber dein Gesicht, Josua“, fragte Herr Foggelson weiter. „So arg kannst du es doch nicht beim Hinfallen zugerichtet haben, oder?“

„Ich weiß nicht mehr“, sagte ich eine Spur ungehalten.

Carmen streckte die Hand aus und berührte sachte den Verband über meinem Auge.

„Tut es sehr weh, Josua?“ fragte sie.

„Gar nicht“, sagte ich tapfer. „Ich spür’s kaum.“

Das stimmte tatsächlich. Mein Kopf hatte so furchtbar geschmerzt, daß ich die Wunde über meinem Auge kaum bemerkt hatte.

„Gut“, sagte sie und lächelte. Einen Moment waren alle Schmerzen wie weggeblasen.

„Ach, da ist ja dein kleiner Hund!“ rief Carmen dann und langte über mich hinweg, um Pixie zu streicheln. „Ist der aber niedlich!“

Pixie leckte ihr zur Erwiderung die Hand.

„Oh, wie süß!“ rief Carmen. „Darf ich sie auf den Arm nehmen?“

Kein Wunder, daß sie daheim bei ihrem Pa immer ihren Willen durchsetzt, dachte ich.

„Klar.“

Ich sah stolz zu, wie sie mein Hündchen aufhob und es an ihre Wange hielt. Dann setzte sie sich auf einen Stuhl an meinem Bett, nahm Pixie auf den Schoß und streichelte ihr das weiche, seidige Fell. Es war ein selten hübscher Anblick, den die beiden da boten.

Herr Foggelson bereitete dem Zauber ein Ende.

„Wir dürfen Josua nicht übermäßig anstrengen, Carmen.“

Wieder fiel mir auf, wie er jede Silbe meines Namens betonte, und ich mußte unwillkürlich daran denken, wie meine Klassenkameraden in der Schule über mich hergezogen waren. Zugleich hämmerte es wieder: „Jack Berry. Jack Berry!“ in meinem Kopf. Ich schob den Gedanken von mir und schickte mich an, meinen Gästen für ihren Besuch zu danken.

„Darf ich morgen noch einmal kommen?“ bettelte Carmen.

„Aber Carmen“, wehrte ihr Vater ab, „du weißt doch, daß der Doktor Josua Ruhe verordnet hat. Schließlich möchten wir ja, daß er recht bald wieder zur Schule kommen kann.“

„Ach Papa!“ flehte sie. „Ich werde nicht lange bleiben. Ehrenwort!“

„Mir geht’s gut“, meldete ich mich zu Wort. „Bis morgen bin ich längst aus diesem Bett raus.“

„Nein, das bist du nicht!“ widersprach Tante Lou von der

Tür her. „Der Doktor hat gesagt, wir sollen dich bis Sonntag nachmittag im Bett behalten."

Dann warf sie Carmen ein freundliches Lächeln zu.

„Aber Josch würde sich bestimmt freuen, wenn du ihn morgen für zwanzig Minuten besuchen kommst – vorausgesetzt, deine Eltern haben nichts dagegen."

Carmen schenkte ihr ein strahlendes Lächeln zum Dank. Sie drehte sich nicht mal zu ihrem Vater um, sondern betrachtete die Angelegenheit wohl als erledigt.

„Ich bringe ein Buch mit und lese dir vor", versprach sie und legte Pixie behutsam neben mich auf mein Bett zurück. Dann verabschiedeten sich die Foggelsons.

Einer nach dem anderen von meinen Verwandten kam zu Besuch. Sie schienen wohl anzunehmen, daß alle zusammen zuviel für meinen armen Kopf wären. Deshalb kam jeder nur für ein paar Minuten, und wenn sie es auch nicht ausdrücklich sagten, standen ihnen doch die gleichen Fragen in den Augen. Wie war alles zugegangen? Wie war ich auf dem Heimweg von Carmen so zugerichtet worden? Warum hatte der alte Tom mich auf dem steinhart gefrorenen Boden gefunden?

Ich hatte noch immer keine klare Vorstellung von dem Abend, sondern nur ein paar Fetzen von Erinnerungen, die keinen Sinn ergaben. Es war mir einfach ein Rätsel. Ich wußte nur, daß der Gedanke an gestern abend mich wütend machte. Warum das so war, konnte ich mir beim besten Willen nicht erklären. „Jack Berry. Jack Berry!" hämmerte es in meinem Kopf, ohne daß ich auch nur einen blassen Schimmer hatte, warum das so war.

Schließlich fuhren Opa, Onkel Charlie und Uropa wieder nach Hause zur Farm. Ich beneidete sie um die Schlittenfahrt durch den frischen Schnee, ließ es aber wohlweislich bleiben, etwas von Mitfahren zu sagen.

Am Abend kam der Doktor wieder, um nach mir zu sehen. Er schien mit meinen Fortschritten zufrieden zu sein und gab Tante Lou noch ein paar Schmerztabletten für mich, falls ich sie brauchen sollte.

Nachdem er meine Arbeit erledigt hatte, kam auch Onkel Nat an mein Bett. Ich entschuldigte mich bei ihm dafür, ihm meine Arbeit noch zusätzlich aufgehalst zu haben, aber er wollte nichts davon hören und meinte nur, die Bewegung täte ihm gut.

Wir hielten unsere kleine Abendandacht in meinem Zimmer, damit ich auch dabeisein konnte. Onkel Nat dankte Gott in seinem Gebet dafür, daß ich gestern abend gefunden und nach Hause gebracht worden war. Als Tante Lou dann betete und Gott dafür dankte, daß ich jetzt in Sicherheit sei, wurde mir klar, welche Sorgen sie sich meinetwegen gemacht haben mußte. Onkel Nat war bei den Browns gewesen. Eine von den Töchtern dort wollte am Neujahrstag heiraten, und er hatte eine Besprechung mit ihr und ihrem Verlobten gehabt. Tante Lou war derweil allein gewesen mit ihren Sorgen um mich. Ich konnte mir ausmalen, wie sie ein ums andere Mal ans Fenster gegangen war, um nach mir Ausschau zu halten. Pixie hatte sicher winselnd dabeigestanden.

Ich tat mein Bestes, ein möglichst munteres Gesicht zu machen, als sie mir meine Tablette gab, die Decken um mich zurechtzog und mir eine gute Nacht wünschte. Mein Kopf tat längst nicht mehr so weh. Bald war ich eingeschlafen.

Weihnachten

Die Weihnachtszeit war für mich das Schönste, was es überhaupt gab. Wir feierten immer auf der Farm. Ich kann nicht einmal sagen, was mir am besten gefiel: der Duft von Gewürzen, wenn Tante Lou Plätzchen und Kuchen im Ofen hatte, der frische Tannenduft von unserem Weihnachtsbaum, den wir aus dem Wald bei der Weide holten, in der Zimmerecke aufstellten und mit Papierketten und Puffmaisgirlanden schmückten, oder die Geschenke, die in den hintersten Winkeln des Hauses versteckt lagen und über die man hier und da stolperte, wenn man eigentlich etwas ganz anderes suchte.

Ich freute mich sogar auf die Weihnachtsfeier in der Kirche, obwohl die jede Menge Zeit und Geduld von denjenigen erforderte, die das Einüben dafür zu besorgen hatten – Tante Lou zum Beispiel. Die Mütter, oder in meinem Fall Tante Lou, mußten sich ganz schön ins Zeug legen, bis wir unsere Rollen auswendig konnten.

Im großen und ganzen klappte aber dann alles halbwegs, und die Leute sahen sich die Vorführung gern an und lobten uns anschließend über den grünen Klee, bis wir uns voller Stolz in unserem Erfolg sonnten. Wenn dann alles ohne größere Pannen abgegangen war, stieß Tante Lou einen Seufzer der Erleichterung aus und packte alle Aufzeichnungen bis zur nächsten Weihnachtsfeier weg. Für dieses Jahr hatte sie ihre Bücher aber noch auf dem Tisch, weil die Feier noch nicht stattgefunden hatte.

Wie ich schon erzählte, fand ich es besonders schön, wenn es vor Weihnachten schneite. Die ganze Welt sah dann aus, als hätte sie sich zum Empfang des Königs ihr Festkleid angezogen, selbst wenn er als winziger Säugling kam und den frischen Schnee vielleicht gar nicht mal bemerkte. Ohne Schnee konnte ich mir Weihnachten überhaupt nicht vorstellen. Einmal, als ein Prediger von auswärts in unserer Kirche sagte, daß damals in Bethlehem wahrscheinlich gar kein Schnee gelegen hatte, da hätte ich am liebsten protestiert. Ein Weihnachten ohne Schnee, eine schmutzige, kahle, vom Alltagsunrat übersäte Welt zum Empfang des Christkindes, das paßte mir einfach nicht in den Kram.

So wartete ich also in jedem Jahr auf den Weihnachtsschnee. Für mich war das fast eine Art Sakrament, wenn die graue, schmutzige Welt unter dem sauberen Weiß aus Gottes eigener Hand verschwand. Die kahlen Bäume, die braune Hoferde voller Radfurchen, die leeren Felder – alles hatte sich plötzlich in eine silberne, samtweiche Traumlandschaft verwandelt. Ich hatte dann immer das unbestimmte Gefühl, als hätte sich vor meinen Augen ein richtiges Wunder ereignet.

Am Dienstag nach meinem Unfall – oder wie man es auch bezeichnen will – durfte ich wieder in die Schule gehen. Mein Gesicht war zwar noch etwas geschwollen und mein Auge verfärbt, aber davon abgesehen fühlte ich mich eigentlich ganz gut. Der Doktor hatte darauf bestanden, daß ich vorläufig nicht bei den Spielen auf dem Schulhof mitmachte, weshalb ich während der Pausen im Klassenzimmer blieb. Ein bißchen komisch kam ich mir schon dabei vor, beinahe wie ein Schwächling. Andererseits hatte ich auf diese Art die Gelegenheit, eins von Herrn Foggelsons Büchern zu lesen. Er hatte es für mich mitgebracht und hielt es im Schrank verschlossen. Erst wenn die anderen Schüler draußen auf dem Schulhof waren, holte er es für mich hervor, und er brachte es in den Schrank zurück, bevor er wieder zum Unterricht läutete.

Mit der Zeit ließen meine Kopfschmerzen nach, und ich fühlte mich wieder kerngesund. Daß Onkel Nat meine Arbeit für mich tat, paßte mir überhaupt nicht, aber der Doktor hatte mir für die nächsten zwei Wochen jede Anstrengung verboten. In zwei Wochen würde Weihnachten schon vorbei sein.

Mir war immer noch reichlich unwohl zumute, wenn ich an Jack Berry dachte. Er fehlte zur Zeit in der Schule; dem Vernehmen nach hatte er die Grippe. Damit ersparte er mir vorerst seine Gemeinheiten. Bis er wiederkam, würden sich mein Auge und meine geschwollene Nase längst erholt haben, so daß ich mir deshalb keine Hänseleien von ihm anzuhören brauchte.

Carmen machte ein großes Aufheben um mich. Sie meinte, schuld an dem Ganzen zu haben, weil es ja auf dem Heimweg von ihr passiert war, aber das war lächerlich. Carmens Mitleid war mir zwar peinlich, aber insgeheim sonnte ich mich auch ein bißchen darin.

Als Weihnachten nun mit Riesenschritten näherrückte, hatte ich allerhand gemischte Gefühle.

Ich hatte mir sämtliche Groschen und Fünfer, die ich nur erübrigen konnte, für meine Weihnachtseinkäufe aufgespart. Ich wäre sogar damit ausgekommen, wenn Carmen nicht gewesen wäre.

Fast jeden Tag ging ich an meine Kommode und zählte mein Geld in der Schublade nach. Davon vermehrte es sich allerdings auch nicht gerade. Es waren und blieben vier Dollar und fünfzehn Cents. Ich hatte mir mit Bleistift und Papier ausgerechnet, was ich jedem in unserer Familie schenken wollte, und die Rechnung war auch glänzend aufgegangen, bis mir in den Sinn kam, daß ich Carmen eigentlich auch ein Geschenk kaufen mußte. Sie war mir gegenüber schließlich besonders nett gewesen.

So räumte und schob ich die Geschenke auf meiner Liste hin und her, aber ich kam zu keinem Ergebnis. Wenn ich ja gesund gewesen wäre, ich meine, wenn der Doktor mir nicht dieses alberne Arbeitsverbot auferlegt hätte, dann hätte ich mir längst irgendwo in der Stadt eine kleine Arbeit gesucht. Wie die Dinge aber lagen, hatte ich keinerlei Aussichten darauf, mir vor Weihnachten noch Geld zu verdienen. Einerseits freute ich mich schon riesig auf das Fest, andererseits war ich ziemlich ratlos wegen meiner Geschenke.

Ich sah mir noch einmal die Auslagen in den Geschäften an und suchte mir dann die Geschenke für meine Verwandten so aus, daß mir noch fünfundfünfzig Cents übrigblieben. Fünfundfünfzig Cents! Ich atmete auf und machte mich voller Freude auf die Suche nach einem Geschenk für Carmen.

Die Freude hielt nicht lange an. Es gab in der ganzen Stadt für ein Mädchen wie Carmen nichts, das man für fünfundfünfzig Cents erstehen konnte. Nichts.

Pixie wartete schon an der Tür auf mich. Ich hob sie an mein Gesicht und drückte sie an mich. Pixie! Ich könnte Carmen doch meinen Hund schenken! Es gab bestimmt kein schöneres Geschenk auf der Welt, das ich ihr machen konnte. Ich dachte daran, wie sie ihre helle Freude an dem Tierchen gehabt hatte, als sie mich besuchte, um mir vorzulesen. Unermüdlich hatte sie Pixie auf dem Schoß gehalten oder ihr zugeschaut, wie sie herumtollte und Kunststücke vorführte.

Aber wie sollte ich es übers Herz bringen, mich von Pixie zu trennen? Noch nie war ich inwendig so zerrissen wie jetzt. Ich hatte Pixie lieber als alles andere auf der Welt – von meinen Verwandten mal abgesehen, versteht sich. Irgendwie gehörte sie sogar zur Familie. Ich drückte sie so fest an mich, daß sie winselte.

Aber Carmen? Die bedeutete mir auch eine Menge, und wenn man jemanden wirklich mag, dann muß man doch die eigenen Wünsche zurückstellen, oder?

So rang ich mit mir selbst, bis mir endlich einfiel, daß Carmen ja gar keinen Hund im Haus halten durfte, weil ihre Mutter allergisch dagegen war. Ich drückte Pixie noch fester an mich und schickte ein Dankgebet zum Himmel.

Menschenskinder, war ich froh über diese Allergie! Wenn sie nicht gewesen wäre, hätte ich an der Entscheidung eine harte Nuß zu knacken gehabt.

Ohne es zu ahnen, war es Onkel Nat, der dem Rätselraten wegen meines Geschenks ein Ende machte, wenn auch erst in allerletzter Minute.

Ich wußte, daß er heimlich an einer Holztruhe als Weihnachtsgeschenk für Tante Lou schreinerte. Er hielt sie auf der Farm versteckt, und immer wenn er zwischen seinen Hausbesuchen und sonstigen Pastorenpflichten eine Stunde erübrigen konnte, arbeitete er daran weiter.

An dem ersten Wochenende, das ich wieder auf der Farm verbringen durfte – es war das letzte vor den Weihnachtsferien –, kam Onkel Nat am Samstagvormittag mit dem festen Entschluß, die Truhe heute fertigzubekommen.

Das Ding war eine kleine Kostbarkeit. Onkel Nat hatte zwar nicht viel an Werkzeug, aber dafür um so mehr an Liebe zu Tante Lou. Er ging mit der größten Sorgfalt zu Werke, hobelte und sägte, bis jedes Brett haargenau paßte.

Obendrein roch die Truhe auch gut. Fichtenholz duftete prima, fand ich.

In meinen Augen war es jedenfalls ein Glanzstück, und das habe ich Onkel Nat wohl auch gesagt, worauf er, ohne von der Arbeit aufzusehen, zu mir sagte: „Ich habe noch Reste von dem Holz übrig, Josch, kleine Endstücke und dergleichen. Die kannst du gern haben, wenn du dich auch mal ans Schreinern wagen willst."

„Danke", sagte ich, aber begeistert klang's nicht gerade. „Ich weiß nicht mal, was ich damit anfangen sollte."

„Du könntest ein kleines Schmuckkästchen oder eine Schatztruhe daraus machen", schlug er vor.

Ich wollte ihn gerade fragen, für wen ich so etwas schreinern sollte, denn Tante Lou besaß ja schon ein Schmuckkästchen – da fiel mir Carmen ein.

„Würdest du mir wohl dabei helfen?" fragte ich statt dessen. Den Eifer in meiner Stimme konnte ich dabei kaum verbergen.

Na, wenn das kein Geschenk des Himmels war! Ich machte mich gleich an die Arbeit. Mit Onkel Nats Ratschlägen beim Abmessen und Sägen, Onkel Charlies Hilfe beim Glattschleifen und Uropas Anleitung beim Lackieren hatte ich das Kästchen gerade noch rechtzeitig zu Weihnachten fertig. Es war regelrecht hübsch geworden. Ich war schon neugierig darauf, was Carmen wohl dazu sagen würde.

Am Sonntag, dem 22. Dezember, fand unsere Weihnachtsfeier statt. Ich hatte gehofft, daß Carmen sie besuchen würde. Schließlich wußte sie, daß ich eine der Hauptrollen bei der Vorführung spielte und schon seit Wochen dafür gelernt hatte. Wer aber nicht erschien, war Carmen.

Ich versuchte, den Gedanken an sie von mir zu schieben und statt dessen lieber aufzupassen, daß ich nicht beim Aufsagen steckenblieb, aber ich muß zugeben, daß ich arg enttäuscht war.

Die Vorführung ging recht glatt über die Bühne. Ich kann zwar nicht sagen, daß sie restlos fehlerfrei war, aber alles in allem klappte es so gut, daß die Leute die kleineren Patzer gern übersahen und uns anschließend mit Lob überschütteten.

Erschöpft kam Tante Lou an dem Abend nach Hause und legte ihren Hut auf die Flurgarderobe.

„Das hätten wir geschafft!" seufzte sie wie in jedem Jahr, und Onkel Nat nahm sie geschwind in die Arme.

„Du hast deine Sache großartig gemacht!" lobte er sie.

Am nächsten Morgen war Tante Lou wieder ganz die alte und schaffte wie gewöhnlich für drei. Jetzt waren es nur noch zwei Tage bis Weihnachten.

Am Tag darauf nahm ich meine vier Dollar und fünfzehn Cents und ging ins Gemischtwarengeschäft, um meine Weihnachtseinkäufe zu erledigen. Ich kaufte die Sachen, die ich mir ursprünglich ausgesucht hatte, da ich die fünfundfünfzig Cents für Carmen jetzt nicht mehr brauchte. Dann borgte ich mir Papier von Tante Lou und wickelte alles ein. Nur bei Carmens Geschenk bat ich Tante Lou um Hilfe. Ich wollte, daß es besonders hübsch verpackt würde.

Anschließend brachte ich das Geschenk zu den Foggelsons, als Carmen gerade zur Klavierstunde bei Fräulein

Thompson war. Ich gab es bei Frau Foggelson ab und bat sie, es an Heiligabend unter den Christbaum zu legen. Das würde sie gern tun, versprach sie.

Jetzt fühlte ich mich rundherum zufrieden. Als ich wieder daheim war, nahm ich Pixie ganz fest in die Arme. Alles hatte wunderbar geklappt.

Früh am 24. beluden wir den Pferdeschlitten mit Schachteln und Tüten und fuhren zu unseren alljährlichen „Festivitäten“ zur Farm. „Festivitäten“ hatten wir's eigentlich noch nie genannt, aber so hatte Carmens Mutter das Weihnachtsfest bezeichnet.

„Und wo wirst du die Festivitäten verbringen?“ hatte sie mich gefragt.

Ich hatte keine Ahnung, wovon sie redete.

„Feiert man bei euch daheim etwa nicht Weihnachten?“ hatte sie verwundert gefragt.

„Aber klar!“ hatte ich geantwortet, als es bei mir zu dämmern begann. „Wir fahren immer zur Farm und feiern alle miteinander.“

„Zur Farm?“

„Ja, zu Opas Farm. Er und mein Onkel Charlie und mein Uropa wohnen dort. Ich und Onkel Nat und Tante Lou ... ich mein', Onkel Nat, Tante Lou und ich fahren zu ihnen und feiern Weihnachten dort.“

„Wie schön!“ hatte sie gemeint. „Ein Weihnachtsfest mit Tradition!“

„Ja“, hatte ich geantwortet, „ja, ein Weihnachtsfest mit Tradition.“

So waren wir nun zu unseren „Festivitäten“ unterwegs, und in mir kribbelte es geradezu vor Vorfreude, wie in jedem Jahr.

Und es war auch ein besonders schönes Weihnachten. Ich konnte mich nicht erinnern, je einen so leckeren Truthahnbraten gegessen zu haben, und über meine Geschenke freute ich mich auch riesig. Opa hatte mir einen nagelneuen Pullover gekauft. Von Uropa bekam ich eine richtige

Angel, von Onkel Nat und Tante Lou ein neues Hemd, das Tante Lou selbst genäht hatte, und Onkel Charlie hatte mir ein Taschenmesser mit fünf Klingen daran geschenkt. Dann bekam ich noch ein Geschenk, eine große Überraschung: Carmen hatte mir ein Buch ausgesucht und zu den Männern auf die Farm geschmuggelt, ein großer Band mit farbigen Illustrationen. „Wie die Welt begann" lautete der Titel, und es enthielt seltsame Zeichnungen und Diagramme. Ich war schon mächtig darauf gespannt, es zu lesen, um herauszufinden, wovon es eigentlich handelte. Was sie wohl von meiner kleinen Schatzkiste hielt? Hoffentlich gefiel sie ihr.

Nachdem sämtliche Geschenke ausgepackt worden waren und jeder jedem ausgiebig gedankt hatte, ging Onkel Nat nach draußen und holte die Truhe für Tante Lou. Die Truhe war so schwer, daß einer sie nur mit Mühe tragen konnte, und als Tante Lou ein dumpfes Geräusch hinter sich hörte, fuhr sie erschrocken auf dem Absatz herum. Dann stockte ihr der Atem, und ihre Augen füllten sich mit Tränen.

Um ein Haar hätte sie Onkel Nat über den Haufen geworfen, als sie ihm dann in die Arme fiel und an seiner Schulter losweinte. Ich sah genau hin, bis ich mir ganz sicher war: es waren richtige Freudentränen, keine Kummertränen. Ich hatte noch nie eine Frau so von Freude überwältigt gesehen.

„Die ist ja wunderhübsch! Einfach entzückend ist sie geworden!" sagte sie ein ums andere Mal, und Onkel Nat hielt sie fest umarmt und strich ihr über die Schultern.

Dann drehte Tante Lou sich zu uns um. Die Tränen rannen ihr immer noch übers Gesicht, aber ihr Lächeln war das strahlendste, das ich je an ihr gesehen hatte.

„Ich weiß schon genau, wozu ich sie benutzen werde", sagte sie, „und ich kann's kaum erwarten, bis es soweit ist. In der Truhe werde ich nämlich die Sachen für unser Baby aufbewahren!"

Da brach ein wahrer Freudentaumel los. Jeder fiel jedem in die Arme, und Tante Lou war nicht die einzige, die Freudentränen weinte. Ich begriff zuerst überhaupt nicht, was los war, bis ich Opa fragen hörte: „Wann denn? Wann ist's denn soweit?“

„Im Juli“, antwortete Tante Lou. „Ach Pa, vor Freude könnt' ich beinahe platzen!“

Jetzt war mir alles klar. Meine Tante Lou bekam ein Baby! Mein erster Vetter – oder meine erste Kusine – war unterwegs. Ich konnte es kaum fassen: zum ersten Mal im Leben wurde ich jemandes Vetter! Und ich konnte ihm dann bei allem helfen!

Mit einem Satz stürzte auch ich auf Tante Lou zu und nahm sie so fest in die Arme, wie ich es nur wagen konnte. Genau weiß ich es nicht, aber ich glaube, mir liefen auch ein paar Tränen übers Gesicht.

Eine schwierige Lektion

Nach den Weihnachtsferien brannte es mir unter den Nägeln, wieder in die Schule zu gehen, und zwar nicht nur, um zu erfahren, ob Carmen mein Weihnachtsgeschenk gefallen hatte, sondern auch wegen meiner Freunde. Ich wollte ihnen von meinen Weihnachtsgeschenken erzählen und davon, wieviel Truthahn und Apfeltorte ich gegessen hatte. Das gehörte jedes Jahr dazu.

Die Jungen waren allem Anschein nach nicht weniger als ich darauf erpicht, ihre Weihnachtsneuigkeiten loszuwerden. Sie warteten schon an der Schulhofecke, als ich dazukam.

Alle redeten gleichzeitig drauflos, und niemand hörte richtig zu, aber irgendwie schienen sie allesamt recht zufrieden mit dem Weihnachtsfest zu sein, das sie gerade mit ihren Familien gefeiert hatten.

Willi hatte allerdings noch andere Neuigkeiten für uns: Jack Berry hatte die Schule aufgegeben. Das war eigentlich nicht allzu verwunderlich. Schließlich war er noch nie gern zum Unterricht gekommen. Er hatte es bloß getan, weil sein Vater darauf bestanden hatte. Als er dann vor Weihnachten wegen seiner Grippe soviel Unterricht versäumt hatte, war es ihm wohl zu mühselig gewesen, den Stoff wieder aufzuholen, und vermutlich hatte er seinen Vater dazu überredet, ihn endlich von der Schule zu nehmen.

Ich hätte es den Jungen zwar nicht direkt auf die Nase gebunden, aber ich hatte nicht vor, großartig Tränen darüber zu vergießen, daß Jack nicht mehr zur Schule kam. Er hatte sich in letzter Zeit so gemein aufgeführt, daß es mir ohne ihn in der Schule erheblich wohler sein würde. Nein, ich würde Jack Berry nicht vermissen. Damit betrachtete ich die Angelegenheit als erledigt.

Das Leben zeigte sich von der Schokoladenseite, als Carmen mir erzählte, wie sie sich über mein Weihnachtsgeschenk gefreut hatte. Sie sagte, sie wollte ihre Taschentücher in der Schachtel aufbewahren. Da ich mich keinesfalls auf einen Streit mit ihr einlassen wollte, behielt ich meine Gedanken dazu lieber für mich; ich fand nämlich, daß Taschentücher ziemlich merkwürdige „Schätze“ für meine kleine Schatztruhe abgaben.

Ich wußte, daß Tante Lou nicht sonderlich daran lag, wenn ich meine Klasssenkameraden in das freudige Geheimnis um ihr Baby einweihte, weshalb ich auch in der Schule keinen Ton davon verriet – aber leicht fiel es mir nicht gerade. Seit meiner Geburt hatten wir noch nie einen neuen Erdenbürger in unserer Familie willkommen geheißen, und an meine eigene Ankunft konnte ich mich verständlicherweise nicht erinnern.

Es gab Tage, an denen Tante Lou sich nicht wohl fühlte. Das konnte ich ihr ansehen, obwohl sie es mit keinem Wort erwähnte. Onkel Nat und ich hielten beide ein Auge auf sie. Ich bemühte mich, die Holzkiste ein bißchen voller als sonst zu halten und darauf zu achten, daß Tante Lou immer genug frisches Wasser aus der Pumpe im Haus hatte. Onkel Nat hielt Ausschau nach Gelegenheiten, um ihr die Arbeit abzunehmen, aber sie lachte meistens nur und versicherte uns, daß ihr nichts fehlte. Manchmal sah sie allerdings ziemlich abgespannt aus, und dann und wann ließ sie sogar das Frühstück ausfallen.

Trotzdem ging das Leben im großen und ganzen wie gewohnt weiter, nur daß wir alle von erwartungsvoller Spannung gepackt waren.

Ich nahm die Nachhilfestunden mit Carmen wieder auf. Meistens verbrachten wir die Zeit damit, in den Büchern ihres Vaters zu blättern und uns darüber zu unterhalten.

Inzwischen hatte ich das Buch gelesen, das Carmen mir

zu Weihnachten geschenkt hatte. Es war ein recht sonderbares Buch. Bei einigen Kapiteln begriff ich nicht, was es damit auf sich hatte. Da stand doch schwarz auf weiß zu lesen, daß der Mensch ganz zufällig entstanden sein sollte, und zwar aus einem wirren urzeitlichen Durcheinander; dann hatte er eine Art von primitivem Stadium durchlaufen und war über die Jahrtausende hinweg schließlich zu dem geworden, was er heute war. Das alles erschien mir reichlich merkwürdig, weil ich doch genau wußte, wie der Mensch in Wirklichkeit entstanden war. Ich kratzte mich ratlos am Kopf, bis ich endlich zu dem Schluß gelangte, daß es sich um eine neumodische Form von Dichtung handeln mußte. Dann erst konnte ich mich für die absonderlichen Ideen des Autors erwärmen.

Es war tatsächlich reichlich sonderbar, was in dem Buch zu lesen stand: wie dieses menschenähnliche Wesen sich „weiterentwickelte", bis es auf die Idee kam, auf seinen zwei Hinterpfoten zu laufen und die Vorderpfoten zu anderen Dingen zu gebrauchen. Auf diese Weise wurden aus den Vorderpfoten mit der Zeit Hände mit Fingern zum Greifen und Tragen. Dann lernte es noch mehr dazu und verlor allmählich sein zotteliges Fell, weshalb es sich Kleidung zum Schutz gegen Wind und Wetter machen mußte. Es fing an, sich Häuser zu bauen und Getreide anzupflanzen, das dann für magere Zeiten gelagert wurde.

Das ganze Buch war zwar eine Art von modernem Märchen, aber die Moral der Geschichte war mir irgendwie unklar. Also, soweit ich sehen konnte, hatte jedes Stadium der „Weiterentwicklung" diesem Fabelwesen nur mehr an Mühe und Sorgen beschert, anstatt ihm das Leben zu erleichtern. Warum hatte der Dichter dann überhaupt diese Entwicklung erfunden?

Bestimmt lag das daran, daß manche Leute gern solche Geschichten lasen, aber mir gefielen eigentlich die, die einen Sinn ergaben, viel besser. Wie dem auch sei, jedenfalls schienen die Foggelsons diese Art von Märchen zu lieben, und sie wollten mich wohl auch damit bekannt machen. Ich hatte allerdings kaum vor, Carmen zu verraten, was ich nun von dem Buch hielt.

Eines Tages, als wir wieder gemeinsam in Herrn Foggelsons Büchern blätterten, stießen wir auf eine ähnliche Geschichte.

„Ach, da haben wir wieder so ein Märchen!“ murmelte ich und meinte eher mich selbst als Carmen damit.

„Was für ein Märchen?“ fragte sie.

„Ein Märchen darüber, wie der Mensch sich aus irgendwelchen kleinen Teilchen entwickelt haben soll.“

„Aber Josua“, sagte Carmen erstaunt, „das ist doch kein Märchen!“

Ich sah sie nur erstaunt an und wußte nicht recht, was ich sagen sollte.

„Wie nennst du's denn?“ fragte ich endlich. Bestimmt kannte Carmen einen neuen Begriff für diese Art von Dichtung, der mir noch nicht geläufig war.

„Evolution“, antwortete sie, als überraschte es sie maßlos, daß ich noch nicht davon gehört hatte.

„Evolution? Ach ja.“

Ich ließ die Sache auf sich beruhen, aber im stillen wiederholte ich das Wort ein paarmal, um es nicht zu vergessen. Ich nahm mir vor, es zu Hause nachzuschlagen, damit ich beim nächsten Mal, wenn die Sprache darauf kommen sollte, den richtigen Begriff für diese Art von Dichtung wußte.

Daheim angekommen, holte ich mir zuallerst einmal Websters Wörterbuch hervor. Der gute alte Webster war ein Freund der Familie; ich verließ mich auf ihn, wenn es um die Rechtschreibung und Bedeutung sämtlicher neuer Wörter ging, die mir begegneten. Ich schlug das Buch bei dem Buchstaben E auf und suchte den Eintrag über „Evolution“. Unter diesem Stichwort machte Webster nun mehrere Unterteilungen, von denen eigentlich keine so recht passen wollte. Er nannte Wachstum und Entwicklung, militärische Formationen und Algebra. Keine dieser Erläuterungen schienen etwas mit Herrn Foggelsons Büchern zu tun zu haben. Dann las ich: „Die allmähliche Abstammung oder Fortentwicklung von Lebensformen aus einfacheren Organismen, ausgehend von einzelligen Lebewesen."

Das begriff ich nicht. Während meiner allabendlichen Hausarbeiten ließ ich mir diese Ausdrücke durch den Kopf gehen, kam aber zu keinem Ergebnis.

Nach dem Abendbrot und unserem Bibelabschnitt holte ich mir Websters Wörterbuch noch einmal hervor. Beim Durchlesen wurde mir die Bedeutung immer noch nicht klar. Ich ließ den Blick über die Seite schweifen und las ein paar andere Erklärungen in der Hoffnung, irgendwo einen nützlichen Hinweis zu entdecken. „Evolutionär" bedeutete „zu Evolution gehörig". Damit war mir nicht geholfen. Dann las ich die langatmige Erläuterung zu dem Stichwort „Evolutionismus". Endlich fand ich unter dem Stichwort „Evolutionstheorie" eine Erläuterung, in der es hieß: „Theorie der menschlichen Entwicklung, die niedere Ordnungen als Ursprung voraussetzt; Darwinismus."

Ich las es noch einmal. Gewiß glaubte keiner ernsthaft, daß die Menschen auf diese Weise entstanden waren. Das war ja meilenweit von dem entfernt, was die Bibel dazu zu sagen hatte! Vielleicht hatte ich in der Kirche nicht immer aufgepaßt, aber ich hatte oft genug zugehört, um zu wissen, woher der Mensch in Wirklichkeit kam, und auch, wie er zu einem elenden Sünder geworden war.

Bevor ich Websters Wörterbuch wieder zuklappte, holte ich mir Bleistift und Papier, um mir die Erläuterungen abzuschreiben. Ich mußte mir das alles gründlich durch den Kopf gehen lassen und auch mit Herrn Foggelson und Carmen darüber reden. Weil sie ja nicht zur Kirche gingen, hatten sie womöglich noch nie im Leben gehört, wie die Sache in Wirklichkeit gewesen war. Andererseits konnte ich mir kaum vorstellen, daß jemand so ahnungslos sein konnte.

Ich wußte nicht so recht, ob ich Onkel Nat zu Rat ziehen sollte oder nicht. Der hatte ohnehin schon genug eigene Sorgen, und die Sorgen von anderen Leuten noch obendrein.

An diesem Wochenende fanden Uropa und ich eine stille Stunde zum Mühlespielen. Draußen war es stürmisch und kalt, und wenn es sich irgend einrichten ließ, blieb man bei diesem Wetter am besten im Haus. Onkel Charlie und Opa flickten deshalb Zaumzeug und tranken Kaffee dabei, und Uropa und ich lasen und spielten Mühle.

Uropa gewann, was nicht selten vorkam. Als er drei Runden nacheinander gewonnen hatte, schob ich das Brett von mir und stand auf, um mich zu strecken.

„Du bist nicht so recht bei der Sache, stimmt's Josua?" wollte Uropa wissen.

„Du gewinnst doch meistens", grinste ich, „ob ich nun bei der Sache bin oder nicht."

„Hin und wieder schon, aber heute liegt's daran, daß du mit den Gedanken woanders bist, scheint mir."

Ich hörte mit dem Grinsen auf.

„Vielleicht schon", sagte ich und setzte mich wieder. „Da ist etwas, das mir einfach nicht aus dem Kopf will. Hab' ein paar wirklich interessante Bücher gelesen. Haufenweise neue Ideen stehen darin. Teils kapier' ich sie, teils aber auch nicht."

„Was denn zum Beispiel?"

„Also, es geht um ... um so Sachen wie Evolution."

Ich hatte mich darauf gefaßt gemacht, Uropa das Wort erklären zu müssen, und wollte gerade meine Zettel mit den abgeschriebenen Erläuterungen aus der Hosentasche ziehen, als Uropa mir zuvorkam.

„Unfug!" schnaubte er verächtlich.

Ich sah ihn mit großen Augen an.

„Nichts wie Unfug!" wiederholte Uropa, und ich hatte den Eindruck, als wüßte er genau, wovon er sprach.

„Was hat's denn eigentlich damit auf sich?" fragte ich ihn.

Uropa zögerte keine Sekunde lang.

„Ein Mann namens Darwin hat sich eine höchst seltsame Theorie darüber einfallen lassen, woher der Mensch herkommt – oder besser gesagt, woher alles, was lebt, herkommt", sagte er. „Er hat Vergleiche zwischen den Tieren auf dem Land, den Vögeln und Fischen angestellt und hat daraus geschlossen, daß sie alle denselben Ursprung haben."

Ich nickte. Soviel hatte ich inzwischen auch schon begriffen.

„Nun, er hatte recht", fuhr Uropa zu meiner Überraschung fort; „sie haben tatsächlich denselben Ursprung, nämlich den Schöpfer höchstpersönlich. Was den Anfang des Lebens angeht, hat dieser Darwin nun aber alles hoffnungslos durcheinandergebracht. Wegen der Gemeinsamkeiten, die er unter den Lebewesen entdeckt hatte, ist er auf die Idee gekommen, daß alle Lebewesen irgendwie voneinander abstammen. Er meinte, daß er mehr wußte als jeder andere vor ihm, und machte sich nichts aus dem, was die Bibel über Gott als Schöpfer aller Lebewesen sagt. Hat sich deswegen allerhand Schwierigkeiten eingebrockt, weil es ihm einfach nie gelungen ist, die ganze Sache glaubhaft zu machen.

Aber dann haben sich andere Leute auf seine Seite geschlagen und überall nach ‚Beweisen' für ihre abwegigen Ideen gesucht. Bis auf den heutigen Tag ist der Fall immer noch nicht ausgestanden. Viele Bücher sind darüber geschrieben worden, und hier und da wird Darwins Theorie so gelehrt, als wär's reine Tatsache. Laß dir nur kein X für ein U vormachen, Josua! Das Ganze ist nur eine Theorie, nichts weiter. Es gibt bis jetzt keine handfesten Beweise dafür, und die wird es auch nie geben. Was Gott sagt, bleibt für alle Zeiten bestehen. Vergiß das nie, Josua! Gott ist schließlich der einzige, der damals da war, als alles passierte, und deshab halte ich mich lieber an sein Wort."

Ich holte tief Luft. Uropa hörte zu reden auf und sah mich forschend an.

„Hat der neue Lehrer etwa versucht, euch die Lehre von der Evolution beizubringen?"

„Nicht in der Schule, nein", beeilte ich mich klarzustellen.

„Woher hast du's dann?"

„Carmen hat mir ein Buch zu Weihnachten geschenkt,

und …“ Ich geriet ins Stottern. Das hatte ja beinahe so geklungen, als wollte ich Carmen die Schuld an allem in die Schuhe schieben.

Uropa nickte nur.

„Ihr Vater gibt mir Bücher aus seinem persönlichen Besitz zu lesen. Darin hab’ ich die gleichen Geschichten gefunden, und Carmen sagt …“

„Glaub nur nichts davon!“ unterbrach Uropa mich. „Kein Wort davon ist wahr!“

Ich nickte und schluckte. Es tat gut, wieder festen Boden unter den Füßen zu haben.

Jetzt, wo ich meinen Glauben an den Schöpfer und sein Schöpfungswerk wieder im Griff hatte, sah ich es als meine Pflicht an, Carmen über ihren Irrtum aufzuklären.

Am nächsten Donnerstag, als wir nach unserem Tee und dem krümeligen Gebäck dazu wieder unsere Bücher aufschlugen, brachte ich das Thema zur Sprache.

„Weißt du, diese Bücher hier“, fing ich an und bemühte mich, die richtigen Worte zu finden, „also, damit stimmt etwas nicht.“

„Welche Bücher meinst du?“ fragte sie.

Ich wollte mich auf keinen Fall als Schlauberger aufspielen, aber ich fand es wichtig, daß Carmen die Wahrheit erfuhr.

„Die Bücher über Evolution“, sagte ich zögernd.

„Damit soll etwas nicht stimmen? Was stimmt denn daran nicht?“

„In Wirklichkeit ist alles doch ganz anders passiert“, erklärte ich mit Bestimmtheit. „Hier in der Bibel steht’s schwarz auf weiß.“ Dabei zog ich meine Bibel unter dem Pullover hervor, um sie ganz vorne beim ersten Buch Mose aufzuschlagen.

„Ach Josch“, sagte Carmen und schob meine Hand mit dem Buch darin belustigt beiseite, „du bist aber ein Spaßvogel!“

Ich zog die Stirn kraus.

Carmen brach in ein silberhelles Gelächter aus.

„Ich hab's ernst gemeint", sagte ich leicht gekränkt.

Carmens Gelächter erstarb, und sie sah mich aus großen Augen ungläubig an.

„Wirklich?"

„Ja. Sieh nur, hier steht's doch zu lesen! Es gibt keine Evolution. Gott hat alles erschaffen."

„Daran glaubst du doch wohl selbst nicht, oder?"

„Und ob! Und du würdest es auch glauben, wenn du gelesen hättest, was hier geschrieben steht. Hier, sieh dir das mal ..."

„Aber das ist doch Unsinn. Ich meine ..."

„Evolution ist Unsinn", widersprach ich ziemlich hitzig. „Warum sollten sich Lebewesen aus anderen fortentwikkeln, wenn dadurch alles viel schwieriger für sie wurde? Warum ..."

„Du, Josua, gebrauch doch mal deinen Verstand! Glaub doch nicht blind an diese uralten Märchen, die sich über Generationen hinweg erhalten haben! Wir haben doch jetzt die moderne Wissenschaft. Kein Forscher, der etwas auf sich hält, nimmt dieses Geschwätz der Bibel ernst."

Ich sah sie schweigend an. Mein Finger lag immer noch auf der Bibelstelle, die ich ihr zeigen wollte.

„Weißt du überhaupt, was in der Bibel steht?" fragte ich sie dann.

„Natürlich weiß ich das. Papa hat's mir genau gesagt, damit ich weiß, wie ich sie widerlegen soll."

„Dann glaubst du gar nicht an die Bibel?" fragte ich verwundert. Ich begriff nicht, wie jemand zwar wußte, was in der Bibel stand, aber nicht daran glauben wollte.

Carmen stand auf und ging auf mich zu. Jetzt lächelte sie nicht mehr, sondern sah mich flehend an, wie eine Mutter ein ungezogenes oder verängstigtes Kind ansieht.

„Sieh mal, Josua", sagte sie, „wir wissen, wie schwer es für dich ist, weil du doch in der Kirche aufgewachsen bist, und ... und ... wir möchten gern Geduld mit dir haben und dir in Ruhe alles erklären. Deshalb erlaubt Papa dir auch, seine Bücher zu lesen. Wenn du erst die wissenschaftlichen

Tatsachen kennst, wirst du die Wahrheit selbst entdecken. Du bist ein begabter Schüler, Josua. Papa ist sehr zufrieden mit dir. Ich bin stolz auf dich. Du kannst jeden Beruf ergreifen, den du nur willst. Es gibt keine Grenze."

„Ich werde Pastor", sagte ich ruhig, aber entschlossen.

„Aber Pastor kann doch jeder werden!" jammerte Carmen. „Begreifst du denn nicht?"

Ich schlug meine Bibel so fest zu, daß ich sie unbewußt noch einmal aufschlug und behutsamer zuklappte.

„Nein, ich fürchte, ich begreife nicht", erwiderte ich.

„Hm, Papa sagt, daß du eine enorme Begabung besitzt. Einen solchen Schüler hat er noch nie im Unterricht gehabt. Er will dir helfen, etwas Besonderes aus dir zu machen, wenn du nur ..."

„Und du hilfst ihm dabei?" fragte ich kühl.

„Aber natürlich!" Das war Carmen herausgerutscht, bevor sie wußte, was sie da gesagt hatte. Sie fing sich und errötete. „Also, nicht so, wie du denkst. Ich mag dich, Josua, ich mag dich wirklich sehr ..."

„Ich glaub', ich geh' jetzt lieber", unterbrach ich sie. Das Ganze war furchtbar verwirrend. Ich verstand zwar nicht richtig, was eigentlich vor sich ging, aber diese Sache gefiel mir nicht. Sie gefiel mir ganz und gar nicht. Ich ging zur Tür, aber Carmen verstellte mir den Weg. Mit roten Wangen und zornsprühenden Augen stand sie da. Sogar jetzt sah sie noch hübsch aus, fand ich.

„Josua", sagte sie, „wenn du jetzt einfach gehst, weißt du denn nicht, was du meinem Vater damit antust? Hat er etwa noch nicht genug durchgemacht? Er hat seine Stelle an seiner letzten Schule schon verloren, eine sehr gute Stelle sogar, nur weil er ein paar begabten Schülern helfen wollte, die Wissenschaft zu verstehen. Und jetzt verschmähst du seine Hilfe und ..."

Ich war stehengeblieben. Schließlich konnte ich Carmen nicht aus dem Weg schieben, um ins Freie zu gelangen.

„Begreifst du denn nicht?" redete sie weiter. „Er will dir doch nur helfen!"

„Indem er mir die Wahrheit wegnimmt und mir statt dessen eine Lüge vorsetzt?"

„Aber das ist doch die Höhe!" sagte sie aufgebracht. „Du hast doch einen hellen Verstand. Wie kannst du nur alles einfach annehmen, was dir gesagt wird, ohne selbst darüber nachzudenken?"

„Aber siehst du denn gar nicht", antwortete ich, „daß du genau das getan hast? Bloß weil du deinen Vater liebhast, glaubst du alles, was er dir sagt, obwohl es gar keine Beweise dafür gibt. Die Bibel hat sich schon unzählige Male als wahr erwiesen, und was darin steht, ist hieb- und stichfest."

Carmen trat einen Schritt beiseite. Ihre Augen funkelten vor Zorn.

„Wenn du jetzt gehst", sagte sie mit zusammengekniffenen Lippen, „dann brauchst du nie wiederzukommen!"

Ich nickte. In mir arbeitete es. Ich wollte sie zum Gottesdienst einladen, wollte ihr sagen, daß ich für sie beten würde, damit sie die Wahrheit verstehen würde. Weiter wollte ich ihr sagen, wie leid mir alles tat, was vorgefallen war, aber die Kehle war mir wie zugeschnürt. So nickte ich nur und ging.

Der schwere Klumpen in meinem Hals löste sich auf dem ganzen Heimweg nicht auf. Mühsam schleppte ich mich vorwärts. Die kurze Entfernung war mir noch nie so endlos lang wie heute vorgekommen.

Eine schwierige Entscheidung

Ich verbrachte eine unruhige Nacht. Am nächsten Morgen wünschte ich mir nichts sehnlicher, als einfach im Bett bleiben zu können und nie wieder in die Schule zu müssen. Wenn ich mich aber jetzt nicht mit dem Aufstehen beeilte, würde Tante Lou gleich besorgt nach mir sehen. Widerwillig kroch ich aus dem Bett und zog mich an. Auf keinen Fall wollte ich, daß Tante Lou sich meinetwegen sorgte. Schließlich erwartete sie ein Baby, und Aufregung war nicht gut für sie.

Ich wusch mich in der Küche und fuhr mir hastig mit einem nassen Kamm über die Haare. Wir frühstückten zusammen, und Onkel Nat erzählte Tante Lou, was er heute zu erledigen hatte. Ich war froh, nicht viel sagen zu müssen.

Ich hatte es nicht eilig damit, zur Schule zu kommen, und trödelte vor mich hin, bis ich die Glocke läuten hörte. Ich war noch nie zu spät zum Unterricht gekommen und lief schnell los. Mir lag nicht viel an einem Tadel im Zeugnis.

Die meisten Schüler hatten ihre Jacken schon aufgehängt und waren im Klassenzimmer, als ich atemlos die Treppe hinaufrannte. Ich warf meine Jacke auf meinen Haken, wo sie zum Glück auch hängenblieb. Schnell packte ich mir meine Bücher und den Beutel mit den Pausenbroten und eilte an meinen Platz. Auf dem Flur wäre ich beinahe mit Carmen zusammengestoßen. Wir wurden beide ziemlich rot; ich vor Verlegenheit, aber dem verächtlichen Blick nach und der Art, wie sie die Haare über die Schulter warf, war's bei ihr wohl eher Verärgerung. Ich stolperte zu meiner Bank und holte mein Dickens-Buch hervor, wie es uns gesagt worden war.

Kein Lächeln quer durch das Klassenzimmer. Kein Warten an der Tür, um zur Pause mit mir auf den Schulhof zu gehen. Ich vermied es, zu ihr hinüberzusehen, und bestimmt vermied sie es auch, sich zu mir umzudrehen.

Den ganzen Tag über rief Herr Foggelson mich kein einziges Mal zum Aufsagen oder Antworten auf. Genausogut hätte ich daheim bleiben können, so wenig Beachtung schenkte er mir.

Die Jungen schienen wohl gemerkt zu haben, daß irgend etwas nicht stimmte. In der Pause schlugen sie einen anderen Ton an mit ihren Hänseleien. „Was is', Josch? Haste vielleicht ihre Bücher in den Schnee geschmissen?" und so weiter. Ich versuchte, mich nicht daran zu stören, aber es ließ sich kaum vertuschen, daß plötzlich ein anderer Wind wehte.

Als der Unterricht vorbei war, stieß ich im stillen einen Seufzer der Erleichterung aus und wollte mich auf den Heimweg machen, so schnell es ging. Daran hinderte mich aber Herr Foggelsons Stimme. Sonst hatte er immer den Trick mit den erhobenen Augenbrauen angewandt, und ich war mir schon sicher gewesen, mich heute ohne eine Unterredung mit ihm aus dem Staub machen zu können. Jetzt hielt mich sein leises Rufen auf dem Weg aus dem Klassenzimmer auf.

Ich drehte mich langsam um, wohl halbwegs in der Hoffnung, mich verhört zu haben, aber so war's nicht. Da stand mein Lehrer neben meiner Bank, den Tafelschwamm in der Hand und den Blick auf mich gerichtet.

Zögernd ging ich zurück.

„Sie … Sie möchten mich sprechen, Sir?" begann ich, nachdem ich ein paarmal geschluckt hatte.

„Ja, Josua." Er deutete auf meinen Stuhl.

Ich setzte mich. Ich war froh, wenigstens nicht vor ihm stehen zu müssen. Andererseits würde ich vom Sitzen aus nicht so schnell zur Tür gelangen, und jetzt wünschte ich mir nichts sehnlicher, als zu verschwinden.

Herr Foggelson legte den Schwamm beiseite und holte

sein Taschentuch hervor, um sich die Hände damit sauberzuwischen. Er tat es umständlich und langsam, und ich wartete ungeduldig, weil ich alles endlich hinter mich bringen wollte.

„Carmen hat mir von eurem bedauernswerten kleinen Mißverständnis berichtet“, sagte er. Er wartete darauf, daß ich ihm das Gesagte bestätigte, und ich fand auch endlich meine Stimme.

„So war es nicht, Sir“, entgegnete ich höflich.

Seine Augenbrauen schossen in die Höhe.

„Es hat also gar kein Mißverständnis gegeben?“

„Nein, Sir. Ich denke, wir haben einander sehr wohl verstanden.“

Er schwieg einen Moment lang und starrte mich nur an. Ich versuchte, seinem Blick nicht auszuweichen.

„Das wirst du mir näher erläutern müssen, Josua“, fuhr er fort. „Ich fürchte, ich kann dir nicht recht folgen.“

„Also“, sagte ich und senkte den Blick, während ich mit den Füßen unter der Bank umherrutschte, „Carmen glaubt an die Sache mit der Evolution, und ich glaube an das, was in der Bibel steht.“

„Hast du dich jemals näher mit der Evolution beschäftigt, Josua?“ fragte er. Niemand wußte besser als er, daß ich das nicht hatte.

„Nein, Sir, eigentlich nicht. Aber ich habe genug darüber gelesen ...“

„Dann bist du mit deinem Urteil vielleicht ein wenig vorschnell bei der Hand“, brachte Herr Foggelson als Argument vor. „Meinst du nicht auch, daß man zuerst alle Tatsachen in Betracht ziehen sollte, bevor man zu einer Schlußfolgerung gelangt?“

Jetzt sah ich von meinem Pult auf, um ihm geradewegs in die Augen zu blicken. Ich tat mein Bestes, um nicht mit der Wimper zu zucken.

„Nein, Sir“, sagte ich ruhig.

„Und warum nicht, wenn ich fragen darf? Hast du etwa Angst vor der Wahrheit?“

Diesmal kam meine Antwort wie aus der Pistole geschossen.

„Nein, Sir!“

„Warum weigerst du dich dann, die Forschungsergebnisse von gelehrten Wissenschaftlern in Erwägung zu ziehen, die nach jahrelanger Forschung gewisse Schlußfolgerungen gezogen haben?“

„Weil“, wieder schluckte ich, „weil sie der Heiligen Schrift widersprechen, Sir.“

„Hast du dich je gefragt, ob die ‚Heilige Schrift‘, wie du sie nennst, ein Irrtum sein könnte? Ob sie nicht nur eine pure Erfindung des Menschen auf seiner Suche nach einem höheren Wesen sein könnte?“

„Nein, Sir.“

„Dann, Josua, solltest du das vielleicht einmal in Betracht ziehen. Woher weißt du denn, ob deine Bibel tatsächlich so verläßlich ist, wie man dir beigebracht hat? Woher weißt du, ob es sich nicht eher um ein Buch voller Fabeln handelt? Hast du etwa schlagende Beweise?“

Ich antwortete nicht. Ich saß einfach nur da und scharrte mit den Füßen und blätterte verlegen in meinem Geographiebuch.

„Ich möchte gern, daß du darüber nachdenkst, Josua. Einen hellen Verstand zu vergeuden wäre eine Schandtat. Es würde ein unverzeihliches Versagen meinerseits bedeuten, wenn du als mein bester Schüler nicht den Mut hättest, deinen Glauben, den man dir schon seit frühester Kindheit eingeflößt hat, anhand der neuesten wissenschaftlichen Erkenntnissen zu prüfen. Wenn die Bibel wirklich den Tatsachen entspricht, dann sollte sie einer solchen Prüfung standhalten, nicht wahr?“

Das klang einleuchtend. Ich nickte stumm.

„Nun gut“, sagte Herr Foggelson mit der Spur eines Lächelns. „Ich bin froh, daß wir diese kleine Unterredung hatten. Meine Bücher stehen dir nach wie vor zur Verfügung. Ich hoffe, du wirst Gebrauch davon machen und dich aufgeschlossen für alle Wahrheit erweisen.“

Er nickte, und ich wußte, daß ich damit entlassen war. Ich nahm meine Bücher und stand auf.

„Auf Wiedersehen“, murmelte ich und verließ das Klassenzimmer.

In meinem Kopf herrschte ein ziemliches Durcheinander, aber eins stand fest: Nie wieder würde ich zu den Foggelsons zum Lesen gehen. In den Büchern standen zu viele Dinge, die ich noch nicht bewältigen konnte. Eines Tages würde ich vielleicht mit diesen Theorien umgehen können, aber jetzt noch nicht. Ich hatte einfach noch nicht das Zeug, um ihnen etwas entgegenzusetzen, und ich besaß genug gesunden Menschenverstand, um das einzusehen.

Und mit den Nachhilfestunden für Carmen würde ich ab sofort auch Schluß machen. Das Ganze war doch nur ein abgekartetes Spiel gewesen. Ich hatte Carmen gemocht, hatte ihrem Plaudern und Lachen gern zugehört und beobachtet, wie sie sich die glänzenden Locken über die Schultern geworfen hatte. Die Zeit bei ihr war mir immer wie im Flug vergangen, aber jetzt würde ich sie nicht mehr besuchen. Sie hatte mich restlos durcheinandergebracht, als sie meinen Glauben und meine Absicht, Prediger zu werden, schlechtgemacht hatte. Nein, mir lag nichts mehr daran, Carmen zu besuchen.

Und auf den Tee und das Gebäck konnte ich gut und gern verzichten. Tante Lous Plätzchen mit Milch waren sowieso viel handfester.

Nein, mein Entschluß stand felsenfest. Nie wieder würde ich zu den Foggelsons gehen.

Frühling

Ich war froh, als die Wintermonate endlich hinter mir lagen. Bis zum März war ich wieder soweit, daß ich mich einigermaßen wohl in der Schule fühlte. Herr Foggelson hatte mich anscheinend als hoffnungslosen Fall aufgegeben. Er lud mich kein einziges Mal mehr zu sich nach Hause ein und behielt mich auch nach dem Unterricht nicht mehr im Klassenzimmer, um sich mit mir zu unterhalten. Einerseits tat mir das leid, aber andererseits war ich eigentlich auch ziemlich erleichtert darüber.

An seinen Theorien schien er allerdings nach wie vor festzuhalten, was „Religion" als Zuflucht für das einfache Volk und die Lehre von der Evolution als „erwiesene Wahrheit" betraf. Ab und zu ließ er im Unterricht eine spöttische Bemerkung darüber fallen. Anfangs spürte ich dann meistens Carmens Blick auf mich gerichtet, aber mit der Zeit schien ich ihr wohl ziemlich gleichgültig geworden zu sein.

In der ganzen Stadt erzählte man sich bald, daß Jack Berry neuerdings häufig bei den Foggelsons zu Gast war. Ich wußte nicht, warum mir das zu schaffen machen sollte, aber das alte Lied „Jack Berry, Jack Berry" fuhr mir wieder im Kopf herum. So sehr ich mich auch bemühte, es loszuwerden, so ließ es sich einfach nicht abschütteln. Es war mir ein Rätsel. Warum schleppte ich dieses Echo nur andauernd mit mir herum?

Bis zum März ging alles wieder seinen gewohnten Gang, jedenfalls für Willi, Avery und mich. An den windigen Tagen ließen wir unsere Drachen steigen, und an Wind fehlte es wahrhaftig nicht in diesem Frühjahr. Der Schnee war noch nicht überall geschmolzen, aber das kümmerte uns nicht. Es war uns nichts Neues, mit unseren Drachen auf die Felder zu gehen, auch wenn noch Schnee lag. Wir freuten uns schon auf wärmeres Wetter.

Die gesamte Kirchengemeinde wußte inzwischen, daß Tante Lou ihr erstes Baby erwartete. Als die Neuigkeit wie ein Lauffeuer durch die Gemeinde ging, fielen junge Frauen mit roten Wangen Tante Lou um den Hals; die Mädchen gerieten vor Aufregung ganz aus dem Häuschen, und die älteren Frauen überschütteten die werdende Mutter mit gutgemeinten Ratschlägen. Tante Lou nahm alles gelassen hin. Ich glaube, sie sonnte sich sogar ein wenig in dem Trubel, der um sie gemacht wurde. Sie selbst freute sich riesig auf ihr Kindchen. In ihrer Truhe lagen schon die ersten Hemdchen, die sie für das Baby genäht hatte. Ich mußte an meine Mutter denken. Ob sie sich wohl auch so gefreut hatte, als sie mich damals erwartete?

Auch die Männer auf der Farm redeten von nichts anderem als von dem Baby. Opa schreinerte eine Wiege aus Holz, und wenn ich zum Wochenende kam, zeigte er mir immer gleich, welche Fortschritte er inzwischen wieder daran gemacht hatte. Er arbeitete in dem fast leeren Wohnzimmer, und die Wiege nahm zusehends Gestalt an.

Auch Onkel Charlie war beschäftigt. Er bastelte einen geflochteten Wäschekorb, in dem Tante Lou die Babywäsche bis zum Waschtag sammeln konnte. Im Schreinern war er nicht allzu geschickt, sagte er, aber den Wäschekorb kriegte er glänzend hin.

Sogar Uropa machte sich an die Arbeit. Sein Vorhaben fand ich am spannendsten von allen. Er nähte nämlich eine bunte Flickendecke für das Kinderbettchen.

„Wenn deine Urgroßmutter noch lebte, dann würde sie darauf bestehen, daß eine selbstgenähte Babydecke hergehört“, sagte Uropa zu mir. „Sie verstand sich auf das Nähen, deine Urgroßmutter. So gut wie sie kann ich zwar nicht mit Nadel und Faden umgehen, aber trotzdem soll das Baby seine Decke bekommen.“ So fuhr er also in die Stadt, kaufte Stoffe in den buntesten Farben und fing mit dem Nähen an. Er muß Urgroßmutter wohl oft dabei zugeschaut haben, denn er schien genau zu wissen, wie man's macht.

Ich wollte auch gern irgend etwas für das Baby machen, wußte aber nicht, was. Mit Werkzeugen konnte ich nicht viel anfangen, und auf das Körbeflechten verstand ich mich auch nicht. Nähen kam schon gar nicht in Frage. Wenn meine Kameraden erst erfuhren, daß ich mich im Nähen versuchte, würde das Hänseln kein Ende nehmen, und davon hatte ich vorerst genug, mehr als genug sogar. Deshalb überlegte ich, ob es nicht am besten wäre, dem Kleinen ein Geschenk zu kaufen und mir das Geld dafür mit irgendwelchen Arbeiten zu verdienen.

Eigentlich gab's in unserer kleinen Stadt nicht viel an Aufträgen gegen Bezahlung. Trotzdem ging ich zu den Ladenbesitzern und fragte, ob ich Besorgungen erledigen oder fegen könnte oder was sich sonst ergab.

An einem sonnigen Frühlingstag im April, als ich gerade den Bürgersteig vor dem Hotel kehrte, kam Frau Foggelson des Wegs. Sie lächelte mir freundlich zu. Ich zog die Kappe, wie sich's gehört, und lächelte zurück. Schließlich war sie immer riesig nett zu mir gewesen.

„Guten Tag, Josua!" grüßte sie und machte dann eine Bemerkung über das schöne Wetter.

Ich nickte und trat einen Schritt beiseite, um sie an mir vorbeizulassen. Erst jetzt sah ich, daß sie die Arme hoch mit Schachteln und Päckchen beladen hatte. Ich war gerade mit dem Fegen fertig und hatte ein paar Minuten übrig, bevor ich zum Holzspalten nach Hause mußte. Was Tante Lou jetzt von mir erwarten würde, wußte ich genau.

„Ich bringe Herrn Powell nur schnell seinen Besen zurück", sagte ich zu Frau Foggelson, „dann trage ich Ihnen Ihre Päckchen nach Hause."

„Wie aufmerksam von dir, Josua!" sagte sie und lächelte wieder.

Ich rannte ins Hotel, um mich bei Herrn Powell abzumelden, und war gleich wieder draußen auf dem Bürgersteig.

Ich nahm Frau Foggelson einen Armvoll von ihren Päckchen ab, und dann zogen wir los.

„Du fehlst mir, Josua“, sagte sie nach einigen Minuten.

Ich wußte nicht, was ich darauf antworten sollte, und tat deshalb so, als hätte ich nichts gehört. Schweigend gingen wir eine Weile nebeneinander her und sagten nur hin und wieder etwas über den Sonnenschein, das frische grüne Gras und Frau Jones' Osterglocken, deren goldene Köpfe in dem leichten Wind tanzten.

Wir waren fast vor Foggelsons Haus angekommen, als Frau Foggelson sagte: „Ich weiß, wie schwer alles für dich gewesen ist, Josua. Es tut mir sehr leid.“

Ich wollte ihr gerade versichern, daß sie doch gar keine Schuld an dem traf, was passiert war, als sie leise und ein bißchen traurig weiterredete.

„Als ich Herrn Foggelson heiratete“, sagte sie, „war ich auch gläubig, aber mein Glaube war nicht so stark wie deiner, Josua. Ich konnte mich nicht gegen meinen Mann behaupten. Seine Argumente klangen so einleuchtend, so überzeugend. Woher sollte ich, eine junge Frau mit Volksschulbildung, es besser wissen als ein Lehrer, der an einem der besten Institute unseres Landes ausgebildet worden war? Ich habe klein beigegeben, aber das war ein Fehler. Ich habe mehr verloren, als ich damals ahnte.“

Unbeholfen blieb ich stehen und sah in ihr trauriges Gesicht. Ich wußte weder Trost noch Rat.

„Aber ... aber es ist doch noch nicht zu spät!“ stotterte ich.

„Doch, Josua, es ist zu spät“, sagte sie und seufzte.

„Aber ...“ wollte ich widersprechen und wünschte mir, daß Onkel Nat jetzt hier wäre. Am liebsten wäre ich losgelaufen, um ihm daheim alles zu erzählen.

Sie unterbrach mich.

„Ich habe dir mein kleines Geheimnis nur erzählt, weil ich weiß, wie schwer du es hast, und weil ich deinen Mut bewundere, aber bitte, bitte erzähle es niemandem weiter! Versprichst du mir das, Josua?“

Mir blieb nichts anderes übrig, als es ihr zu versprechen. Hilflos stand ich jetzt vor ihr und mußte zusehen, wie ihr die Tränen in die Augen stiegen und übers Gesicht laufen wollten. Aber es fiel mir schwer, dieses Versprechen. Jetzt würde ich Onkel Nat und Tante Lou ja nicht erzählen können, was Frau Foggelson bedrückte, daß sie Hilfe und Ermutigung brauchte und dringend zu Gott zurückfinden mußte.

„Also gut, ich versprech's", sagte ich zögernd.

Sie hob sich eine behandschuhte Hand an die Augen und wischte sich die Tränen damit ab. Dann lächelte sie wieder. Niemand hätte erraten, daß sie eben noch so traurig ausgesehen hatte.

„Danke, Josua", sagte sie beinahe flüsternd, „daß du mir die Einkäufe – und auch die anderen Lasten – ein Stück getragen hast."

Dann waren wir auch schon vor der Haustür angekommen, und ich wartete, bis sie ihre Päckchen ins Haus gebracht hatte und mir dann meine abnahm.

Wieder lächelte sie mir zu und bedankte sich noch einmal. Ich zog meine Mütze und machte schleunigst kehrt. Es lag mir nicht sonderlich daran, Carmen oder Herrn Foggelson über den Weg zu laufen.

Gerade als ich durch das Gartentor auf die Straße ging, stieß ich mit jemandem zusammen, der bei den Foggelsons einbog. Wir brachten beide eine gestotterte Entschuldigung vor. Dann erst merkte Jack, mit wem er eigentlich redete.

Bevor ich wußte, wie mir geschah, hatte er mich beim Kragen gepackt und sah mich wutschnaubend an.

„Hast du etwa Carmen heimlich hinter meinem Rücken besucht?" zischte er.

Ich versuchte, mich aus seinem Griff zu lösen.

„Hab' ich nicht!" zischte ich zurück und riß an Jacks Hand.

„Bestimmt nicht?" herrschte er mich an.

„Ich lüge nicht; das weißt du genau!" gab ich zurück. „Laß mein Hemd los!"

Er lockerte seinen Griff, aber sein Gesicht war immer noch tomatenrot vor Wut.

„Ich frage Carmen", sagte er, „und wenn du gelogen hast, dann wirst du's bereuen. Beim nächsten Mal bleibt's nämlich nicht bloß bei 'ner Beule an deinem dämlichen Kopf."

Ich ließ Jack stehen und machte mich, innerlich vor Wut kochend, auf den Heimweg. Mein Hemd war zum Glück nicht zerrissen; nur ein Knopf war lose. Dieser irrsinnige Jack Berry! Den Burschen hatte ich ohnehin noch nie besonders gern gemocht, sagte ich mir, aber dann berichtigte ich mich schnell. Es hatte einmal Zeiten gegeben, als ich Jack Berry zu meinen Freunden gezählt hatte.

Aber das war damals gewesen, bevor Carmen aufgetaucht war und Jack ihretwegen völlig den Verstand verloren hatte. Na, von mir aus konnte er sie haben. Mir war's egal. Nein, das stimmte auch wieder nicht. Carmen war und blieb das hübscheste Mädchen, das ich je gesehen hatte. Ich fand ihr silberhelles Lachen und ihre kupferbraunen Locken immer noch einmalig. Abends betete ich für sie und ihren Vater. Jetzt, wo ich Bescheid wußte, würde ich auch für ihre Mutter beten, und zwar am allermeisten.

Noch immer von dem Zusammenstoß verärgert, ging ich weiter und versuchte, Ordnung in das ganze Durcheinander zu bringen. Das Leben war schon manchmal schwierig. Wie sollte man sich da bloß zurechtfinden?

Auf einmal fing es wieder an, in meinem Kopf zu hämmern: „Jack Berry. Jack Berry." Das machte mich noch wütender. Obendrein würde ich jetzt zu spät nach Hause kommen. Tante Lou würde zwar Verständnis haben, wenn ich ihr erst alles erklärte, aber davon bekam ich meine Arbeit auch nicht schneller getan.

Als ich gerade am Schulhof vorbeikam, begegnete ich dem alten Tom. Er schlurfte vor sich hin, und die Zipfel der Jacke, zu der Onkel Nat ihm verholfen hatte, flatterten bei jedem wankenden Schritt im Wind. Sämtliche Knöpfe schienen ihm an der Jacke zu fehlen, aber das kümmerte Tom wohl nicht. Summend und lallend hielt er die fast leere

Flasche an sich gedrückt, als wollte er verhindern, daß sie ihm aus der Hand gerissen wurde.

Als er mich sah, winkte er mir mit der Flasche durch die Luft zu. Bei mir schien er keine Angst zu haben – wegen der Flasche, meine ich. Er wußte anscheinend, daß ich es nicht auf sie abgesehen hatte.

„Tag, Joschsch!" lallte er zur Begrüßung. Ein Schluckauf folgte.

„Tag, Tom!" antwortete ich, ohne stehenzubleiben.

„Paß bloß auf, daß du nicht wieder am Boden landest!" sagte er und lachte. Ohne es eigentlich richtig zu wollen, sah ich zur Seite, wo der Steinbrocken lag, an dem ich mir den Kopf angestoßen haben sollte.

„Jack Berry. Jack Berry." Das Hämmern ließ mich nicht los. Was hatte Jack Berry gerade gesagt? Beim nächsten Mal sollte es nicht nur bei einer Beule an meinem dämlichen Kopf bleiben. Und dann wurde mir mit einem Schlag alles klar. Es war Jack Berrys Stimme gewesen, die ich damals in der Dunkelheit gehört hatte! Wir hatten uns einen erbitterten Kampf geliefert. Er hatte mir einen handfesten Kinnhaken verpaßt, und ich war zusammengesackt. Dabei mußte ich wohl mit dem Kopf auf dem Steinbrocken gelandet sein. Und dann hatte sich dieser gemeine Kerl aus dem Staub gemacht, obwohl er genau wußte, daß ich da in der Kälte hätte erfrieren können, bevor mich jemand fand.

Eine unbändige Wut packte mich. Ich weiß nicht, woher ich die Beherrschung nahm, um nicht schnurstracks zu den Foggelsons zurückzugehen und es diesem dreckigen, nichtsnutzigen Jack Berry ordentlich zu geben. Er sollte dafür büßen, was er damals angerichtet hatte.

Ich hätte es wohl getan, wenn Tante Lou nicht gewesen wäre. Sie brauchte mich; ich mußte Holz und Wasser für sie holen, und ich wollte nicht, daß sie sich darum sorgte, wo ich steckte. Deshalb ging ich jetzt nach Hause, einzig um ihretwillen. Um keinen Preis durfte ich sie jetzt beunruhigen, weil es doch nicht mehr lange bis zur Geburt ihres Kindes war.

Helle Aufregung

Der Frühling verging, und bald war es Juni. Nach allem, was ich erlebt hatte, erschienen mir die Tage jetzt ziemlich träge und ereignislos. In der Schule behandelte Herr Foggelson mich weder gleichgültig noch ausweichend, und das war mir eigentlich auch sehr recht so. Carmen war viel zu sehr damit beschäftigt, mit den anderen Mädchen zu tuscheln und Geheimnisse auszutauschen, um uns Jungen überhaupt zu beachten. Wir wußten alle, daß Jack Berry sie immer noch häufig besuchte.

Mir war das egal. In mir brodelte es immer noch vor Wut, wenn ich nur an Jack dachte. Seitdem ich mich wieder an alles erinnern konnte, hatte ich noch keiner Seele davon erzählt, wie dieser Schuft mich aus dem Hinterhalt angegriffen und zusammengeschlagen hatte. Vielleicht befürchtete ich insgeheim, daß mir jemand meinen Zorn ausreden würde; ich weiß nicht. Jedenfalls hegte und pflegte ich meine Verbitterung und malte mir die schlimmsten Foltern aus, die Jack Berry hoffentlich eines Tages zur Strafe erleiden müßte.

Als es Juni wurde, strahlte die Sonne warm vom Himmel. Der alte Tom trug seine verschlissene, knopflose Jacke jetzt nicht mehr, auch nicht am Abend, wenn es kühler wurde. Er schien kein normales Empfinden mehr für kalt und warm, gut und schlecht zu besitzen. Ich machte mir einfach keine Gedanken um ihn, aber Onkel Nat dafür um so mehr. Ich verstand nicht recht, warum er eigentlich so ein Aufhebens um diesen alten Trunkenbold machte. Der schien doch in seinem betrunkenen Zustand restlos glücklich und zufrieden zu sein.

Der Juni brachte viel Sonnenschein, frische Rhabarberblätter in Tante Lous Garten und die ersten Kälber und Fohlen auf den Feldern entlang der Straße mit sich. Das Frühjahr war doch die schönste Jahreszeit, dachte ich – aber dann fiel mir die Ernte im Herbst ein, und ich wußte genau, daß ich die Ernte noch lieber hatte. Und dann war da natürlich noch Weihnachten ... Also, das Frühjahr mochte ich jedenfalls gern. Sehr gern sogar.

Jeden Tag nach der Schule wartete eine Menge zusätzlicher Arbeit auf mich, aber das machte mir nichts aus. Jetzt blieb es ja abends viel länger hell, so daß ich mehr Zeit hatte. Die zusätzliche Arbeit hatte in erster Linie mit Tante Lous Garten zu tun. Die Samenkörner, die in langen Reihen ausgesät waren, schickten kleine grüne Spitzen in die Luft, die sich zu einem Blattpaar entfalteten, dann zu vier Blättern, zu sechs, bis eine junge Gemüsepflanze in das helle Sonnenlicht hineinragte.

Wie Sie sich bestimmt denken können, war es nicht nur das junge Gemüse, das in Tante Lous Beet gedieh, sondern auch das Unkraut. Meine Aufgabe war nun, es zu jäten. Das Umgraben und Harken besorgte ich zwar gern, aber wenn es darum ging, auf den Knien zwischen den Reihen entlangzurutschen und Unkraut auszureißen, war ich nicht mit dem gleichen Eifer bei der Sache. Ich tat es aber trotzdem. Schließlich konnte ich nicht zulassen, daß Tante Lou es selbst machte, weil es jetzt nur noch vier Wochen bis zur Geburt ihres Babys waren.

Tante Lou hing sehr an ihrem Garten, und es fiel ihr schwer, das Unkrautjäten jemand anders zu überlassen, aber der Doktor hatte sie davon überzeugt, daß es in diesem Jahr klüger wäre, wenn sie mich in den Garten schickte. Widerwillig hatte sie ihr Einverständnis gegeben.

Wir alle zählten schon die Tage, bis das Baby endlich ankommen sollte. Die Wiege, die Opa geschreinert hatte, stand schon in der Ecke des kleinen Zimmers, das Tante Lou das Kinderzimmer nannte, und der geflochtene Korb für die Wäsche stand gleich daneben. Tante Lou hatte weiße Rüschenvorhänge genäht und sie an das Fenster gehängt, und dann hatte sie ein paar Bilder von fremden pausbackigen Babys eingerahmt und an die Wand gehängt. Onkel Nat hatte irgendwo günstig einen gebrauchten Schaukelstuhl erstanden und frisch angestrichen. Der stand nun mit einer gestrickten Babydecke über der Armlehne in dem Kinderzimmer. Die kleine Truhe war mit winzigen Babysachen angefüllt, die Tante Lou auf ihrer alten Nähmaschine genäht hatte, und auf dem Kinderbettchen lag die Flickendecke, die Uropa so kunstvoll wie die geübteste Frau genäht hatte.

Fast jedesmal, wenn ich an der Tür vorbeikam, blieb ich stehen und warf einen Blick hinein. Bei unseren Mahlzeiten am Küchentisch unterhielten wir uns oft über Namen und ob es nun ein Junge oder ein Mädchen würde. Wir hatten alle unseren Spaß beim Planen und Vorbereiten für das Baby, und ich glaube, wir gewannen einander dadurch sogar noch lieber.

An einem Nachmittag war ich gerade draußen im Garten und jätete Unkraut, als ich einen mächtigen Durst auf einen kühlen Schluck Wasser verspürte. Die heiße Nachmittagssonne konnte einem in Windeseile Haut und Kehle austrocknen. Ich stand auf, um mich zu strecken, und nahm dabei die Reihe in Augenschein, die ich noch zu jäten hatte. Bis zum Abendbrot würde ich längst damit fertig sein.

Als ich in die Küche kam, stand der Kartoffeltopf noch auf dem Tisch, und eine halb geschälte Kartoffel lag daneben. Merkwürdig. Sonst hatte Tante Lou um diese Zeit die Kartoffeln längst auf dem Herd.

Ich horchte auf. Vielleicht war Tante Lou von irgend jemandem zu Hilfe gerufen worden. Dann hörte ich ein seltsames Geräusch von ihrem Schlafzimmer her, gefolgt von einem Stöhnen, daß mir der Schreck in alle Glieder fuhr und die Knie mir weich wurden.

Tante Lou lag auf ihrem Bett, die Hände vor das Gesicht geschlagen, und schien schreckliche Qualen zu erleiden, so reglos und steif lag sie da. Bevor ich ein Wort sagen konnte, stöhnte sie wieder. Ich lief an ihr Bett, blieb aber erschrokken stehen und fragte mich verzweifelt, was ich bloß anfangen sollte und wann Onkel Nat endlich nach Hause kommen würde.

Dann löste sich ihre Anspannung etwas, und sie schnappte nach Luft. Ihre Hände legten sich auf ihren gewölbten Bauch, und ich sah, daß ihre Augen vor Schmerzen voller Tränen waren.

„Tante Lou?“ flüsterte ich bange.

Sie drehte den Kopf zu mir um und verzog das Gesicht zu einem schwachen Lächeln.

„Oh, Josch! Tut mir leid, wenn ich dich ... Mir geht's nicht gut.“

„Soll ich Onkel Nat suchen?“ fragte ich, obwohl ich sie nicht eine Sekunde allein lassen wollte.

Sie nickte. Dann hielt sie mich mit der Hand zurück.

„Hol zuerst den Doktor!“ stieß sie hervor, und dann stöhnte sie wieder auf.

Ich rannte so schnell wie noch nie im Leben und betete dabei im stillen. „Was wird, wenn der Doktor nicht zu Hause ist, lieber Gott?“ betete ich. „Was soll ich dann bloß tun?“ Tante Lou brauchte ihn doch, und zwar sofort.

Aber er war zu Hause. Er war gerade dabei, dem kleinen Jeremy Sweeden eine Wunde in der Hand zu nähen, als ich in seine Praxis gestürzt kam. Ich fing schon an zu rufen, bevor ich bei ihm war.

„Herr Doktor, schnell! Tante Lou ist furchtbar krank!“

Der Doktor sah von der Naht auf. Er zog die Stirn in Falten, sprang aber nicht gleich auf und holte sich die schwarze Tasche, wie ich's gehofft hatte. Statt dessen sagte er: „Was ist denn los, Josua?“

„Tante Lou“, stieß ich hervor und keuchte dabei vom Laufen. „Sie hat schreckliche Schmerzen. Sie braucht Hilfe. Sofort!“

„Gut, ich komme“, antwortete er und wandte sich wieder der verletzten Hand zu.

„Sofort!“ wiederholte ich flehend. Am liebsten hätte ich ihn am Arm gepackt und zu Tante Lou gezerrt.

„Ja, Josch. Ich komme gleich. Sobald ich hier mit dieser Hand fertig bin!"

Ich wäre fast übergekocht vor Zorn. Die Hand würde schon nicht gleich abfallen, wenn er aufhörte, aber was sollte aus Tante Lou werden?

„Geh du schon vor und sorge für ein Feuer und einen Kessel heißes Wasser!" wies der Doktor mich an. „Ich komme gleich nach."

Ich rannte zu Tante Lou zurück und war froh, etwas für sie tun zu können. Sie stöhnte und wand sich noch immer, so daß ich vor Angst ganz kopflos wurde.

Es war wohl in Wirklichkeit gar nicht so sehr lange, bis der Doktor endlich anklopfte, aber es kam mir wie eine Ewigkeit vor. Er schaute nicht mal in der Küche nach, ob das Feuer auch brannte und das Wasser kochte, sondern ging geradewegs in Tante Lous Schlafzimmer und machte die Tür hinter sich zu. Zwischen Tante Lous Stöhnen konnte ich die beiden miteinander reden hören. Ich überzeugte mich davon, daß das Feuer hell brannte, und rannte dann wieder los. Ich mußte Onkel Nat suchen und hatte keine Ahnung, wo ich mich hinwenden sollte.

Wie ein gehetztes Wild rannte ich durch die ganze Stadt. Ein paar Leute fand ich, die Onkel Nat heute gesehen hatten, aber wo er jetzt gerade stecke, wußte niemand zu sagen. Schließlich rannte ich abgekämpft wieder nach Hause. Dort fand ich Onkel Nat – oder besser gesagt, seine Spuren. Der arme Dobbin stand am Pfosten angebunden. Er sah hungrig und überanstrengt aus. Onkel Nat hatte ihn bestimmt in aller Eile hier zurückgelassen, um ins Haus zu stürzen.

Ich versorgte das Pferd. War ja froh, mich irgendwie nützlich machen zu können. Mir fiel ein Stein vom Herzen, weil der Doktor und Onkel Nat jetzt beide bei Tante Lou waren.

Nachdem ich Dobbin seinen Hafer gegeben und ihn kräftig gestriegelt hatte, fing ich mit meinen übrigen Arbeiten an. In der Küche fehlte es an Brennholz, und wir brauchten Wasser in der Küche, ob Tante Lou nun krank war oder nicht. Das Unkraut im Garten würde sich wohl oder übel gedulden müssen. Nach Gartenarbeit war mir jetzt ganz und gar nicht zumute.

Als ich alles, was mir nur an Arbeit einfallen wollte, erledigt hatte, ging ich wieder in die Küche zurück. Am liebsten wäre ich draußen geblieben, aber inzwischen war es schon dunkel, und ich hatte keinen Vorwand mehr, mich dem Haus fernzuhalten. Tante Lous Stöhnen war die reinste Qual. Mir lief es heiß und kalt den Rücken hinunter, wenn ich's nur hörte.

So gut es ging, machte ich mir in der Küche zu schaffen und schälte die Kartoffeln fertig, um sie dann zum Kochen auf den Herd zu stellen. Den Braten im Ofen konnte man schon riechen. Ich wußte nicht, was Tante Lou sonst noch zum Abendessen vorgesehen hatte, weshalb ich in den Keller ging und ein Glas von ihren eingekochten Bohnen aus dem Regal nahm.

Als ich wieder in die Küche kam, saß der Doktor auf einem Stuhl am Tisch.

„Kannst du Kaffee kochen?" fragte er mich, und ich nickte.

„Dann mach doch bitte eine Kanne, Josch, ja?" bat er. „Es kann noch lange dauern, bis das Kind endlich kommt."

Ich erstarrte und hätte beinahe die Bohnen fallen gelassen.

„Das Kind?" fragte ich entgeistert. „Dazu ist es doch noch viel zu früh! Das Kind soll doch erst im Juli kommen!"

„So haben wir uns das zwar vorgestellt, aber das Baby scheint da anderer Meinung zu sein", antwortete der Doktor.

„Aber es ist doch noch zu früh", widersprach ich.

Der Doktor seufzte und trommelte mit den Fingern auf die Wachstuchtischdecke. Er sah zu mir auf, und in seinen Augen standen Traurigkeit und Hoffnung zugleich. Noch immer sagte er nichts.

„Wird die Kleine es denn gut überstehen?" fragte ich bange. Ich war derjenige gewesen, der ein Mädchen gewünscht hatte. Ich wollte, daß sie genau wie ihre Mutter würde, eine winzige, kleine Lou, die ich liebhaben und versorgen konnte, so wie Tante Lou mich versorgt hatte, als ich klein war.

„Weiß nicht", sagte der Doktor leise. Mir brach der Angstschweiß aus.

„Können Sie's denn nicht zum Aufhören bringen?"

Der Doktor schüttelte nur den Kopf. Dann stieß er ein tiefes, bekümmertes Seufzen aus.

„Ich habe getan, was ich konnte, Josch, aber es ist zwecklos. Das Kind wird bald geboren werden."

Am liebsten hätte ich ihn ausgeschimpft und angeschrien, daß er kein brauchbarer Doktor sei, wenn er nicht mal eine zu frühe Geburt verhindern konnte, aber ich fand einfach keine Worte. Alles in mir schien plötzlich wie versteinert.

Der Doktor schien meine Gedanken zu erraten. Er räusperte sich und fing zu reden an.

„Kann sein, daß wir uns in der Zeit geirrt haben, Josch. Das kommt schon vor. Damals war deine Tante Lou ja krank, wenn du dich erinnerst. Aber selbst wenn wir's tatsächlich mit einer Frühgeburt zu tun haben, ist deshalb längst nicht alles verloren. Viele Babys überstehen es bestens, auch wenn sie so früh wie das Kleine von deiner Tante Lou ankommen. Wir müssen unser Möglichstes tun und dem Kind die allerbeste Pflege angedeihen lassen. Alles andere ist Sache des Allmächtigen."

Irgendwie gelang es mir, den Kaffee aufzusetzen, um den der Doktor gebeten hatte. Ich weiß nicht, ob er überhaupt genießbar war, aber der Doktor trank ihn trotzdem. Bestimmt hatte er schon mehr als einmal miserablen Kaffee vorgesetzt bekommen.

Wir aßen zu Abend. Keiner hatte richtigen Appetit. Der Doktor machte einen Teller für Onkel Nat zurecht und brachte ihn ins Schlafzimmer, aber das Essen kam fast unangerührt wieder in die Küche zurück.

Gegen elf Uhr klopfte es an unserer Tür. Es war ungewöhnlich, daß so spät noch jemand zu Besuch kam. Es war Samuel Harris. Trotz der Dunkelheit mußte er ziemlich schnell gelaufen sein. Der Schreck stand ihm in den Augen, und er war so außer Atem, daß er kaum reden konnte.

„Ist Pastor Crawford da?“ keuchte er. Ich nickte.

„Wir brauchen ihn“, stieß Samuel hervor. „Auf der Stelle. Der alte Tom liegt im Sterben.“

„Was?“ entfuhr es mir.

„Der alte Tom. Er stirbt. Ich soll den Pastor rufen, hat er gesagt.“

„Aber er kann jetzt nicht“, entgegnete ich. „Tante Lou kriegt ihr Baby.“

„Er muß aber kommen! Der alte Tom macht’s nicht mehr lange. Hat ausdrücklich den Pastor verlangt.“

Ich wollte Samuel zur Tür hinausschieben, als ich Onkel Nats Stimme hinter mir hörte.

„Was gibt’s, Sam?“

Samuel erzählte ihm schnell alles, und ich beobachtete Onkel Nats Gesicht beim Zuhören. Ich konnte ihm ansehen, welch inneren Kampf er ausfocht.

„Tut mir leid, Sam“, sagte Onkel Nat schließlich und schüttelte traurig den Kopf. „Tut mir sehr leid, aber ich kann jetzt nicht weggehen, beim besten Willen nicht, Lou braucht mich. Es … es tut mir wirklich sehr leid.“

Samuel stand entgeistert da. Er schien gar nicht daran zu denken, wieder zu gehen.

„Er hat aber gesagt, ich soll nicht ohne Sie zurückkommen“, beharrte er.

„Wo ist er?“

„Im Mietstall.“

„Kann man ihn nicht herholen?“

„Er läßt sich von keinem anrühren. Sagt, er stirbt auf der Stelle, wenn wir versuchen, ihn woanders hinzubringen.“

„Es tut mir leid“, sagte Onkel Nat noch einmal. Es klang müde und traurig.

Endlich wandte Samuel sich ab und ging langsam und gebeugt davon.

Nur wenig später kam Onkel Nat wieder aus Tante Lous Zimmer, den Hut in der einen und das schwarze Buch in der anderen Hand. Es war nicht schwer zu erraten, daß er sich auf den Weg zu dem ständig betrunkenen Tom, unserem Stadtpenner, machte.

„Ich nehme Dobbin“, sagte er eher zu sich selbst als zu mir. „Sobald ich kann, komme ich wieder.“

Ich weiß nicht mehr, ob ich nur genickt oder auch irgend etwas geantwortet habe, aber irgendwie hatte ich das ungute Gefühl, daß sich hier ein Unheil anbahnte.

Das Baby

Der Doktor blieb bei Tante Lou, und ich ging in der Küche auf und ab. Hab' wohl gebetet; ich weiß nicht mehr genau. Eins weiß ich aber: ich hoffte inständig, daß Onkel Nat bald zurückkommen würde.

Über den alten Tom ärgerte ich mich maßlos. Onkel Nat hatte ihm schließlich schon oft gesagt, daß er mit seinem Schöpfer ins reine kommen müßte, aber darauf hatte er nie gehört, und jetzt, wo er krank und kurz vor dem Sterben war, kam's ihm plötzlich in den Sinn, sein Leben in Ordnung zu bringen.

Nicht, daß ich's Tom übelnahm, Gott nicht so, wie er war, unter die Augen treten zu wollen; aber wenigstens hätte er sich für seine Buße eine günstigere Zeit als ausgerechnet jetzt aussuchen können, fand ich.

Auf Onkel Nat war ich auch ein bißchen böse, aber wenigstens wußte ich bei ihm, daß er in einer verzwickten Lage war. Er wäre gern bei Tante Lou geblieben, und sie hätte ihn auch gern hier bei sich gehabt. Das wußte ich genau, weil ich die beiden ja oft genug darüber reden gehört hatte, wie sie die Geburt ihres ersten Kindes zusammen erleben wollten. Und jetzt mußte Tante Lou alles allein durchmachen!

Langsam krochen die Minuten dahin. Der Zeiger an der alten Küchenuhr brauchte länger als sonst für seine Reise von Ziffer zu Ziffer. Ich erwog sogar, mir eine Tasse Kaffee einzuschenken, damit ich etwas zu tun hätte, aber dann ließ ich's doch lieber bleiben. Ich hatte das Zeug noch nie gemocht und hatte mich schon oft gefragt, wie die Erwachsenen es nur runterbrachten.

Gegen Mitternacht hörte ich, wie sich in dem Zimmer

nebenan etwas zu regen schien. Ich hörte, wie der Doktor mit Tante Lou sprach; ob es Trost oder Anweisungen waren, konnte ich nicht ausmachen. Wenig später hörte ich einen spitzen Aufschrei, und dann herrschte Stille.

Ich horchte angestrengt, aber nichts war zu hören. Die Stille war noch unerträglicher als das Stöhnen. Langsam ging ich auf die geschlossene Schlafzimmertür zu. Als ich davorstand, hörte ich wieder die Stimme des Doktors. Ich konnte zwar nicht verstehen, was er sagte, aber schon allein der Ton jagte mir Angst ein.

Plötzlich schrie Tante Lou etwas. Es klang so ähnlich wie: „O nein! Bitte, mein Gott, nur das nicht!" Und dann fing sie an zu weinen. Durch die Tür hindurch konnte ich sie laut schluchzen hören. Am liebsten wäre ich zu ihr ins Zimmer gestürzt. Hab's aber nicht getan. Ich stand einfach nur da und zitterte und schwitzte und wünschte mir nichts sehnlicher, als daß Onkel Nat endlich wieder nach Hause käme.

Aber der ließ auf sich warten. Jetzt war es schon fast halb zwei, und er war noch immer nicht daheim. Der Doktor war die ganze Zeit über kaum von Tante Lous Seite gewichen. Sie war jetzt still, und als der Doktor endlich wieder in die Küche kam, wirkte er alt und müde.

„Sie schläft", sagte er kurz.

Er wußte genau, daß mir das nicht reichte.

Ich konnte nichts fragen. Sosehr ich mich auch bemühte – ich brachte keinen Ton heraus.

„Das Kind hat's nicht überlebt, Josch", sagte der Doktor. Mehr sagte er nicht.

Tausend Fragen dröhnten mir im Kopf, aber ich brachte keine davon über die Lippen. Ich konnte nicht. Ich fand einfach keine Worte. Ich wollte losheulen, aber es kamen keine Tränen.

„Du gehörst längst ins Bett, mein Junge", sagte der Doktor und goß sich mit zittriger Hand noch eine Tasse von dem starken schwarzen Kaffee ein.

Ich glaubte zwar nicht, überhaupt ein Auge zukriegen zu können, aber ich beschloß, trotzdem zu Bett zu gehen. Ich mußte unbedingt raus aus der Küche, mußte irgendwo für mich allein sein. Langsam drehte ich mich um und wollte gehen. Der Doktor suchte in seiner schwarzen Tasche herum und holte eine kleine Flasche hervor. Er schraubte den Deckel ab und ließ eine kleine weiße Tablette in seine Hand rollen.

„Hier, Josch, nimm die!“ forderte er mich auf. „Davon schläfst du besser.“

Mechanisch griff ich nach der Tablette und spülte sie mit einem Schluck Wasser aus dem Trinkeimer runter. Dann ging ich in mein Zimmer.

Warum war Onkel Nat bloß noch nicht zurück? Wo konnte er nur stecken? Wenn der alte Tom im Sterben lag, dann müßte das doch inzwischen längst geschehen sein, oder? Ich war ihnen allen beiden böse. Tante Lou brauchte Onkel Nat. Oder besser gesagt: sie hätte ihn vorhin gebraucht. Jetzt war's zu spät. Das Baby war schon tot, Tante Lou schlief. Sie würde nicht mal hören, wenn Onkel Nat nach Hause kam. Was hielt ihn bloß so lange auf?

Als ich gerade vor meinem Zimmer angekommen war, hörte ich die Stimme des Doktors. Er hatte sich auf einen von den Küchenstühlen gesetzt und trank seinen heißen Kaffee, aber er meinte mich mit dem, was er sagte.

„Es war ein Mädchen, Josch. Ein kleines Mädchen.“

Jetzt machte ich, daß ich wegkam. An dem Schluchzen, das mich schüttelte, verschluckte ich mich. Ich zog mich nicht mal aus. Ich warf mich einfach auf mein Bett und schluchzte haltlos. Es tat so furchtbar weh, wenn ich daran dachte, daß ich das kleine Baby nie liebhaben und versorgen dürfte, wie ich es mir immer gewünscht hatte. Ich weinte, weil ich an Tante Lou denken mußte, die ihr Kind verloren hatte. Ich weinte um das Baby, das kleine Mädchen, das niemals Sonnenschein und Blumen und die Liebe seiner Familie erleben würde. Als ich mich endlich ausgeweint hatte, stieg Verbitterung in mir auf.

Ich war zornig. Furchtbar zornig. Gott hätte doch alles verhindern können! Und wenn er schon das Baby sterben lassen wollte, dann hätte er wenigstens dafür sorgen können, daß Onkel Nat bei Tante Lou gewesen war, als es passierte. Aber nein, Onkel Nat war nicht zu Hause. Kümmerte sich um einen alten Säufer, der sich monatelang keins von Onkel Nats Worten zu Herzen genommen hatte. Tante Lou war ganz allein gewesen. Warum nur? War sie Gott etwa egal? Machte er sich vielleicht nichts aus denen, die ihm nachfolgten? Schließlich dienten Onkel Nat und Tante Lou ihm; sie setzten sich in der Kirche ein.

Eins wußte ich genau: Pastor wollte ich nicht mehr werden. Um keinen Preis der Welt. Wenn man sich schon nicht auf Gott verlassen konnte, wenn Not am Mann war, wozu sollte man dann sein ganzes Leben in seinen Dienst stellen?

Vielleicht hatte Herr Foggelson ja recht. Vielleicht war die Bibel in Wirklichkeit nichts weiter als eine Sammlung von Märchen. Vielleicht stimmte das, was darin stand, gar nicht. „Woher soll ich's wissen?" war mein letzter Gedanke. Dann riß mich die Wirkung der kleinen Schlaftablette endlich aus meiner Verwirrung und meinen Zweifeln.

Als ich am nächsten Morgen aufwachte, brodelte es in mir weiter. Ich war immer noch so aufgebracht wie in der Nacht. Ich war auch noch angezogen, nur, daß jemand eine Decke über mich gebreitet hatte.

Von der Küche her kamen Stimmen, und ich zwang mich zum Aufstehen. Mir lag zwar nicht viel daran, mein Zimmer zu verlassen, aber mich hier für alle Zeiten verkriechen konnte ich auch nicht. Widerwillig schob ich die Tür auf und ging aus meinem Zimmer. Jetzt erkannte ich die Stimmen. Es waren Opa und Uropa. Sie sprachen leise und gedämpft mit Onkel Nat.

Als ich mich endlich dazu überwand, die Küche zu betreten, sah ich, daß Onkel Charlie auch da war. Auf dem Tisch standen Kaffeetassen, aber niemand trank daraus.

Es wurde still, als ich hereinkam, und ich guckte vor Verlegenheit auf den Fußboden. Ich sah wohl aus wie ein

Landstreicher; das wußte ich selbst. Meine Kleider waren zerknittert, die Haare standen mir zu Berge, und mein Gesicht war vom Weinen verschwollen.

„Morgen, Junge!" sagte Opa und streckte den Arm nach mir aus, um mich an sich zu drücken. Beinahe hätte ich gleich wieder losgeweint. Opa hielt mich ganz fest in seinem Arm, als ob er mir damit irgendwie den Kummer lindern wollte.

Onkel Nat war auch da. Ich weiß nicht, wann er endlich nach Hause gekommen war. Ich fragte ihn auch nicht danach, so egal war's mir. Auf jeden Fall war's zu spät gewesen, wenn man mich fragte.

„Du freust dich sicher zu hören, daß Tom in der Nacht Frieden mit Gott gemacht hat", sagte Onkel Nat, und ich wußte, daß er selbst das als eine wahrhaft gute Nachricht betrachtete.

Ich schaute in die Runde. Es war nicht schwer zu erraten, daß alle Anwesenden ganz Onkel Nats Meinung waren.

Ich nickte. Der alte Tom hatte also Frieden mit Gott gemacht, bevor er gestorben war. Das war zwar gut so, aber allzu begeistert war ich nicht.

„Der Doktor ist jetzt bei ihm. Es geht ihm heute morgen schon viel besser."

„Ist er gar nicht gestorben?" stieß ich verdutzt hervor.

Ein leises Lachen ging um den Tisch.

„Nein, er ist nicht gestorben", erklärte Onkel Nat. „Hat aber einen gehörigen Schrecken ausgestanden."

Er war also gar nicht tot! Da hatte er doch tatsächlich Onkel Nat von Tante Lou weggerufen und dann noch nicht mal den Anstand besessen, das Zeitliche zu segnen! Und sobald ihn seine Beine wieder trugen und er aufs neue durch die Stadt taumeln und stolpern konnte, würde er sein verlottertes Leben weiterführen. Davon war ich felsenfest überzeugt. Jetzt wurde ich noch verbitterter. Entschlossen kehrte ich den Männern am Tisch den Rücken zu.

„Muß mich für die Schule fertig machen", murmelte ich.

Opa räusperte sich.

„Junge“, sagte er, „wenn dir heute nicht nach Schule zumute ist, dann brauchste nicht zu gehen.“

Mir war wirklich nicht nach Schule zumute, aber zu Hause wollte ich auch nicht herumsitzen. Da blieb mir nicht viel Auswahl übrig. Doch dann fiel mir Tante Lous Garten ein. Dort gab es noch Unkraut zu jäten. Mit einem gemurmelten Dankeschön an Opa ging ich mich waschen.

Es wurde ein langer, bitterer Tag für mich. Die Gartenarbeit half zwar, aber die ganze Zeit konnte ich dabei das Sägen und Hämmern aus Onkel Nats Holzschuppen hören. Ich wußte nur zu gut, was dort vor sich ging: die vier Männer schreinerten gemeinsam einen winzigen Sarg.

Alle paar Minuten kam Onkel Nat aus dem Schuppen und ging ins Haus, um nach Tante Lou zu sehen. Wenn sie gerade wach war, blieb er eine Weile bei ihr, und wenn sie schlief, ging er zu den Männern zurück, um ihnen zu helfen.

Der Doktor kam zweimal, einmal am Vormittag und einmal am Nachmittag. Er sprach leise mit Onkel Nat, und ich hörte, wie er etwas darüber sagte, daß es Tante Lou „den Umständen entsprechend gut“ gehe und daß sie es „mit Fassung getragen“ habe.

Als das Unkraut gejätet war, sah ich mich nach einer anderen Arbeit um. Ich versorgte Dobbin und spaltete eine Menge Brennholz. Dann holte ich Wasser, bis alle Eimer im Haus gefüllt waren.

Endlich neigte sich der lange Tag dem Ende zu. Die Männer schauten abwechselnd bei Tante Lou rein. Ich wußte, daß ihr der Beistand ihrer Lieben guttat, aber ich war einfach noch nicht soweit, um auch zu ihr gehen zu können.

Die drei Männer machten sich wieder auf den Weg zur Farm, weil die Tiere für die Nacht versorgt werden mußten. Morgen würden sie wiederkommen, versprachen sie.

Onkel Nat blieb den ganzen Abend bei Tante Lou, weshalb ich mir selbst überlassen war. Meine einzige Aufgabe bestand darin, die Tür zu öffnen, wenn jemand klopfte. Die ganze Nachbarschaft hatte inzwischen schon gehört, daß

Tante Lou ihr Kind verloren hatte, und Kuchen, Aufläufe und Brote wurden zusammen mit den Beileidswünschen von Gemeindegliedern bei uns abgegeben. Sogar Leute, die gar nicht zur Kirche gehörten, brachten Plätzchen oder Hühnchenpasteten und bekundeten ihr Beileid.

Ich war froh, als ich endlich die Tür verriegeln konnte. Ich löschte das Licht, was weitere Besucher fernhielt, und ging in mein Zimmer.

Ich muß wohl ziemlich bald eingeschlafen sein; jedenfalls erinnere ich mich nicht, lange wachgelegen und nachgedacht zu haben. Ich wollte auch gar nicht nachdenken. Und beten wollte ich schon gar nicht. Wozu sollte ich mit einem Gott reden, der nicht einmal für seine Diener sorgte.

Fügungen

Irgendwie gelang es uns, die nächsten Tage hinter uns zu bringen. Ständig kamen und gingen Leute. Die Männer legten den kleinen Sarg mit einer weichen Decke aus, und in unserer Kirche fand eine Trauerfeier statt. Angehörige, Gemeindeglieder und viele Nachbarn und Bekannte aus der Stadt kamen. Für Onkel Nat muß es besonders bitter gewesen sein, dachte ich, die Beerdigung für sein erstes Kind abzuhalten.

Tante Lou konnte nicht zur Beerdigung gehen. Opa blieb bei ihr. Ich weiß nicht, ob er überhaupt Worte hatte, mit denen er sie trösten konnte, aber vielleicht wollte sie gar keine Worte. Als ich an ihrem Zimmer vorbeiging und kurz hineinspähte, saß Opa an ihrem Bett und hielt ihre Hand fest in seiner.

Ich ging wieder in die Schule. Die Mädchen redeten flüsternd miteinander, als ich an ihnen vorbeiging, und das ärgerte mich mehr, als es mich tröstete. Was wußten die schon davon, wie es war, jemanden zu verlieren, auf den man sich schon seit Monaten gefreut hatte?

Zu Hause blieb die Tür zu dem kleinen Zimmer, das als Kinderzimmer dienen sollte, verschlossen. Sooft ich daran vorbei mußte, beeilte ich mich. Tante Lou dagegen nicht. Ich sah oft, wie sie regelrecht davor stehenblieb, als ob sie auf das Schreien eines Säuglings oder auch nur auf das sanfte Atmen eines Neugeborenen horchen wollte. Ob sie wohl manchmal, wenn sie ganz allein war, schnell in das Zimmer huschte und die winzigen Hemdchen aus der Truhe hervorholte oder die Decke auf dem Bettchen zurechtzog?

Ich war froh, als die Sommerferien anfingen. Es war wie eine Art Tapetenwechsel fürs Gemüt, dachte ich.

Unter normalen Umständen wäre ich jetzt gleich auf die Farm umgezogen, aber Tante Lou war noch nicht wieder ganz bei Kräften. Opa hatte gemeint, ich sollte ruhig noch ein paar Tage bei ihr bleiben, um ihr zu helfen.

Ich half Tante Lou zwar nicht ungern, aber ich vermißte die Farm. Die offenen Felder mit den wilden Erdbeeren hier und da, der Bach und die Angelstellen, der klare, blitzblaue Himmel – alles schien geradezu nach mir zu rufen. Es zog mich einfach raus aus der Stadt, raus aus dem kleinen Pfarrhaus, fort von anderen Menschen. Ich wäre sogar am liebsten von mir selbst fortgegangen, wenn das kein Ding der Unmöglichkeit gewesen wäre.

Aber weil alles Wunschdenken zwecklos war, fügte ich mich in das, was von mir erwartet wurde, und machte mich bei Tante Lou nützlich. Sie erholte sich langsam, aber sicher. Stundenweise war sie sogar auf und arbeitete in ihrer Küche. In den Garten ließen wir sie allerdings noch nicht, weshalb ich das Unkraut in Schach hielt, so gut es ging.

Eines Tages hatte mich Tante Lou zum Einkaufen losgeschickt, und auf dem Weg aus dem Geschäft wäre ich beinahe mit Carmen zusammengestoßen. Ich spürte, wie mir die Röte ins Gesicht stieg, und zermarterte mir das Gehirn nach irgendeiner Bemerkung, während Carmen selbstsicher und gelöst wirkte. Sie blieb sogar stehen und warf mir ihr strahlendes Lächeln zu.

„Guten Tag, Josua!" grüßte sie freundlich. „Wie geht's deiner Tante Lou?"

Es klang so, als meinte sie ihre Anteilnahme ehrlich. Nervös nahm ich meine Tüte in die andere Hand und blieb auch stehen.

„Danke, viel besser", antwortete ich. „Sie ist sogar wieder auf."

„Fein", sagte sie und lächelte wieder.

Ich sah mich um. Insgeheim befürchtete ich wohl, daß Jack Berry in der Nähe auf der Lauer lag.

„Magst du ein Eis essen gehen?" fragte sie. Wäre es nicht

ausgerechnet Carmen gewesen, die diese Frage gestellt hatte, dann hätte ich es für eine regelrecht dumme Frage gehalten. Klar mochte ich Eiskrem.

„Papa hat mir Geld für Süßigkeiten gegeben", fuhr sie fort, „aber allein schmeckt's nicht so gut wie zu zweit."

„Sicher", sagte ich und trat von einem Fuß auf den anderen. „Ich geh' gern mit."

Jack Berry war mir jetzt gleichgültig. Der war es sowieso nicht wert, daß man sich seinetwegen graue Haare wachsen ließ.

Gemeinsam gingen wir zur Konditorei, und ich hielt Carmen die Tür auf. Wir setzten uns auf die hohen Stühle am Tresen und bestellten einmal Vanilleeis für Carmen, einmal Schokoladeneis für mich.

Natürlich hatte ich nicht die geringste Absicht, mich von Carmen einladen zu lassen. Ich war froh, daß ich mir zu Hause ein paar Geldmünzen eingesteckt hatte, bevor ich weggegangen war.

„Du hast sicher gehört, daß Jack nicht mehr zu mir zu Besuch kommt", sagte Carmen leichthin. Mein Kopf fuhr in die Höhe. Sie hielt den Blick gesenkt, so daß sich ihre Wimpern dunkel und weich gegen ihre Wangen abhoben. Ich hatte fast vergessen, wie hübsch dieses Mädchen war.

Ich schüttelte den Kopf. Nein, das hatte ich noch nicht gehört.

„Es stimmt aber", fuhr sie fort. „Er war ja furchtbar langweilig! Papa konnte ihn einfach nicht ausstehen. Er verabscheut Leute ohne Geist, und Jack war einfach geistlos."

Das hätte sie nicht treffender sagen können, fand ich, behielt es aber lieber für mich.

„Papa sagt, Jack hat Kreidestaub, wo eigentlich sein Gehirn hingehört", sagte Carmen lachend. „Ach, es war einfach sterbenslangweilig mit ihm. Er konnte keinen vernünftigen Gedanken zustande bringen, ja, er konnte nicht mal den Gedanken anderer Leute folgen. Aus ihm wird nie was Besonderes." Sie zuckte mit den Achseln.

„Jetzt ist er in der Großstadt. Eine Arbeit will er sich dort suchen, hat er gesagt, und dann will er Berge von Geld verdienen, daß ich alles noch schwer bereuen würde." Wieder lachte sie, als sei das der größte Witz des Jahrhunderts.

Ich saß einfach nur da und schwieg. Ich konnte Jack Berry genausowenig ausstehen, aber irgendwie fand ich es falsch von Carmen, die ihn ja vermutlich einmal gemocht hatte, auf einmal so häßlich über ihn herzuziehen. Aber den Gedanken schob ich jetzt von mir. Was ging's mich schon an, was zwischen Jack und Carmen vorgefallen war? Prüfend schaute ich Carmen an. Sie war so hübsch wie eh und je. Vielleicht sogar noch hübscher.

„Und was tust du zur Zeit, Josua?" fragte sie.

„Weiß nicht", antwortete ich unbehaglich. „Nicht viel. Ich helfe Tante Lou."

„Ich dachte, du wärst schon längst wieder auf eurer Farm."

„Lange kann's nicht mehr dauern. Opa meinte, daß ich noch ein paar Tage hierbleiben sollte, bis Tante Lou wieder ganz bei Kräften ist."

Dann bekamen wir unsere Eiskrem, die ich auf der Stelle bezahlte, und eine Zeitlang löffelten wir schweigend. Plötzlich richtete Carmen ihre blauen Augen wieder auf mich.

„Ich habe dich vermißt, Josua", sagte sie leise. Um ein Haar hätte ich mich an meinem Eis verschluckt. „Mama vermißt dich auch", fuhr sie hastig fort. „Sie sagt immer von dir, du seist der höflichste und tapferste junge Bursche, der ihr je begegnet ist."

Das war ausgesprochen nett von ihrer Mutter. Ich aß schnell noch einen Löffel Schokoladeneis, um nicht antworten zu müssen.

„Mama sagt übrigens oft zu Papa, daß Pastor nicht der schlechteste Beruf ist", fügte Carmen hinzu.

„Damit hab' ich's mir eigentlich anders überlegt", erwiderte ich etwas gedehnt. „Ich glaube, ich werde doch lieber kein Pastor."

Carmens Gesicht erhellte sich.

„Ach, wirklich?"

„Nee. Ich dachte, vielleicht werde ich Rechtsanwalt. Oder Professor; ich weiß noch nicht genau."

Carmen lächelte mich an. Die Wimpern tanzten ihr dabei auf und ab. Ihre Freude über diesen Richtungswechsel war offensichtlich.

Ich leerte meinen Eiskrembecher. Dann fiel mir plötzlich ein, weshalb ich überhaupt in die Stadt geschickt worden war.

„Ich muß nach Hause", sagte ich. „Tante Lou wartet auf ihre Hefe hier."

Damit nahm ich meine Tüte und meine Mütze und wandte mich zum Gehen.

„Dank' dir, Josua, für das Eis!" sagte Carmen und fügte so leise hinzu, daß niemand außer mir es hören konnte: „Du darfst mich gern besuchen kommen – jederzeit sogar!"

Ich wurde rot und eilte aus der Konditorei. Mir war so zumute, als ob jedes Augenpaar im ganzen Laden auf mich geheftet sei. An der Tür sah ich mich noch einmal um. Carmen saß auf ihrem hohen Stuhl und wippte mit den Beinen hin und her. Sie warf mir zum Abschied noch ein Lächeln zu, dann war ich auch schon draußen auf dem Bürgersteig.

Ich hatte gerade die Tüte mit der Hefe auf den Küchentisch gelegt und wollte wieder ins Freie gehen, als Tante Lou mich aufhielt.

„Ich habe gerade frische Plätzchen gebacken, Josch. Möchtest du ein paar?"

Normalerweise würde ich so ein Angebot nie ausschlagen. Tante Lou war stolz auf ihre Plätzchen, und ich aß sie auch sehr gern, aber ich hatte ja eben erst einen Becher Schokoladeneis verputzt. Trotzdem wollte ich nicht abweisend sein, weshalb ich nur grinste und meine Mütze in die Ecke warf.

„Klar!" antwortete ich.

Pixie bestand immer darauf, sich an meinen Plätzchen zu beteiligen. Dagegen hatte ich keine Einwände. Ich nahm sie auf den Schoß und gab ihr ab und zu ein winziges Stück von meinem Plätzchen ab. Diese Plätzchen waren die ersten, die Tante Lou seit ihrer ... seit ihrer Krankheit gebacken hatte, und sie schmeckten prima wie immer.

„Deine Plätzchen sind doch die besten!“ lobte ich mit vollem Mund.

„Freut mich, daß du sie magst!“ sagte sie und setzte sich neben mich an den Tisch. „Vielleicht kann ich ab jetzt wieder regelmäßig backen.“

Ich nahm es ihr keineswegs übel, mit dem Backen ins Hintertreffen geraten zu sein, und das wollte ich ihr auch sagen, aber ich wußte nicht, wie ich's ausdrücken sollte. Ich nahm mir noch ein Plätzchen und gab Pixie ein winziges Stück, bevor ich mir den Rest selbst in den Mund steckte.

„Ich habe eigentlich noch gar nicht mit dir über das Baby geredet, Josch“, sagte Tante Lou unvermittelt, und ich sah sie an. Hoffentlich hatte sie nicht vor, das ausgerechnet jetzt nachzuholen, dachte ich.

„Du hast das Kleine nicht mal gesehen, oder?“

Ich schüttelte den Kopf. Ich hatte nicht das geringste Verlangen danach gehabt, Tante Lous Baby zu sehen.

„Es war so winzig. So klitzeklein! Es verschwand förmlich in seinem Hemdchen und seiner Decke!“

Ich konnte ihr anmerken, daß die Erinnerung an das kleine Wesen sie traurig und froh zugleich stimmte.

„Wir hatten uns mit dem Geburtstermin geirrt, Josch“, sagte Tante Lou schnell. „Es war pünktlich geboren worden.“

Jetzt fuhr mir der Kopf hoch, und ich sah Tante Lou geradewegs an.

„Warum ist es dann ...?“ Ich stockte. Das Wort „gestorben“ brachte ich einfach nicht heraus.

„Warum es gestorben ist? Weil es mit einer furchtbaren Mißbildung auf die Welt gekommen war. Wir wußten es damals selbst noch nicht, aber der Doktor sagt, daß ich schon schwanger war, als ich die Röteln hatte. Erinnerst du dich an die Röteln, Josch? Also, mit den Röteln ist das so: für ein Baby in seinen allerersten Monaten können sie sehr gefährlich sein – ich meine, wenn die Mutter sie bekommt. Sie können Mißbildungen hervorrufen, schwere sogar. Wir haben das nicht groß erzählt, weil wir nicht wollten, daß die Smiths auf die Idee kämen, sie hätten die Schuld an allem, weil ich mich doch bei ihnen mit den Röteln angesteckt habe. Ich wußte ja damals noch nichts von dem Baby; sonst wäre ich gar nicht zu den Smiths gegangen."

Ich saß einfach nur da und ließ mir von Pixie die Krümel von den Fingern lecken.

„Jeden Tag danke ich Gott, daß unser Baby bei ihm ist", fuhr Tante Lou fort, und Tränen stiegen ihr in die Augen. „Jeden Tag."

Tante Lou war dankbar dafür, daß ihr Baby gestorben war? Ich traute meinen Ohren kaum.

„Aber ich hab' dich doch gehört", widersprach ich heftig. „Ich habe gehört, was du da in der Nacht gesagt hast. ‚Bitte, mein Gott, nur das nicht!' hast du gerufen."

„Ja, das hab' ich", gab Tante Lou zu, und obwohl sie neben mir am Tisch saß, schien sie irgendwie mit den Gedanken weit entfernt zu sein. „Ich war kleingläubig, Josch. Ich schäme mich deswegen. Als ich das Baby mit seinen Mißbildungen zum ersten Mal sah, habe ich gerufen: ‚Bitte, mein Gott, nur das nicht!' Ich schäme mich sehr deswegen, aber ich ... ich habe Gott angefleht, das Kleine zu sich zu nehmen. Das war falsch von mir, Josch. Das hätte ich nicht tun sollen. Ich hätte aus Gottes Hand annehmen sollen, was richtig und gut für uns war."

Jetzt rannen Tante Lou die Tränen ungehindert über das Gesicht. Kann sein, daß ich auch ein paar Tränen im Gesicht hatte; weiß nicht genau.

„Später habe ich dann um die Kraft gebetet, Gottes Willen anzunehmen", redete Tante Lou weiter, „und ich konnte mit aufrichtigem Herzen sagen: ‚Dein Wille geschehe.' Nur ein paar Minuten, nachdem ich das gebetet hatte, hat Gott es dann zu sich in den Himmel geholt."

Das alles war mir unverständlich. Ich begriff kein Wort davon.

„Nun bin ich Gott doch irgendwie dankbar! Nicht um

meinetwillen, sondern um des Kindes willen. Denn unsere kleine Tochter ist jetzt vollkommen. Sie hat keine Mißbildungen mehr. Niemand wird sie je verlachen oder ihr wehtun. Sie wird keine Qualen leiden, keine Operationen über sich ergehen lassen müssen und keine Schmerzen haben."

Inzwischen hatte ich so viele von Tante Lous Plätzchen gegessen, wie ich nur unterbringen konnte. Jetzt saß ich nur da und kraulte Pixie unter dem Hals.

„Wenn es am Leben geblieben wäre, dann hätte ich Gott sicher auch dafür gedankt, Josch. Ich glaube, das Wort ‚Gnade' paßt irgendwie hierher. Gott gibt uns die Gnade, seine Fügungen dankbar und vertrauensvoll anzunehmen. Kannst du das verstehen?"

Da war ich mir nicht so sicher, weshalb ich lieber keine Antwort gab.

„Wir haben es Amanda genannt. Den Namen hattest du doch ausgesucht. Wußtest du das überhaupt?"

Ja, das hatte ich gehört.

„Es war nicht einfach", vertraute Tante Lou mir an, „aber jetzt bin ich froh, ein Juwel im Himmel zu haben. Amanda. Amanda Beatrice. Beatrice bedeutet ‚Glückbringende', und das Kleine hat uns ja Freude gebracht, schon in den Monaten, als wir sie erwarteten. Und jetzt freuen wir uns, weil es im Himmel ist, wo ihm nichts mehr zustoßen kann."

Tante Lou stand auf und wischte sich die letzten Tränenspuren mit der Schürze ab.

„Ich weiß, wie schwer das alles für dich war, Josch", fuhr sie fort. „Du hattest dich doch fast so sehr wie Nat und ich auf das Baby gefreut. Es ist nicht leicht, es loszulassen; das weiß ich, Josch, aber wir können doch froh sein, daß es jetzt an einem sicheren Ort ist, wo es geliebt wird und Gott selbst es versorgt." Sie schwieg einen Moment. „Und sobald ich wieder ganz gesund und bei Kräften bin, dann werden wir wieder ein Baby bekommen. Diesmal brauchen wir uns wegen der Röteln keine Sorgen zu machen; das ist jetzt vorbei. Ich weiß, das Warten wird lang werden, aber sollst nur sehen: die Monate vergehen wie im Flug, und bevor du dich's versiehst, hast du deine kleine Base – oder deinen kleinen Vetter!"

Tante Lou strich mir über den Kopf und zerzauste mir die Haare. Jetzt lächelte sie wieder.

„Wir werden's schaffen, Josch", sagte sie. „Mit Gottes Hilfe werden wir's alle schaffen."

Ich stand auch auf. Ich hatte noch Holz zu spalten und ins Haus zu tragen. Außerdem war ich froh, aus der Küche zu kommen.

Jetzt war ich restlos durcheinander. Wir hatten unser Baby verloren, unsere Amanda Beatrice, aber Tante Lou hatte gesagt, daß sie Gott jeden Tag dafür danke, es nicht am Leben gelassen zu haben. Wie hatte ich auch wissen können, daß Gott in Wirklichkeit Tante Lous Gebet damit erhört hatte, als er die kleine Amanda Beatrice zu sich in den Himmel geholt hatte?

Trotzdem ärgerte ich mich immer noch darüber, daß Onkel Nat damals nicht bei Tante Lou gewesen war. Wenn Gott ihr wirklich helfen wollte, dann hätte er es doch so einrichten können, daß der alte Tom irgendwann zu einem anderen Zeitpunkt krank wurde oder daß das Baby entweder davor oder danach geboren wurde. Es gab einfach keinen Grund, weshalb Tante Lou ganz allein ein schwerkrankes Kind zur Welt bringen mußte, das dann obendrein auch noch gestorben war. Das hätte Gott doch wirklich verhindern können.

Ach, ich wußte nicht, was ich denken und wie ich das alles verstehen sollte.

Wie es weitergeht

Bevor ich für die Sommerferien auf die Farm fuhr, besuchte ich Carmen noch einmal. Weiß selbst nicht, wie mir dabei zumute war. Spaß hat's schon gemacht, wieder mit ihr in Büchern zu blättern und mich mit ihr zu unterhalten. Es war spannend, mir ein paar von den farbig illustrierten Büchern aus Herrn Foggelsons Regal nehmen zu dürfen, um darin zu schmökern. Ich habe mich auch gefreut, Frau Foggelson mit ihrem wohlwollenden Lächen wiederzusehen. Sogar der Tee und das Gebäck schmeckten mir, jedenfalls einigermaßen, aber irgendwie wurde ich das unbestimmte, bohrende Gefühl nicht los, daß ich einen Fehler machte. Ich versuchte, mich nicht daran zu stören, aber es verschwand nicht.

Herr Foggelson blieb eine Zeitlang bei uns und redete über gute Bücher, die ich unbedingt lesen sollte. Er las mir sogar ein paar Abschnitte aus einem Geschichtsbuch vor und fragte mich, was ich von diesem oder jenem Gedanken hielt. Ich antwortete, so gut ich konnte, aber zum Teil waren es Sachen, die ich noch nie gehört hatte.

Ich glaube, Carmen und ich atmeten beide auf, als er uns endlich in Ruhe ließ. Sie erzählte mir mehrmals, wie „stumpfsinnig" sie Jack Berry fand und wie sehr sie meine Besuche vermißt hatte. Das glaubte ich ihr sogar beinahe. Insgeheim fragte ich mich, wieso sie so lange gebraucht hatte, um Jacks „Stumpfsinn" zu entdecken, aber das verschwieg ich wohlweislich.

Jack Berry gehörte sowieso nicht zu den Leuten, über die ich mich gern unterhielt. Ich hatte nämlich noch nicht vergessen, was er mir angetan hatte. Ich fand, es war mein gutes Recht, ihn zu verabscheuen, und genau das tat ich auch.

Um ehrlich zu sein, genügte mir schon der bloße Gedanke an Jack Berry, wenn ich mich mal richtig ins Selbstmitleid hineinsteigern wollte oder einen Grund suchte, in Wut zu geraten. „Jack Berry. Jack Berry“, ließ ich es immerzu in meinen Ohren dröhnen, und dann dachte ich an die Fäuste, die mich aus der Dunkelheit trafen, an den Geschmack von Blut und den Schmerz in meinem Kopf. Damit rührte ich die alte Bitterkeit wieder auf. Irgendwie empfand ich das sogar als eine Art von Wohltat; jedenfalls gönnte ich mir dieses bittersüße Selbstmitleid des öfteren. Zum ersten Mal im Leben hatte ich einen Grund, der ganzen Welt böse zu sein.

Zugegeben, ich hatte mich schon früher mal hier und da über eine Ungerechtigkeit geärgert, aber dann hatte mir immer eine innere Stimme gesagt: „Das ist nicht recht von dir, Josch. So schlimm hat's dich nun auch wieder nicht erwischt!“ Wenn ich aber daran dachte, wie Jack Berry mich fast ums Leben gebracht hätte, dann fand ich meine Wut eigentlich voll und ganz gerechtfertigt.

Also, zu mehr als dem einen Besuch bei Carmen reichte es nicht. Tante Lou hatte sich wieder so weit erholt, daß sie mich für die Sommerferien zur Farm schickte. Sie wußte ja, wie sehr ich die Landwirtschaft vermißte. Opa versprach ihr, alle paar Tage in die Stadt zu kommen und bei ihr nach dem Rechten zu sehen. Onkel Nat sorgte dafür, daß sie keine Wassereimer zu schleppen brauchte, und erledigte auch das Umgraben im Garten für sie. So fuhr ich also zur Farm zurück, wo die grünen Felder und die saftigen Weiden lockten.

Pixie war fast so froh wie ich, wieder auf der Farm zu sein. In den ersten zehn Minuten rannte sie immerzu im Kreis herum, und die nächsten zehn Minuten verbrachte sie dann damit, ihre Umgebung auszukundschaften, falls sich seit dem letzten Mal irgendwas verändert haben sollte.

Wir lachten alle über sie, aber ich wußte genau, wie ihr zumute war. Ich hätte ja am liebsten selbst gleich einen kleinen Rundgang gemacht.

Was mich am meisten anzog, war der Bach, aber allzu ungeduldig wollte ich nun auch wieder nicht erscheinen – ich meine, gleich nach meiner Ankunft wieder loszurennen. Da hatte ich allerdings die Rechnung ohne meine Angehörigen gemacht. Die kannten mich nämlich ziemlich gut. Kaum hatte ich meine Sachen in mein Zimmer gebracht und war in die Küche gegangen, als Opa mich fragte:

„Ob du uns wohl ein paar Fische zum Abendbrot verschaffen kannst, Junge?"

Ich grinste und nickte.

„Sie beißen zur Zeit prächtig an, hört man", meldete auch Onkel Charlie sich zu Wort.

„Aber was wird aus meiner Stallarbeit?" wandte ich ein.

„Damit werden wir wohl noch einen Tag länger fertig", meinte Opa. „Wenn du uns das Abendbrot aus dem Bach holst, sind wir voll und ganz mit dir zufrieden."

„Und wenn du ein paar große Fische an die Angel bekommst", versprach Uropa augenzwinkernd, „dann gehe ich morgen mit dir angeln."

Die drei Männer hatten wohl geahnt, daß ich den Ausflug an den Bach dringend nötig hatte. Ich hatte Uropa immer gern mitgenommen und hätte ihn auch den ganzen Sommer über jeden Tag bei mir gehabt – nur heute nicht. Nachdem sich so viel ereignet hatte, daß ich innerlich ganz aufgewühlt und durcheinander war, brauchte ich diesen Tag ganz für mich allein.

Der Bach zeigte sich von seiner schönsten Seite. Das Wasser rieselte silberhell über die Kiesel. Es war fast so sauber und klar wie oben an der Quelle, wo es aus dem harten Felsen herauskam. Die hellgrünen Blätter wogten im Nachmittagswind hin und her und verstreuten Lichtflecken wie Konfetti in der weichen, stillen Luft. Die Vögel waren ein einziges Zwitschern und Tschilpen. Mit dem Nestbau waren sie fertig, und jetzt versorgten sie fleißig ihre Jungen. In der Nähe piepste ein ganzes Nest voll winziger Rotkehlchenjungen nach Futter. Ich mußte an die beiden kleinen Kinder bei unserem letzten Gemeindepicknick denken, die mit ihren Blechlöffeln lautstark auf ihren hohen Stühlchen herumgetrommelt hatten. Einen Riesenlärm hatten die veranstaltet!

Bei dem Gedanken an die beiden Dreikäsehochs kamen mir Tante Lou und ihre kleine Amanda wieder in den Sinn. Eigentlich begriff ich immer noch nicht richtig, was da eigentlich passiert war. Tante Lou war dankbar dafür, daß ihr Baby – ihr hilfloses, krankes Baby – jetzt im Himmel war, wo es keine Krankheiten und keine Schmerzen gab.

Tante Lou hatte ihr Baby so liebgehabt, daß sie sogar bereit gewesen war, es herzugeben, wenn es dadurch an einen besseren Ort kam. Ich wußte aber auch, daß sie großen Kummer hatte. Oft hatte sie gesagt, daß ihr die Gebete der anderen Tag für Tag halfen, den Kummer auszuhalten, und daß sie gar nicht wüßte, wie sie ohne diese Gebete fertig werden sollte. Na schön, dann sollten die Leute für sie beten. Sie brauchte schließlich alle Hilfe, die sie kriegen konnte.

Ich für meinen Teil hatte allerdings noch ein paar Fragen, und mit denen wurde ich nicht fertig. Warum hatte Gott es überhaupt zugelassen, daß Tante Lou die Röteln bekommen hatte? Und warum hatte er es nicht verhindert, daß sie das Baby ohne Onkel Nat an ihrer Seite zur Welt bringen und allein zusehen mußte, wie es dann starb? Wenn Gott tatsächlich ein Gott der Liebe war, warum hatte er alles so kommen lassen, wie es passiert war? So würde ich niemanden behandeln, den ich liebhatte, soviel stand fest.

Nein, das hätte Gott alles ganz anders machen können, und ich dachte gar nicht daran, ihm zu verzeihen. Ich begriff einfach nicht, was er sich dabei gedacht hatte. Fügte er seinen Nachfolgern etwa mit Absicht Schmerzen zu? Dabei fiel mir ein, daß ich schon Prediger hatte sagen hören, in solchen Zeiten lerne man „echtes Gottvertrauen" und erfahre „geistliches Wachstum". Also, ich fand jedenfalls, daß es dazu auch andere Wege geben müßte. Diese Prediger hatten sich die Sache mit dem Vertrauen und dem Wachstum bestimmt nur ausgedacht, um Gott in Schutz zu nehmen, wenn er mal wieder etwas Trauriges zugelassen hatte. Nein, es blieb dabei: Wenn Gott seine Diener so schäbig behandelte, dann würde ich keiner werden wollen.

Ich wußte zwar nicht, ob ich ihm überhaupt fehlen würde, aber ich hoffte wenigstens, daß ihm die ganze Sache leid tat, jedenfalls so ein bißchen. Schließlich war das das einzige, womit ich es ihm heimzahlen konnte.

Bei diesen Überlegungen fing ich zwei stattliche Fische und trug sie stolz nach Hause, um sie den Männern vorzuführen.

„Sieh an, sieh an!“ strahlte Opa. „Hast dir dein Abendessen redlich verdient, Junge!“

Auch Onkel Charlie grinste vergnügt und nahm die Fische entgegen, um sie für die Bratpfanne zu zerlegen.

„Dann steht also für morgen ein Ausflug auf dem Programm, Josua, nicht wahr?“ fragte Uropa. „So einen Fisch hätte ich auch gern an meiner Angel. Ich wäre gern zum Angeln an den Bach gegangen, aber ohne dich macht's keinen rechten Spaß. Wie sieht's aus, mein Junge: Würdest du wohl morgen einen alten Mann mit an den Bach nehmen? Sind wir uns einig?“

„Klar“, nickte ich. „Morgen gehen wir angeln.“

„Bestens!“ Uropa rieb sich die Hände. „Dann mache ich mich am besten gleich an die Arbeit und säubere meine Angelhaken.“

Die beiden Fische schmeckten ausgezeichnet. Sogar Pixie bekam eine Kostprobe. Ich gab ihr ein paar winzige Stückchen, nachdem ich sie gründlich auf Gräten untersucht hatte. Sie leckte sich die Schnauze und bettelte um mehr. Ich ließ sie statt dessen meine fettigen Finger ablecken.

Wir gingen alle früh zu Bett. Ich wußte nicht, warum ich so müde war. Es hatte Tage gegeben, an denen ich viel härter bei der Arbeit zugepackt hatte und danach längst nicht so erschossen war wie jetzt. Bestimmt lag's an der Aufregung darüber, endlich wieder auf der Farm zu sein, sagte ich mir. Ich legte den Arm um Pixie und machte es mir zum Einschlafen gemütlich. Dabei kümmerte es mich wenig, daß ich mir nicht mal Zeit für mein Abendgebet genommen hatte.

An einem Nachmittag kam Willi auf seinem Pferd Nell zu Besuch. Nell war fett und faul und reichlich ungelenk, aber Willi hätte sich nie im Leben eine tadelnde oder hämische Bemerkung über sein Pferd angehört. Er ritt es schon seit dem ersten Schuljahr, und er hing heute noch genauso an diesem Tier wie damals, als es noch ein lebhaftes Ding mit hoch erhobenem Kopf und schwungvollem Schritt gewesen war. Ich hätte es mir nie erlaubt, mich über Nell lustig zu machen.

Gemeinsam striegelten wir das alte Pferd und redeten dabei über dies und das, was zwei Jungen halt so in den Sommerferien zu bereden haben. Schon jetzt sprachen wir von unserem nächsten Ausflug. Je länger unsere Wanderung bachaufwärts zurücklag, desto glorreicher erschien sie uns. Die nächste Gelegenheit, die sich nur bot, würden wir gleich nutzen, beschlossen wir. Nur daß wir diesmal tunlichst einen Bogen um Turleys Weide machen würden.

„Weißt du", sagte Willi, „seit unserer Wanderung verstehe ich mich viel besser mit Avery. Der ist schwer in Ordnung. Wir unternehmen jetzt viel miteinander. Früher konnte ich nicht begreifen, weshalb er's dir so angetan hatte. War sogar ziemlich sauer, weil er dein bester Freund war und nicht ich. Jetzt, wo ich ihn besser kenne, finde ich ihn eigentlich ganz patent."

Ich war ziemlich überrascht, das zu hören – nicht, daß Willi sich mit Avery angefreundet hatte, sondern daß er früher eifersüchtig auf ihn gewesen war, weil er mein bester Freund war.

„Seiner Mutter geht's inzwischen viel besser", fuhr Willi fort. „Und Avery sieht auch schon viel klarer, was Gott betrifft, Josch. Jetzt steht er nicht mehr tausend Ängste aus wie früher, und er ist auch selbstsicherer geworden. Weißt du, ich glaube, Gott hatte unsere Wanderung extra dazu bestimmt, um Avery zu noch einem guten Freund zu verhelfen."

Willi machte eine Pause und verfiel ins Nachdenken. Ich für meinen Teil hatte auch Grund zum Nachdenken. Dabei hatte ich das Gefühl, als hätte Avery an Willi einen viel besseren Freund als an mir. Immerhin half Willi ihm, Gott besser kennenzulernen, während ich ihn in dieser Hinsicht sich selbst überlassen hatte.

„Wie funktioniert das eigentlich?" fragte Willi dann unvermittelt. „Kommt man Gott näher, wenn man nicht viele Sorgen hat, oder macht man sich nicht so viele Sorgen, wenn man Gott nähergekommen ist? Was meinst du?"

Ich sah in das ernste Gesicht meines Freundes und zuckte mit den Achseln. Woher sollte ich wissen, was von beiden zuerst kam – falls überhaupt?

Nun führte ich Willi ein paar von Pixies Kunststücken vor, und danach wollte er ausprobieren, ob sie ihm auch gehorchte. Als Pixie dann ein paar von seinen Befehlen ausführte, war er ganz stolz auf sich. Er hatte sich schon immer einen eigenen Hund gewünscht, sagte er.

Schließlich setzten wir uns unter die große Pappel im Hof und aßen Plätzchen und tranken von Onkel Charlies frischer Limonade, bis uns der Bauch weh tat. Anschließend kamen wir auf die Idee, zum Teich zu gehen und uns im Steinchenschleudern zu versuchen.

„Hast du schon gehört, daß das Schulamt schon wieder auf der Suche nach einem neuen Lehrer ist?" fragte Willi beiläufig und warf mit geübter Hand ein flaches Steinchen auf den Weiher, daß es nur so hüpfte.

Nein, das war mir neu. Meine Gedanken flogen sofort zu Carmen anstatt zu Herrn Foggelson.

„Was? Aber warum denn?" fragte ich Willi.

„Man hatte etwas gegen das, was er unterrichtet hat, Evolution zum Beispiel, und dergleichen."

Das konnte ich mir leicht vorstellen. Opa wäre auch nicht sehr begeistert gewesen, wenn er gewußt hätte, was in der Schule gelehrt wurde.

„Deshalb ist er auch von der letzten Schule geflogen, weißt du“, fuhr Willi fort.

„Ja“, antwortete ich so beiläufig, wie's nur ging. „Das hab' ich gehört.“ Woher ich das wußte, behielt ich lieber für mich.

„Wann gehen sie denn fort?“ fragte ich statt dessen.

„Er versucht noch, seine Vorgesetzten davon zu überzeugen, ihn hierbleiben zu lassen“, antwortete Willi. „Glaub' aber kaum, daß er damit eine Chance hat. Ein paar von den Leuten bei der Behörde sind ziemlich verstimmt. Sie hätten das Ganze ja nicht so schlimm gefunden, wenn Herr Foggelson seine Lehre als Theorie bezeichnet hätte, aber er hat sie als erwiesene Wahrheit hingestellt, als ob's keinen anderen Weg gäbe. Das ist es, was ihnen an der Sache nicht paßt.“

„Was meinst denn du dazu?“ fragte ich ihn.

„Ich finde auch, er hätte es nicht als unvermeidliche Tatsache hinstellen sollen. Die Kinder in den unteren Klassen geraten dadurch nur ins Stolpern, und ...“

„Das meine ich doch gar nicht“, unterbrach ich ihn.

„Was dann?“

„Ich meine, ob du's für möglich hältst, daß alles tatsächlich so gewesen ist – daß es wirklich eine Art Evolution gegeben hat?“

„Daß die Welt einfach so entstanden ist und Gott nicht alles erschaffen hätte?“

„Ja. Hältst du's für möglich, daß es so war?“

„In der Bibel steht etwas anderes. Ich finde, es klingt hirnverbrannt. Eigentlich ist es viel schwerer, an die Evolution zu glauben als an einen Schöpfer. Was meinst du selbst?“

„Vielleicht hast du recht“, sagte ich nachdenklich. „Vielleicht ist das Ganze ja nichts als Unsinn.“

Willi wechselte das Thema. „Hast du schon gehört, was aus dem alten Tom geworden ist?“

„Was denn?“

„Der hat darum gebeten, als Küster in der Kirche arbeiten zu dürfen – ganz ohne Bezahlung. Gewissermaßen als Dank an Gott, weil er ihm gerade noch rechtzeitig geholfen hat, Ordnung in seinem Leben zu schaffen. Jetzt verbringt er jede freie Minute dort und fegt und putzt die Fenster. Leistet auch gute Arbeit im Mietstall. Hat schon die erste Erhöhung gekriegt."

„Erhöhung?"

„Ja, bessere Bezahlung. Zuerst wollten sie abwarten, ob er auch tatsächlich zuverlässig ist oder ob er sein erstes Geld gleich wieder in der Wirtschaft versäuft. Hat er aber nicht. Und Frau Larkin sagt, er sei ein guter Untermieter. Hält sich selbst und das Zimmer ordentlich und sauber und kommt immer pünktlich zum Essen. Macht sich sogar hier und da nützlich, wenn's was zu tun gibt."

Ich hörte mit dem Steinchenwerfen auf und sah Willi an.

„Alle Achtung!" sagte ich und verspürte sogar eine Art Dankbarkeit dem alten Tom gegenüber. Ein tüchtiger Küster würde Onkel Nat das Leben wesentlich erleichtern, soviel stand fest. Der hatte nämlich bislang das Reinemachen in der Kirche neben seinen anderen Pastorenaufgaben eigenhändig erledigt.

Wir warfen Steinchen, bis wir eine Ente mit ihrer Gefolgschaft Jungen sahen, die sich zu einem Ausflug auf den Weiher anschickten. Dann setzten wir uns auf den feuchtwarmen Boden und schauten ihnen beim Spielen im Wasser zu.

Carmen fiel mir wieder ein – ob sie mit ihren Eltern aus unserer Stadt wegziehen mußte und was sie selbst wohl zu dem ganzen Durcheinander meinte, als Willi mich wieder aus meinen Gedanken riß.

„Du freust dich bestimmt ganz besonders über den alten Tom", sagte er.

„Wie meinst du das?"

„Na, weil er mit Gott ins reine gekommen ist. Keiner von uns hätte das je für möglich gehalten. Wir dachten doch alle, daß Tom ein viel zu schlimmer Sünder wäre, als daß Gott sich noch für ihn interessierte. Der war doch schnurgerade auf dem Weg zur Hölle, haben wir gedacht. Aber irgendwo muß er wohl noch einen Funken von Gewissen besessen haben, sonst hätte er dir ja nicht geholfen, als du im Dunkeln hingefallen warst und dir den Kopf angestoßen hattest. Da freut's dich bestimmt um so ..."

Ich hatte genug gehört.

„Ich bin gar nicht hingefallen", zischte ich. Vor Zorn klang meine Stimme hart wie Eisen.

Willi sah mich an, als ob ich den Verstand verloren hätte.

„Ich bin gar nicht hingefallen", wiederholte ich. „Es war dieser elende Lump von Jack Berry ..."

„Wovon redest du eigentlich?" rief Willi und stützte sich auf den Ellbogen, um mich besser sehen zu können.

„Jack Berry", wiederholte ich hitzig. „Der hat unter dem Baum auf dem Schulhof auf der Lauer gelegen. Er war böse auf mich, weil er in Carmen verknallt war und ich sie besucht hatte. Er hat mich gepackt und auf mich losgeschlagen. Ich konnte nicht mal sehen, mit wem ich's da zu tun hatte. Hab' versucht, mich zu wehren, und ich hab' ihm wohl auch ein paar anständige Hiebe verpaßt, aber dann hat er mir einen Schlag versetzt, daß ich am Boden gelandet bin und mir den Kopf an den Steinbrocken gestoßen hab'. Und dieser elende Feigling hat sich aus dem Staub gemacht, ohne sich darum zu kümmern, was aus mir wurde. Hat sich keinen Deut darum geschert, daß ich in der Dunkelheit längst erfroren sein konnte, bis mich jemand fand."

Willi setzte sich aufrecht ins Gras und sah mich an, als sei ich restlos verrückt geworden.

„Wie kommst du denn auf diese komische Idee?" fragte er.

„Was soll das heißen?" fuhr ich ihn an. „Ich war schließlich dabei, oder nicht?"

„Ja, aber davon hast du doch kein Wort gesagt, nachdem's passiert war. Du hast erklärt, du wärst hingefallen. Du hast gesagt, du könntest dich an nichts erinnern."

„Konnte ich auch nicht. Jedenfalls lange Zeit nicht. Und dann, als Jack angefangen hatte, Carmen seine Aufwartung zu machen, hat er's einmal selbst zugegeben. Hat zu mir gesagt, er würde mich beim nächsten Mal noch übler zurichten, wenn ich mich je wieder in Carmens Nähe wagen sollte."

Schon bei dem bloßen Gedanken an seine Worte kochte ich vor Wut.

„Aber warum hast du denn keinen Ton von alledem gesagt? Ich meine, nachdem du dich wieder erinnern konntest? Warum hast du uns nichts davon erzählt?"

„Was wäre schon dabei herausgekommen?" fragte ich bissig zurück, und Willi nickte. Er schien längst nicht so aufgebracht zu sein wie ich selbst, aber ich konnte ihm ansehen, daß er verstört war. Schließlich gehörte ich zu seinen besten Freunden.

„Das ist die abscheulichste Sache, die mir je zu Ohren gekommen ist", sagte er endlich. „Wie konnte Jack nur so etwas tun?"

„So ist er nun mal, der liebe, nette Jack", gab ich höhnisch zurück.

„Hat er sich je bei dir entschuldigt?"

„Das soll wohl 'n Witz sein!" stieß ich verächtlich hervor. „Der würde mich doch glatt nochmals zusammenschlagen, wenn er die Gelegenheit dazu hätte!"

„Das ist schlimm", sagte Willi. „Wirklich schlimm!"

Ein paar Minuten lang sagte keiner von uns beiden etwas. Willi zupfte Grashalme auseinander, und ich hämmerte zwei Steine gegeneinander. Am liebsten hätte ich jetzt Jack Berrys Finger zwischen den beiden Steinen gehabt.

„Kein Wunder, daß er sich danach nicht mehr in die Schule gewagt hat", sagte Willi dann nachdenklich.

Das war mir noch gar nicht in den Sinn gekommen, aber Willi hatte bestimmt recht. Jack war von der Schule gegangen, weil er sich nach der Prügelei mit mir nicht mehr dort sehen lassen wollte. Es war die reinste Genugtuung für mich, daß er wenigstens diesen einen Verlust davongetragen hatte.

„In der Stadt redet man allerhand über Jack", fuhr Willi fort, und seine Stimme klang ein wenig traurig.

„Was denn?“ fragte ich und wußte nicht mal, ob ich’s wirklich hören wollte.

Willi stützte sich wieder auf seinen Ellbogen und fing an, Grashalme aus dem Boden zu reißen und in die Luft zu werfen. Er wollte Zeit gewinnen.

„Na, was denn?“ fragte ich noch einmal.

„Du weißt doch, daß Jack in die Großstadt gegangen ist.“

Ich nickte. Das hatte Carmen mir schon erzählt.

„Carmen und er haben wohl Krach miteinander gehabt. So heißt’s jedenfalls in der Stadt. Ich habe keine Ahnung, ob etwas Wahres daran ist und worum’s überhaupt gegangen ist.“

Ich wußte auch nichts Genaues.

„Vielleicht ist’s ja nicht mal zu einem regelrechten Krach zwischen den beiden gekommen“, vermutete Willi. „Vielleicht hat Carmen sich’s nur anders überlegt, was Jack betrifft, weiter nichts. Es scheint, als ob Carmen oder ihr Vater – ich weiß nicht, wer von beiden – der Meinung ist, ein Bursche hätte mächtig klug und reich zu sein, wenn er seine Aufwartung bei Foggelsons machen will. Wie dem auch sei, jedenfalls ist Jack losgezogen, um möglichst schnell reich zu werden und Eindruck bei Carmen oder ihrem Vater zu schinden. So hat er also in der Stadt sein Glück versucht – aber auf die falsche Art. Nur die wenigsten wissen etwas darüber, aber Jack ist im Gefängnis gelandet.“

Willi schaute so bekümmert drein, als ob wir hinter dem guten alten Jack herzutrauern hätten. Das Ganze kam mir plötzlich urkomisch vor. Es war nicht nur lustig, sondern geschah ihm auch recht. Ich warf den Kopf in den Nacken und lachte lauthals los.

Willi sah überrascht zu mir auf und schleuderte mir das nächste Grasbüschel ins Gesicht.

„Was ist denn mit dir los?“ wollte er wissen. „Was soll denn daran so witzig sein, wenn einer ins Gefängnis muß?“

„Gar nichts“, antwortete ich und versuchte, mich wieder einzukriegen. „Nur, daß es keinen rechtschaffeneren Burschen erwischen konnte!“

Willi warf mir einen ernsten Blick zu und stand auf. Er sah regelrecht erbost aus, und das kam bei ihm nicht oft vor.

Plötzlich packte mich eine unbändige Wut.

„Hör mal zu, Willi!" schimpfte ich los. „Dieser Kerl fällt mich im Dunkeln an und hätte mich glatt umbringen können. Was erwartest du denn von mir? ‚Armer kleiner Jack. Nein, so übel hat man ihm mitgespielt!'" wimmerte ich spöttisch.

Willi schien meine Vorführung nicht sonderlich zu gefallen.

„Komm schon, Willi, so ist das Leben nun mal!" steigerte ich mich in meinen Zorn hinein. „Der Kerl hat bloß seine gerechte Strafe bekommen, nicht mehr und nicht weniger!"

Willi stand nur da und sah mich lange an.

„Darum geht's ja gar nicht, Josch!" erklärte er mit ruhiger, gleichbleibender Stimme.

„Was meinst du eigentlich?" warf ich ihm an den Kopf. Es paßte mir nicht, daß er sich beruhigt hatte, während ich noch vor Wut kochte.

„Du weißt genau, was in der Bibel über Vergebung steht."

„Dieser gemeine Bursche hat mich in der Dunkelheit zusammengeschlagen!" verteidigte ich mich hitzig. „Was erwartest du eigentlich von mir? Soll ich vielleicht sagen: ‚Natürlich verzeih' ich dir, Jack, mein Freund. Ich weiß doch, daß du's nicht böse gemeint hast'?"

„Klar hat er's böse gemeint", gab Willi mir recht. „Wenn das stimmt, was du sagst – und ich hab' keinen Grund, dein Wort anzuzweifeln, Josch. Klar wollte er dich übel zurichten. Aber heißt es denn in der Bibel: ‚Vergib nur, wenn der andere es nicht böse gemeint hat'? Nein. Es heißt: ‚Vergib ihm.' Punktum. So hat Jesus es gehalten. Oder meinst du vielleicht, daß Jack dir größeres Unrecht zugefügt hat, als Jesus damals über sich ergehen lassen mußte?"

Das war eine alberne Frage, und das wußten wir beide.

„Er verdient's aber nicht, daß ich ihm verzeihe!" beharrte ich dickköpfig. „Einer, der im Dunkeln auf der Lauer liegt und ..."

Willi ließ mich nicht mal ausreden.

„Das hat nichts damit zu tun, was er verdient hat. Begreifst du denn nicht? Du hast dich schließlich nicht für Jack Berry zu verantworten, sondern für Josch Jones. Jacks Untaten haben nichts mit dir zu tun. Sieh doch, Josch, was Jack getan hat, war wirklich eine Gemeinheit. Das bestreitet niemand. Kein Mensch behauptet, daß Jack dein Verzeihen verdient hat, jedenfalls nicht nach landläufiger Logik. Aber Gott legt einen anderen Maßstab an. Ob du nun verzeihst oder nicht, wird Jack ziemlich gleichgültig sein. Den größten Schaden trägst du selbst davon, Josch. Du bist zufällig mein Freund, Josch, und du bist derjenige, der Vergebung braucht."

„Ich?" sagte ich ungläubig. „Was hab' ich denn verbrochen?"

„Haß! Rache! Bitterkeit! Das sind alles Sachen, die grundverkehrt sind und für die man um Vergebung bitten muß. Gott sagt, daß er nur solchen Leuten vergibt, die auch anderen vergeben. Ich möchte nicht, daß dir nicht vergeben wird, Josch." Die Stimme versagte ihm.

Mein bester Freund Willi hatte tatsächlich Tränen in den Augen. Er wandte sich von mir ab und trat gegen einen Stein. Ich wußte, daß er um seine Fassung kämpfte.

Als ich ihn so dastehen sah, gingen mir seine Worte durch den Kopf. Liebe Güte! Daran hatte ich überhaupt noch nicht gedacht.

Willi schluckte noch immer mühsam. Als er sich wieder zu mir umwandte, war er etwas blaß im Gesicht, und seine Stimme klang reichlich unsicher.

„Ich muß gehen, Josch", sagte er. „Bis Sonntag!" Damit drehte er sich um, die Tränenspuren noch immer in den Augen.

Erbittert sah ich ihm nach. Ich kämpfte mit mir. Ja, ich war noch immer wütend auf Jack Berry. Es tat mir nicht im geringsten leid, daß er in irgendeiner Großstadt im Kittchen gelandet war.

Doch dann überlegte ich mir, wie es wohl sein mochte, ganz allein in einer fremden Stadt im Gefängnis zu sitzen, weit und breit keine Seele zu kennen und fern von grünem Gras und blauem Himmel eingesperrt zu sein. Angenehm war das bestimmt nicht. Aber das hatte er sich doch selbst eingebrockt, sagte ich mir. Doch dann fielen mir ein paar Dinge ein, die ich angerichtet hatte. Ich dachte an meine unbändige Wut, an den Haß, die Rachegedanken, die Eigensucht in meinem Herzen; nein, ich war kein besserer Mensch als Jack!

Ach, es war ein heilloses Durcheinander. Ich wußte überhaupt nicht mehr, was ich denken sollte. Erbost ging ich zum Teich zurück und fing wieder an, Steinchen zu werfen, aber irgendwie war ich nicht recht bei der Sache. Keins von meinen Steinchen hüpfte über das Wasser. Sie schlugen nur spritzend in das Blau des Teichs und sanken auf den Grund.

Angelpartie

Uropa und ich gingen tatsächlich mehrere Male zum Angeln an den Bach. Dazu nahmen wir uns meistens ein Vesperbrot mit, das wir dann am Ufer gemütlich verzehrten. Durch die klare, warme Sommerluft wurden diese Ausflüge zu einem geruhsamen Vergnügen. Uropa nannte es „ein richtig faules Wetter". Es war einem ganz und gar nicht nach Arbeit dabei zumute. Ein ganzer Nachmittag verging wie im Nu, wenn man einfach nur auf dem Rücken lag und die Wolkengebilde am Himmel beim Vorbeisegeln beobachtete oder den Entenjungen am Teich zuschaute. An einem solchen Nachmittag, als wir wieder zum Bach unterwegs waren, sah Uropa zu dem fast wolkenlosen Himmel auf.

„Ach, der Sommer!" sagte er. „Es ist, als ob Gott der Erde im Sommer besonders nahe wäre."

Ich war mir zwar nicht sicher, ob ich seine Meinung teilte, hatte aber nicht vor, diesen schönen Tag durch Widerworte zu verderben.

Wir zogen unsere Schuhe und Strümpfe aus, krempelten uns die Hosenbeine hoch und wateten durch den Bach zu unserer Angelstelle. Dort angekommen, breiteten wir unsere Habseligkeiten am Ufer aus, damit wir keine Ursache hatten, wegen irgend etwas aufstehen zu müssen. Danach machten wir unsere Angelruten fertig.

Wir hatten die Köder noch nicht ausgeworfen, als plötzlich ein Schatten langsam im Wasser an uns vorüberglitt. Wir stießen einander gleichzeitig mit den Ellbogen an und beugten uns so weit vor, wie wir es nur wagen konnten. Am liebsten wäre ich gleich in den Bach gestiegen, um den stattlichen Brocken von Fisch mit bloßen Händen aus dem Wasser zu holen.

„Menschenskinder! Hast du den gesehen?“ flüsterte ich Uropa aufgeregt zu, und fast gleichzeitig sagte er zu mir: „Hast du den gesehen? Das ist der gewaltigste Bursche, der mir je begegnet ist! Du, Josua, jetzt wird’s spannend!“ Dann wurde die Sache ernst. Vor Aufregung vergaßen wir unsere belegten Brote und die Plätzchen in unserem Essenskorb.

Den großen Fisch bekamen wir leider nicht wieder zu Gesicht, aber dafür fingen wir drei andere – zwei davon ganz ansehnlich in der Größe, der dritte eher schmächtig zu nennen, aber den behielten wir auch. Er würde genauso gut wie seine beiden großen Genossen schmecken, und außerdem hatte ihm der Haken das Maul zerstochen, und wir wollten ihm die Qual verkürzen.

Angler sind von Natur aus nicht besonders gesprächig. Man geht halt angeln, weil man Zeit zum Nachdenken braucht. Daß Reden die Fische vertreibt, ist nur ein Vorwand. Damit meint ein Angler in Wirklichkeit: „Bitte stör mir meine Kreise nicht! Ich rede jetzt mit mir selbst und mit der Landschaft um mich her.“

Als die Sonne immer weiter in Richtung Westen marschierte, beschlossen wir, uns auf den Heimweg zu machen. Wir packten unsere Ausrüstung wieder ein und wateten durch den Bach zurück. Die Füße trockneten wir uns im Gras und setzten uns, um Strümpfe und Schuhe wieder anzuziehen. Schließlich nahmen wir unsere Ausrüstung und unseren leeren Essenskorb und gingen den Pfad zur Farm zurück. Ich überlegte mir gerade, was Carmen wohl zu dem friedlichen Fleckchen Erde am Bach sagen würde, als Uropa mich aus meinen Gedanken riß.

„Wie geht es eigentlich der kleinen Lou?“ Seine Frage überraschte mich. Schließlich hatte er seine Enkelin erst gestern noch selbst gesehen und sich mit eigenen Augen davon überzeugen können, wie es ihr ging.

Aber da redete Uropa schon weiter.

„Du kennst Lou doch besser als mancher andere, Josua. Wie geht es ihr denn nun wirklich? Was meinst du?“

Jetzt begriff ich, wovon er sprach, aber trotzdem zögerte ich mit meiner Antwort.

„Gut“, sagte ich dann endlich. „Ziemlich gut, glaub' ich.“

„Gott sei Dank!“ antwortete Uropa, und ich wußte, daß er das nicht nur so dahingesagt hatte.

„Hat sie je über das Baby gesprochen?“

„Ja. Gerade ein paar Tage, bevor ich zur Farm abreiste.“

Uropa zog seine weißen, buschigen Augenbrauen in die Höhe.

„Was hat sie denn gesagt?“

„Sie hat gesagt, daß Gott das Baby zu sich in den Himmel geholt hat. Daß Amanda“ – es fiel mir schwer, das Baby beim Namen zu nennen –, „daß Amanda es jetzt viel besser hat.“

Uropa schüttelte den Kopf und seufzte tief.

„Sie hat recht, Josua. Sie hat recht.“

Dann sagte Uropa was Seltsames.

„Es gibt Dinge, die schlimmer sind als der Tod, Josua. Oh, ich weiß, es ist schwer für die Hinterbliebenen. Ich vermisse deine Urgroßmutter furchtbar. An manchen Tagen meine ich, keinen Schritt ohne sie weitergehen zu können, aber Gott hilft mir und gibt mir Kraft und Gnade für jeden neuen Tag.“ Er hielt plötzlich inne und wischte sich mit seinem weißen Taschentuch über die Augen. „Und das ist nicht nur eine hübsche Formulierung: Kraft und Gnade für jeden neuen Tag. Nein, es steckt eine tiefe Bedeutung darin. Viel Wahrheit.“

Wir gingen weiter. Ich versuchte, die Zweige mit der Spitze meiner Angelrute zu streifen, ohne sie darin zu verhaken.

„Weißt du“, fuhr Uropa fort, „wenn man bereit ist, seinem Schöpfer unter die Augen zu treten, wenn einem alle Sünden vergeben sind, dann ist der Tod eine willkommene Sache. Ich würde mir deine Urgroßmutter nie auf die Erde zurückwünschen, wo sie Schmerzen leiden müßte. Nicht für eine einzige Stunde. Dazu habe ich sie viel zu lieb.“

Das klang zwar sonderbar, aber ich wußte, daß Uropa es so gemeint hatte.

„Lou hat recht, was ihr kleines Mädchen betrifft. Im Himmel geht es ihm doch viel besser."

Wir schwiegen eine Zeitlang. Ich dachte schon, daß Uropa auf andere Gedanken gekommen war, aber so war's nicht.

„Wenn ich an der Reihe bin, dann sollen sich die Leute darauf besinnen, daß ich endlich am Ziel meiner Hoffnung angelangt bin. Daß ich daheim bin. Ich sehne mich schon seit langer Zeit danach, in den Himmel zu kommen, Josua. Seit dem Tag, als deine Urgroßmutter mir dorthin vorausgegangen ist. Ich kann es ja kaum erwarten, auch in den Himmel zu kommen. Ich freue mich schon sehr darauf, Josua! Jeden Tag muß ich Gott um Geduld bitten, Geduld für ein Weilchen länger. Nein, Josua, ich hoffe sehr, daß niemand mir lange nachtrauert."

Ich machte große Augen, und mein Herz pochte laut, als Uropa das alles sagte. Ich hoffte von ganzem Herzen, daß Gott nicht zugehört hatte. Was, wenn er beschloß, Uropas Gebet auf der Stelle zu erhören? Schon der bloße Gedanke daran jagte mir einen riesigen Schrecken ein.

Ich wollte widersprechen, aber Uropa redete weiter.

„Der Tod deiner Urgroßmutter hat allerdings auch sein Gutes für mich gehabt, Josua", sagte er und legte mir seine weiche, einst von der Arbeit schwielige Hand auf den Arm. „Wenn sie nicht von mir gegangen wäre, hätte ich dich womöglich nie kennengelernt."

Ich schluckte mühsam. Es stimmte, was er da gesagt hatte. Ich mußte gegen die Tränen kämpfen, als ich daran dachte, wie ich ihn zuerst gar nicht bei uns haben wollte – bevor er gekommen war, meine ich. Jetzt, da er hier war, wußte ich gar nicht, wie wir je ohne ihn ausgekommen waren.

„Es war eine schöne Zeit, mein Junge." So hatte Uropa mich noch nie genannt. „Unsere Mühle-Partien, unsere kleinen Plaudereien, unsere gemeinsame Stallarbeit" – dabei zerzauste er mir die Haare – „und besonders unsere Ausflüge an den Bach."

Ich biß mir auf die zitternde Lippe.

„Du bist ein prächtiger Junge, Josua! Ich bin sehr stolz auf dich."

Es gab so viel, was ich Uropa sagen wollte. Wie lieb ich ihn hatte; wie froh ich war, daß er hier war. Er hatte mir so oft geholfen und mir Gesellschaft geleistet und war einfach für mich dagewesen. Wie viel lieber ich von der Stadt zur Farm zurückgekommen war, weil ich wußte, daß er da war. Aber ich sagte nichts von alledem. Ich wußte nicht, wie ich's ausdrücken sollte.

„Ich bin ein alter Mann, Josua. Ich habe ein gutes, ausgefülltes Leben gehabt. Es wird nun nicht mehr lange dauern, bis Gott mich zu sich in den Himmel ruft, wo deine Urgroßmutter schon ist. Ich werde mich nicht mehr lange gedulden müssen." Wieder machte er eine Pause. Wir hatten die Farm fast erreicht, und Uropa dachte sich wohl, daß er das, was er mir noch zu sagen hatte, lieber schnell erledigen sollte.

„Du bist noch jung. Du hast das Leben noch vor dir. Vergeude es nicht, Josua! Das Leben ist viel zu kostbar, um verschwendet zu werden."

So etwas Ähnliches hatte Herr Foggelson auch gesagt, nur daß er vom Verstand geredet hatte. Ein heller Verstand sei zu kostbar, um vergeudet zu werden, hatte er gesagt.

„Die größte Sinnlosigkeit, die ärgste Schande ist es, wenn man sich gegen seinen Schöpfer auflehnt. Er will doch nur unser Bestes. Sein Plan ist der beste, dem man nur folgen kann. Wie dieser Plan für dich aussieht, weiß ich nicht. Gott allein weiß es. Aber wie er auch aussehen mag, Josua, vergeude nicht deine Zeit und Kraft damit, dich dagegen aufzulehnen! Dazu ist das Leben viel zu kurz, auch wenn es dir jetzt in deiner Jugend nahezu endlos erscheinen mag. Ich werde dich dort oben erwarten, Josua, und wenn du dann kommst, sollst du froh deinen Einzug halten, weil du Gott mit ganzer Kraft, mit all deiner Zeit und deiner ganzen Begabung gedient hast – nicht beschämt und mit gesenktem Blick. Verstehst du, wie ich das meine, Josua?"

Ich nickte. Ich glaubte schon, verstanden zu haben.

„Laß dich von ihm leiten, Josua, Schritt für Schritt! Zieh seine Führung nie in Zweifel und weiche auch nie von seinem Weg ab. Die Kosten sind viel zu hoch."

Ich nickte ernst. Es war beinahe, als hätte Uropa meine Gedanken erraten. Mir war gar nicht wohl in meiner Haut.

Inzwischen hatten wir den Weg zum Haus erreicht. Uropa ahnte ja nichts von meinen inneren Zweifeln und Problemen. Das war auch gut so. Mir war lieber, wenn er's auch nie erfuhr. Er würde sich meinetwegen nur schämen, weil ich in letzter Zeit keine besonders edlen Gedanken gehegt hatte.

Ich war froh, als wir wieder daheim waren und ich meine Stallarbeit zu erledigen hatte. Jetzt wollte ich allein sein, damit niemand sah, wie mir zumute war. Ich schluckte mühsam, um die Tränen zurückzuhalten. Ich wußte genau, daß Uropa mich durch das, was er gerade zu mir gesagt hatte, nicht beunruhigen wollte. Er hatte mich schließlich lieb, und er wußte nichts von dem, was tief in meinem Innern vorging: wie ich Jack Berry geradezu haßte, wie ich wegen der Sache mit der Evolution in Zweifel geraten war, und wie ich zu dem Schluß gekommen war, daß Gott sich nicht um den Kummer seiner Nachfolger scherte. Ich war froh, daß Uropa mir nicht ins Herz sehen konnte. Er wäre gewiß sehr traurig über das gewesen, was er darin entdeckt hätte. Ich hatte Uropa lieb und wollte alles vermeiden, was ihm weh tun könnte. Deshalb versuchte ich, ihm zuzulächeln, bevor wir uns vor der Haustür trennten, aber das Lächeln fiel etwas kläglich aus.

Er klopfte mir noch einmal auf die Schulter und lächelte mich an, daß ihm der Schnurrbart zuckte und die Augen zwinkerten. Ich mochte Uropa wirklich furchtbar und hoffte aus tiefstem Herzen, daß er noch viele Jahre lang bei uns blieb. Ohne ihn konnte ich mir das Leben überhaupt nicht mehr vorstellen.

Was das Leben lehrt

In den nächsten Tagen grübelte ich viel. Die Gespräche mit Willi und Uropa verfolgten mich auf Schritt und Tritt. Im Grunde wußte ich genau, daß sie recht hatten mit dem, was sie zu mir gesagt hatten. Ich wußte auch, daß ich meinen Haß gegen Jack Berry begraben mußte. Gott hatte ja geboten, dem anderen zu vergeben, auch wenn das, was er uns angetan hat, eine große Gemeinheit war.

Ich hatte auch eingesehen, daß die kleine Amanda es tatsächlich im Himmel viel besser hatte. Opa hatte mir etwas über ihre Mißbildungen erzählt. Wenn sie am Leben geblieben wäre – was der Doktor nicht für möglich gehalten hätte, aber angenommen, durch ein Wunder wäre sie am Leben geblieben –, dann hätte sie ins Krankenhaus gemußt und viele Operationen gebraucht, damit sie überhaupt ernährt werden konnte. Wir hätten sie allesamt liebgehabt, das wußten wir genau, aber sie hätte trotzdem ein schweres Leben gehabt, nicht nur körperlich, sondern auch durch den Spott von anderen Leuten.

Trotzdem war ich Gott noch böse. Nicht nur, weil die kleine Amanda so krank zur Welt gekommen und dann so schnell gestorben war, sondern auch deshalb, weil Tante Lou das alles allein durchstehen mußte.

Der alte Tom hatte seit damals sage und schreibe keine Flasche mehr angerührt, was mich maßlos erstaunte. Er hatte noch immer seine Arbeitsstelle und hielt sowohl sich selbst als auch sein gemietetes Zimmer tadellos in Ordnung. Er sorgte auch in der Kirche für Sauberkeit und sang ständig bei der Arbeit, und zwar so, daß man's auch verstehen konnte.

Mindestens zweimal in der Woche fuhr ich in die Stadt zu

Tante Lou, um ihr bei der Gartenarbeit zu helfen. Ich spaltete auch das Holz für sie. Mit jedem Tag gewann Tante Lou mehr von ihren Kräften zurück, und obwohl sie immer noch um ihr Baby trauerte, stand ihr die Qual nicht mehr im Gesicht. Sie konnte wieder lächeln und sogar manchmal auch laut lachen. Ich hörte ihr gern zu, wenn sie die alten Kirchenlieder vor sich hinsummte.

„Ist das nicht toll, wie Tom die Kirche blitzsauber hält?" sagte sie einmal zu mir, als ich gerade am Küchentisch saß. Das war ihr bestimmt in den Sinn gekommen, weil ich gerade einen nagelneuen Angelhaken putzte, den ich unbedingt bald ausprobieren wollte. „Wer hätte es je für möglich gehalten, daß Gott einen ganz anderen Menschen aus ihm machen könnte?" Sie ging an das Küchenfenster und schob mit der einen Hand den Rüschenvorhang beiseite, um dem alten Tom dabei zuzusehen, wie er die Fensterscheiben putzte. Sie lachte leise.

„Das war dumm, nicht wahr? Natürlich kann Gott jeden Menschen verwandeln. Hat es ja auch bei mir getan, als ich ihn um Vergebung gebeten habe. Er tut es nur bei jedem auf seine Weise, das ist alles."

Sie ließ den Vorhang wieder los und ging an ihre Teigschüssel zurück.

„Wenn ich daran denke, daß Nat damals beinahe nicht zu ihm gegangen wäre, dann packt mich das blanke Entsetzen."

Ich sah auf. Tante Lou merkte es und redete weiter.

„Nat wollte ja zu ihm. Er wäre so gern zu ihm gegangen, aber er wollte mich nicht allein lassen." Tante Lou hatte den Punkt erreicht, daß sie über die Geschehnisse jener Nacht sprechen konnte, ohne in Tränen auszubrechen.

„Er wußte, daß es seine Pflicht war, und er wäre auch gern gegangen, aber er wollte mich nicht allein lassen. Es war schwer für ihn. Ich mußte regelrecht darauf bestehen, seine Berufung vor seine Familie zu stellen. Gott bat ihn, zu Tom zu gehen. Es gab niemand anders, der diese Aufgabe Nat abnehmen konnte, und ein oder zwei Stunden später hätte es für alle Zeiten zu spät sein können. Der Doktor war ja bei mir, somit war ich in guten Händen."

Tante Lou hatte den Teig zu einem Klumpen geformt, den sie in die Brotform warf und darin glattklopfte. Dann deckte sie das Ganze mit einem sauberen weißen Küchentuch zu und schob es ans Fenster.

Ich kaute noch immer an ihren Worten herum. Niemand anders als Tante Lou selbst hatte also darauf bestanden, daß Onkel Nat den alten Tom aufsuchte. Das hatte ich nicht gewußt.

„Wie war Onkel Nat eigentlich zumute, als er zurückkam?" fragte ich und versuchte dabei, mir nicht anmerken zu lassen, daß meine Frage voller Anschuldigungen steckte.

„Der arme Nat!" sagte sie betrübt. „Es war furchtbar schwer für ihn. Nicht nur, daß er um unser Baby trauerte, sondern es tat ihm auch so leid, daß er nicht bei mir gewesen war, als es geboren und gestorben ist."

Ich nickte. Es war nur verständlich, daß er so gedacht hatte, fand ich. Aber Gott hätte das Ganze doch verhindern können!

„Ich habe Nat gesagt, daß er sich nicht grämen soll. Ich wußte doch, weshalb er gehen mußte. Die ganze Zeit, während er unterwegs war, habe ich dafür gebetet, daß Gott ihm die richtigen Worte geben möge. Tom mußte einfach begreifen, daß Gott ihn trotz seiner Sünden liebt und daß er ihm vergeben wollte, wenn er nur darum bat. Und außerdem ..." Tante Lou zögerte. „Es läßt sich kaum mit Worten ausdrükken, Josch, aber das Seltsame an der Sache war, daß ich Nat gar nicht vermißt habe. Es war, als ob ich bei ihm gewesen wäre und bei seinem Gespräch mit Tom geholfen hätte. Gleichzeitig war mir so, als ob ich ihn hier bei mir gehabt hätte, um die Geburt unseres ersten Kindes mit ihm zu erleben. Ich glaube, es war Gott selbst; ich meine, Gott hat uns doch zusammengeführt, und weil es für uns beide so eine besondere Zeit war, hat er uns dieses Gefühl des Zusammenseins geschenkt, obwohl wir eigentlich getrennt waren."

Tante Lou legte mir eine Hand auf die Schulter und lächelte.

„Das alles kommt dir sicher ein bißchen merkwürdig vor, Josch. Vielleicht wird es dir eines Tages klar, wenn du älter bist und dich verliebst und ein liebes, nettes Mädchen heiratest."

„Stimmt", nickte ich, „ich begreif's tatsächlich nicht. Ich dachte immer, du hättest Onkel Nat lieber bei dir gehabt."

„Oh, so war's auch", antwortete sie schnell. „Und wenn er aus irgendeinem anderen Grund verhindert gewesen wäre, wäre ich arg enttäuscht gewesen. Ich meine, wenn er etwa angeln gegangen wäre oder irgendwo mit den Männern geplaudert hätte – aber es war doch seine Pflicht, nicht irgendeine Laune, die ihn fernhielt. Dafür habe ich Verständnis. Das kann ich annehmen."

„Seine Pflicht?" murmelte ich.

„Ja. Er mußte gehen. Tom brauchte ihn."

„Aber du hast ihn auch gebraucht. Er hat dich ganz allein gelassen ..."

„Nein, nicht ganz allein. Noch nie in meinem ganzen Leben habe ich Gottes Nähe so deutlich gespürt wie in jener Nacht. Er war bei mir, umgab mich mit seiner Liebe und hielt mich in seinen Armen, als ich Trost brauchte."

Sie hielt inne, als ob sie diese Stunden in Gottes Gegenwart in Gedanken nochmals erlebte. Dann redete sie weiter.

„Nein, Josch, es war Tom, der Nat brauchte. Er hätte mit seinen unvergebenen Sünden sterben können. Überleg doch mal, was das bedeutet: eine Ewigkeit ohne Gott!"

„Er ist aber gar nicht gestorben", erinnerte ich sie.

„Woher sollten wir das wissen? Wenigstens war er bereit, als er Angst hatte, sterben zu müssen. Wenn Nat diese Gelegenheit versäumt hätte, hätte Tom für alle Zeiten geglaubt, daß er Nat gleichgültig sei, und dann wäre womöglich nie ein Christ aus ihm geworden."

„Weiß nicht", sagte ich leichthin und putzte an meinem Angelhaken herum. „Mir kam der Zeitpunkt jedenfalls ziemlich ungelegen vor."

Tante Lou ging ans Fenster zurück und schob den Vorhang nochmal zur Seite. Sie stand da und sah dem alten Tom beim Fensterputzen zu, und ihre Augen füllten sich mit Tränen. Jetzt rannen sie ihr über die Wangen, aber sie wischte sie nicht einmal fort.

„Ich finde, es konnte gar keinen besseren Zeitpunkt geben", sagte sie flüsternd. „In dem Moment, als ich ein Kind verlor, das ich mir ersehnt hatte, da hat der gute Hirte eins von seinen verlorenen Schafen zu seiner Herde zurückgeholt. Gott liebt Tom doch genauso – nein, sogar viel mehr, als ich die kleine Amanda Beatrice liebte. Sooft ich an die kleine Amanda denke, werde ich an die Nacht, an die Stunde erinnert, als Tom zu seinem himmlischen Vater fand."

Tante Lou stand nur da, wobei ihr die Tränen über das Gesicht liefen. Dann ließ sie den Vorhang wieder los und drehte sich mit einem zitternden Lächeln zu mir um.

„In dieser Nacht hat Gott zwei Kinder zu sich geholt, Josch: eins durch den Tod, das andere durch die Wiedergeburt. Das ist doch wunderbar, nicht?"

Der Sommer ging allmählich in den Herbst über. Das Schulamt kam zu dem Entschluß, Herrn Foggelson eine letzte Gelegenheit zu geben, um sich zu bewähren, und nach den Ferien fing der Unterricht wieder an. Wegen der Ernte verpaßte ich die erste Woche. Dann fing es an zu regnen, und ich machte, daß ich in die Stadt kam, um das Versäumte aufzuholen.

Ich hätte es zwar nie laut gesagt, aber ich war froh, daß Carmen nicht wegziehen mußte. Am Donnerstag besuchte ich sie. Es war schon ein komisches Gefühl, aber weil ich Carmen mochte, ging ich am nächsten Tag noch einmal zu ihr, bevor ich wieder zur Farm fuhr. Frau Foggelson trank Tee mit uns. Ich versuchte, mir den Tee und das Gebäck schmecken zu lassen, aber ständig spürte ich Frau Foggelsons scharfe blaue Augen auf mich gerichtet, als ob sie mich mit ihrem Blick durchbohren wollte, um eine Antwort zu finden. Würde ich meinen Glauben aufgeben, wie sie es getan hatte? Würde ich sie enttäuschen? Hatte Herr Foggelson mit seinem messerscharfen Verstand und seiner Beredsamkeit dafür gesorgt, daß ich klein beigeben mußte?

Nach dem Tee versuchten Carmen und ich, über Bücher miteinander ins Gespräch zu kommen, wie wir es schon oft getan hatten. Es war nicht leicht für mich. Ich kämpfte mit mir. Auf der einen Seite waren meine Zweifel. Auf der anderen Seite das, was ich seit meiner Kindheit über die Bibel gelernt hatte. Die Lehre von der Evolution und die angeblichen „Beweise" konnten mich nicht überzeugen. Willi hatte recht. Es war einfach zu weit hergeholt.

Sosehr ich mich auch anstrengte, so konnte ich einfach nicht glauben, daß das Leben aus Zufall entstanden sein sollte. Ich glaubte an Gott. Es mußte einen Gott geben, schloß ich. Daran hatte ich eigentlich noch nie gezweifelt. Was mir zu schaffen gemacht hatte, das war eher, wie Gott mit dem einzelnen Menschen umging.

Stimmte das, was wir in der Kirche gelernt hatten? Stimmte es, daß Gott für jeden nur das Beste im Sinn hatte, daß er für die sorgte, die ihm nachfolgten? Ich hatte geglaubt, daß Gott Tante Lou einfach im Stich gelassen hätte. Sie selbst hatte aber das Gegenteil behauptet. Sie hatte erklärt, daß sie Gottes Liebe noch nie so deutlich gespürt hätte. Das war recht sonderbar: solchen Kummer durchzumachen und dabei Gottes Liebe am deutlichsten zu spüren.

Und dann war da die Sache mit Jack Berry. Ich hatte Willis Worte nicht vergessen können: egal, ob Jack Vergebung verdient hatte oder nicht, ich selbst hatte Vergebung nötig. Und wenn ich Vergebung für das, was ich getan hatte, haben wollte – für meinen Haß, meine Verbitterung und meine Rachegefühle, meine ich –, dann mußte ich Gott um Vergebung bitten. Ach, liebe Zeit, was war das für ein Durcheinander in meinem Kopf!

Verstohlen sah ich zu Carmen hin. Ich hatte es mir noch nie in aller Ehrlichkeit eingestanden, aber sie war die andere Schwierigkeit in meinem Leben. Ich wußte, daß Carmen und ihr Vater sich Hoffnungen auf einen gewitzten jungen Mann machten, der einen angesehenen Beruf hatte und Geld wie Heu verdiente, damit er ihr ein vornehmes Dasein bieten konnte. Herr Foggelson schien aber der Ansicht zu sein, daß jemand, der die Bibel für bare Münze nahm, nicht allzu gewitzt sein konnte, weshalb so einer auch wahrscheinlich nie genug verdienen konnte, um seiner Tochter ein sorgloses Leben zu bieten.

Carmen gefiel mir eigentlich außerordentlich. Ich wußte aber, daß diese Freundschaft mit meinem Glauben an Gott nicht zu vereinbaren war. Nicht, daß ich gleich ans Heiraten dachte. Ich war ja noch nicht mal sechzehn, und Carmen auch nicht, aber ... nun, sie war wirklich hübsch, und ...

Wenn ich Carmen frei heraus sagte, daß ich die Bibel für wahr hielt, würde sie mich auf Nimmerwiedersehen vor die Tür setzen. Das wußte ich genau.

Plötzlich kam mir eine Idee: ich würde beten, würde Gott bitten, daß Carmen und ihre Eltern es sich anders überlegten und zur Kirche kamen. Daß sie an das glaubten, was in der Bibel stand. Dann konnten Carmen und ich miteinander befreundet bleiben.

Kaum hatte ich den Gedanken zu Ende gedacht, als mir auch schon klar wurde, daß es so auch nicht gehen würde. Natürlich sollte ich für Carmen beten – und für ihre Eltern auch. Aber nicht, weil ich mir ihre Freundschaft erhalten wollte. Das war die falsche Einstellung. Vielmehr sollte ich um ihretwillen für sie beten. Alle drei brauchten Gott. Sie mußten begreifen, daß die Welt nicht so nebenbei aus Zufall entstanden war, sondern daß Gott sie erschaffen hatte. Das Leben hatte sich nicht einfach „entwickelt". Und weil Gott eben der lebendige Gott war, hatte er auch ein Anrecht darauf, daß seine Geschöpfe seinem Willen folgen.

Konnte ich nicht irgendwie alles zusammenbringen: Gott, Carmen und meine Wut auf Jack? Mußte man unbedingt alles hergeben, restlos alles, wenn man Gott sein Leben auslieferte? Gab es denn keine Möglichkeit für mich, hier und da selbst bestimmen zu können?

Doch dann fiel mir wieder ein, was Uropa mir gesagt hatte. Er schien sich ziemlich sicher zu sein, daß man sich Gott widersetzte, wenn man selbst das Sagen haben wollte. Und das hielt Uropa offensichtlich nicht nur für dumm und eine riesige Zeitverschwendung, sondern auch für Sünde.

Ich wußte nicht mehr aus noch ein.

Aber ich konnte nicht mit Carmen über die Bücher ihres Vaters reden und gleichzeitig Ordnung in meinen verwirrten Gedanken schaffen, weshalb ich lieber das Sortieren auf später verschob.

„Ja oder nein, Josua?“ fragte Carmen gerade.

„Wie …? Ich meine, wie bitte? Ich war wohl gerade in Gedanken …“

„Das habe ich gemerkt. Ich hoffe nur, es steckt kein anderes Mädchen dahinter!“ scherzte Carmen.

„’türlich nicht!“ Ich errötete bis an die Haarwurzeln.

„Ich habe dich gefragt, ob du am Sonntag mit uns zu einem Picknick gehen möchtest. Wir wollen an den See.“

„Ach so!“ antwortete ich. „Nein, ich kann nicht mit. Ich gehe dann zur Kirche.“

Carmen war sichtlich verletzt.

„Kannst du die Kirche denn nicht ein einziges Mal ausfallen lassen?“ schmollte sie. „Ständig rennst du in deine Kirche. ‚Nein, am Mittwoch kann ich nicht kommen, Carmen. Da muß ich zur Versammlung. Nein, am Sonntag geht’s auch nicht. Da muß ich in die Kirche‘“, spottete sie. „Allmählich bekomme ich den Eindruck, als …“

„Tut mir leid“, unterbrach ich sie.

„Dann kommst du also mit?“

Ich sah ihr geradewegs in die Augen. Ich glaube, in diesem Moment wurde mir klar, daß Carmen niemals Verständnis für mich haben würde. Niemals. Jedenfalls kein richtiges.

„Nein“, sagte ich fest. „Nein, ich kann nicht mit. Ich gehe zum Gottesdienst.“

Jetzt wurde sie aufgebracht.

„Na schön, wenn dir deine alte Kirche mehr bedeutet als ich, dann ..."

„Tut mir leid", sagte ich traurig. „Tut mir leid, aber ich fürchte, so ist es."

Ich machte mich auf einen regelrechten Temperamentsausbruch gefaßt, aber statt dessen schlug sie einen ganz anderen Ton an und lächelte mich sogar an.

„Entschuldige, Josua!" sagte sie freundlich. „Laß uns doch nicht streiten. Wenn dir der Gottesdienst am Sonntag so wichtig ist, dann will ich dich natürlich nicht davon abhalten. Ich erzähle dir dann von dem Picknick, wenn du nächste Woche kommst."

Ich nahm meine Kappe und drehte sie unbeholfen in der Hand. Es dauerte eine halbe Ewigkeit, bis ich den Mut aufgebracht hatte, aber dann fand ich endlich Worte.

„Tut mir leid, Carmen", sagte ich leise. „Ich ... ich komme nächste Woche nicht wieder."

„Was soll denn das heißen?" Ihre Stimme klang ärgerlich und auch eine Spur ängstlich.

„Ich komme nicht wieder. Eigentlich habe ich auch jetzt nichts hier zu suchen. Ich ... ich bin einfach anderer Meinung, was die Bücher von deinem Vater und die ganze Evolutionslehre angeht. Ich finde auch nicht, daß Grips haben das Höchste auf Erden ist. Und leben kann man auch ohne Berge von Geld. Ich ... ich denke anders als ihr. Ich ... ich finde die Kirche wichtig. Gott ist wichtig. Ich weiß zwar, daß ich nicht immer nach seinem Wort lebe, aber ... aber ..."

Verlegen drehte ich an meiner Kappe.

„Im Moment bin ich ziemlich durcheinander. Ich habe versucht, Gott nicht links liegenzulassen und zugleich für mich selbst zu leben. Das funktioniert aber nicht." Ich sah auf meine Kappe herunter. Es dauerte eine Weile, bis ich weiterreden konnte. „Ich hab' eine Menge Fragen, die ich erst durchdenken muß", sagte ich schließlich. Dann machte ich, daß ich zur Tür kam, bevor ich's mir anders überlegen oder Carmen protestieren konnte. Plötzlich wünschte ich mir nichts so sehnlich wie die Freiheit auf der Farm, die Geschäftigkeit auf den erntereifen Feldern und die vertraute Stallarbeit.

„Wiedersehen, Carmen!“ stotterte ich und rannte förmlich aus dem Zimmer. Ich wollte nur noch weg von hier, als ob ich damit zugleich auch von den Zweifeln davonlaufen könnte, die an mir nagten.

Ein Neuanfang

Am nächsten Morgen wachte ich früher als sonst auf – allerdings nicht von selbst. Ich hatte eine ziemlich unruhige Nacht hinter mir, weil mir meine Zweifel zu schaffen gemacht hatten. Ich wußte, daß mein Leben eigentlich Gott gehörte. Ich wußte auch, daß ich wahrscheinlich viel glücklicher und zufriedener wäre, wenn ich ihn endlich über mein Leben bestimmen ließ, und zwar ganz und gar. Aber aus irgendwelchen Gründen wollte ich das nicht, jedenfalls jetzt noch nicht.

Ich war noch längst nicht ausgeschlafen, als Geräusche von irgendwoher in dem großen Farmhaus mich weckten. Es dauerte etwas, bis ich wach genug war, um zu begreifen, was ich hörte. Es war Opa.

„Charlie!" rief er. „Charlie! Komm schnell runter!"

Ich hörte, wie Onkel Charlie aus dem Bett sprang und auf dem Holzfußboden zur Treppe lief. Dem sonderbaren Pochen seiner Schritte nach zu urteilen, versuchte er bestimmt, beim Laufen in seine Hose zu steigen.

„Was ist?" rief er Opa vom Treppenabsatz zu.

„Es ist Pa", antwortete Opa.

Ein eisiger Schrecken durchfuhr mich. Opas Pa war mein Uropa. Es war der Tonfall, in dem Opa seinen Bruder gerufen hatte, der mir Angst einjagte.

Im Nu war ich aus dem Bett, packte meine Hose und zog sie irgendwie beim Laufen an.

Onkel Charlie und Opa waren schon in Uropas Zimmer. Ich kam hinter ihnen angerannt und versuchte, mich zwischen ihnen hineinzuzwängen. Opa wollte mich zurückhalten, aber ich lehnte mich mit meinem ganzen Gewicht dagegen und drängte mich an ihm vorbei.

„Was ist los?“ wollte ich wissen. „Was ist mit Uropa? Ist er krank oder ...“

Ich verstummte schlagartig. Uropa lag still auf seinem Bett, die Augen geschlossen und ein verhaltenes Lächeln auf seinem entspannten Gesicht. Kein Atemzug hob und senkte ihm die Brust. Alles war still. Zu still. Opa stellte sich hinter mich und legte mir die Hand auf die Schulter.

„Dein Uropa lebt nicht mehr, Junge“, sagte er mit zitternder Stimme.

„Nein!“ rief ich. „Nein!“ Damit schob ich Opas Hand, mit der er mich trösten wollte, von mir und rannte aus dem Zimmer.

Ich weiß nicht, wie ich an die Angelstelle gekommen bin. Ich weiß nicht, wie lange ich in dem feuchten, kalten Gras gelegen habe. Ich weiß nur noch, daß ich dort am Bach lag, als ich mich endlich ausgeweint hatte.

Ich versuchte nicht einmal, wieder aufzustehen. Das Gras war feucht vom Tau und der Morgen neblig und kühl. Plötzlich merkte ich, daß ich vor Kälte zitterte. Neben mir lagen meine warme Stalljacke und mein kariertes Hemd. Irgend jemand hatte mir die Sachen gebracht, und ich hatte es noch nicht einmal gemerkt.

Mit ungelenken Fingern zog ich die Sachen an und zitterte dabei vor Kälte. Die Feuchtigkeit des Grases hing an mir, deshalb tat das warme Hemd gut.

Ich versuchte, mich zu beruhigen, aber das war schwer. Schließlich rappelte ich mich auf, ging an den Bach und spülte mir das verschwollene Gesicht in dem kalten Wasser. Gerade als ich mich über das Wasser beugte, huschte ein dunkler Schatten an mir vorbei und verschwand blitzschnell unter den Weidenruten, die vom Ufer in den Bach hingen. Es war der große Hecht, den Uropa und ich bei unserem letzten Ausflug an den Bach gesehen hatten.

Der Anblick war zuviel für mich. Ich sank auf das sandige Ufer und ließ die Gedanken wandern. Wieder kamen mir die Tränen. Es hatte Spaß gemacht, mit Uropa angeln zu gehen. Er war ein prima Kamerad gewesen. Ich würde ihn vermissen. Und wie ich ihn vermissen würde! Er hatte mit mir von Mann zu Mann geredet, als ob ich ein Erwachsener wäre.

Ich mußte an das denken, was Uropa mir über sich selbst erzählt hatte. Er hatte gesagt, daß er Heimweh hätte. Daß er nach Hause in den Himmel wollte. Daß es ihm schwerfiel, geduldig zu bleiben, weil er Urgroßmutter so furchtbar vermißte.

Er hatte aber auch etwas anderes gesagt. „Niemand soll mir lange nachtrauern", hatte er gesagt. Sonderbar, daß er das gesagt hatte – und zwar bloß ein paar Tage, bevor er heimgegangen war.

Was hatte Uropa sonst noch an jenem Tag gesagt? Er hatte viel vom Tod gesprochen. Ich hatte nicht besonders darauf achtgegeben, was er da über den Tod geredet hatte. Ich dachte nicht gern ans Sterben.

Aber er hatte nicht nur über das Sterben gesprochen. Er hatte auch über das Leben gesprochen. Wie man leben soll. Daß ich Gott mein ganzes Leben ausliefern sollte. Daß ich zum Sterben gerüstet sein sollte, wenn's soweit war.

Das bedeutete, daß ich es mir nicht leisten konnte, verbittert oder nachtragend zu sein, egal, wieviel Grund ich dazu auch zu haben meinte. Ich konnte auch nicht mehr frei über meine Zukunft verfügen und selbst bestimmen, was ich damit anfangen wollte. Und ich durfte Gott auch keine Vorwürfe über das machen, was nun einmal passiert war.

Entweder war Gott der allmächtige Gott der Bibel – oder eben nicht. Es ging nicht an, daß ich ihm je nach Lust und Laune einen Platz in meinem Leben zuwies.

Plötzlich sah ich vieles in einem klareren Licht. Ich begriff Dinge, die mir bisher ein Rätsel gewesen waren. Ich glaube, ich verstand auch Uropa – sein Leben und das, was er mich lehren wollte – viel besser. Ich begriff, was er damit gemeint hatte, als er davon gesprochen hatte, mich dort oben im Himmel zu erwarten; froh sollte ich dort einmarschieren, weil ich Gott gehorsam gewesen war, und nicht beschämt, weil ich mein Leben vergeudet hatte.

Als ich über das alles nachdachte, lag ich da auf dem feuchten Bachufer und heulte mir die Augen aus. Nur, daß ich jetzt nicht wegen Uropa weinte, sondern wegen mir selbst. Ich hatte ein ziemliches Durcheinander angerichtet, soviel stand fest. Ich hatte Wut, Verbitterung und Zweifel in mein Leben gelassen, und dann hatte ich mit dem Finger auf Gott gezeigt, als hätte er an allem schuld. Dabei hätte ich es eigentlich besser wissen sollen. Wie konnte ein Gott, der aus Liebe zu mir sein Leben gelassen hatte, gemein sein?

Das alles schüttete ich jetzt vor Gott aus und bat ihn, mir zu vergeben und die schlimmen Gefühle von mir wegzunehmen. Ich sagte ihm, daß ich jetzt fertig damit war, mein Leben selbst in die Hand zu nehmen. Ich wußte zwar nicht, ob er überhaupt wollte, daß ich Prediger wie Onkel Nat wurde, aber das tat jetzt nichts zur Sache. Daß ich bereit war, einer zu werden, darauf kam's allein an – falls Gott das wollte. Wenn er wollte, daß ich Farmer wurde, dann würde ich halt Farmer werden. Oder wenn er mich zum Rechtsanwalt, Doktor oder sogar zum Lehrer bestimmt hatte, dann würde ich mein Bestes geben, um tüchtig zu werden.

Und dann betete ich – aufrichtig übrigens – für Carmen und ihre Eltern. Ich betete, daß Gott ihnen begreiflich machen möge, wie sehr er sie liebte und wie traurig es ihn machte, daß sie nicht an ihn glauben wollten. Für Frau Foggelson betete ich, daß sie den Mut aufbringen würde, zum Glauben zurückzufinden.

Sogar für Jack Berry betete ich. Nicht aus Pflichtgefühl heraus, sondern weil er mir wirklich am Herzen lag. Urplötzlich tat Jack mir leid. Er hatte die Schule verabscheut, aber sein Vater hatte darauf bestanden, daß er ein Doktor werden sollte. Er hatte sogar deswegen auf die Wanderung verzichten müssen, und dabei hatte er sich genauso wie wir übrigen darauf gefreut. Er hatte Carmen gemocht, aber daraus war auch nichts geworden. Er hatte etwas wirklich

Bedeutendes leisten wollen, aber jetzt saß er mutterseelenallein in irgendeinem vermoderten Gefängnis, und niemand besuchte ihn und kümmerte sich um ihn. Jack Berry tat mir wirklich leid.

Wenigstens schreiben würde ich ihm, beschloß ich. Vielleicht würden wir wieder gut miteinander auskommen, wenn er erst begriffen hatte, daß ich nicht vorhatte, ihm eins auszuwischen. Vielleicht würde er mir sogar glauben, wenn ich ihm von Gott erzählte.

Und dann betete ich für meine Familie. Die traurige Nachricht würde Tante Lou überbracht werden müssen, und dabei wußte ich doch, wie sehr sie an Uropa gehangen hatte. Onkel Nat würde die Beerdigung abhalten müssen, und das würde mächtig schwer für ihn werden. Er hatte Uropa doch auch so liebgehabt.

Und Onkel Charlie und mein Opa, die würden sehr, sehr traurig sein. Wir alle hatten Uropa bei uns gebraucht. Er war für uns eine Quelle der Kraft und Heiterkeit gewesen. Er würde uns so sehr fehlen.

Ich stand auf und wusch mir noch einmal das Gesicht. Der Schatten bewegte sich. Ich redete laut mit ihm.

„Nur keine Sorge, du alter Hecht! Du bist in Sicherheit. Ich laß dich in Ruhe. Für Uropa. Der hätte dich eigentlich an die Angel kriegen sollen. Weißt du eigentlich, wie er aus dem Häuschen geraten wäre, wenn du bei ihm angebissen hättest? Auf dem ganzen Heimweg hätte er gejubelt und gerufen!"

Bei der Vorstellung mußte ich einfach lachen. Das Lachen überraschte mich.

Und dann hob ich das Gesicht zum Himmel auf und lachte wieder. Wie konnte man nur traurig und froh zugleich sein? Aber bei mir war das so. Ich fühlte mich wohl, sauber und gut. Und zugleich war ich auch traurig. Es tat weh. Ich war nicht so dumm, um nicht zu wissen, daß es lange weh tun würde. Ich konnte mir das Leben ohne Uropa einfach nicht vorstellen. Aber ich würde ihm nicht nachtrauern. Um seinetwillen würde ich's nicht tun, weil er mich doch gebeten hatte, es nicht zu tun, und weil er jetzt im Himmel war, was er sich so sehr gewünscht hatte. Ich hatte ihn lieb genug, um ihn loszulassen.

Schließlich machte ich mich auf den Heimweg. Eine sonderbare Zufriedenheit kam über mich. Vielleicht hatte Tante Lou so etwas gemeint, als sie von Gottes Liebe gesprochen hatte. Gottes Liebe, die einfach da war und mich festhielt, wenn ich sie am meisten brauchte.

Ich holte tief Luft. Es war sonderbar, wirklich seltsam. Ich hätte um ein Haar meinen ganzen Glauben weggeworfen, als ich jemanden verloren hatte, den ich geliebt hatte, und jetzt, beim Verlust von jemand anders, den ich geliebt hatte, war mein Glaube wieder stark.

„Gottes Wege sind voller Geheimnisse", zitierte ich. Onkel Nat hatte es oft gesagt, aber erst jetzt begriff ich, was er damit gemeint hatte.

Und dann sah ich zum Himmel auf. Hellblau war er, mit kleinen weißen Puderwolken, die sorglos in Richtung Süden trieben. Die Bäume am Wegrand schienen einander Grüße zuzuflüstern, als der Wind durch das Laub raschelte. Frühe Herbstblumen blühten schon unter den Zweigen.

Noch einmal schaute ich zum Himmel auf, wie Uropa es noch vor kurzem getan hatte, und versuchte, mich an die Worte zu erinnern, die ich ihn an jenem Tag sagen gehört hatte: „Ach, der Sommer! Es ist, als ob Gott der Erde im Sommer immer besonders nahe wäre."

Darin mußte ich ihm jetzt recht geben. Gott schien uns im letzten Sommer wirklich besonders nahe gewesen zu sein, als Uropa und ich zusammen geangelt und miteinander geplaudert hatten. Der Sommer würde von jetzt an immer einen besonderen Platz in meinem Leben einnehmen.

Aber auch den Herbst hatte ich immer gemocht. Ich sah um mich. Das Laub verfärbte sich allmählich, und hinter den Bäumen dort konnte ich die Männer auf der Nachbarsfarm bei der Weizenernte hören. Ja, ich mochte den Herbst und die Erntezeit.

Meine Zeit mit Uropa am Bach war vorüber. Er würde mir fehlen. Sehr sogar. Aber irgendwie würde das Leben weitergehen. Uropas Leben ging ja auch weiter. Nur daß er jetzt woanders wohnte. Es war nicht das Ende. Es war eher ein Anfang. Ein neuer Anfang für uns beide.